KB117271

수레바퀴 아래서

# 수레바퀴 아래서

Unterm Rad

**헤르만 헤세 장편소설** 강명순 옮김

**UNTERM RAD**
**by HERMANN HESSE (1906)**

이 책은 실로 꿰매어 제본하는 정통적인 사철 방식으로 만들어졌습니다.
사철 방식으로 제본된 책은 오랫동안 보관해도 손상되지 않습니다.

# 수레바퀴 아래서

7

# 제1장

중개업자이자 대리점주인 요제프 기벤라트 씨는 다른 사람들과 비교해 볼 때 두드러지는 장점이나 특징이 없는 인물이었다. 대부분의 보통 사람들처럼 어깨가 넓고 다부진 체격이었으며, 진심으로 돈을 숭배하고 장사 수완도 꽤 좋은 편이었다. 그는 아담한 정원이 딸린 집과 작은 가족 묘지를 갖고 있었으며, 종교적으로는 약간 깨인 편이었으나 신앙심이 깊지는 않았다. 신과 고위 공직자들한테는 적당히 존경을 표했고, 시민 사회의 예의범절은 맹목적일 만큼 엄격하게 따랐다. 술은 즐기는 편이었지만 취한 적은 없었다. 간혹 비난의 소지가 있는 거래를 하곤 했지만 절대 법이 허용하는 한계를 넘어서지 않았다. 그는 가난한 사람들은 가난뱅이라고 무시하고, 부유한 사람들은 거만하고 잘난 척한다고 비난했다. 또 그는 지역 사교 모임 회원으로, 금요일마다 〈독수리 주점〉에서 열리는 볼링 게임은 물론이고 빵 굽는 날 혹은 스튜나 소시지 수프를 시식하는 날에도 꼬박꼬박 참석했다. 평소 일할 때에는 싸구려 시가를 피웠지만 식사 후나 일요일에는 고급 시가를 피웠다.

기벤라트 씨의 내면은 한마디로 속물이었다. 한때 지녔던 감성은 이미 오래전에 메말라 버렸고, 그나마 남은 감정이라고는 가족에 대한 의례적인 관심, 아들에 대한 자부심, 간혹 가난한 사람들에게 느끼는 동정심 정도였다. 지적인 능력은 타고난 잔꾀와 교활한 계산 수준을 넘어서지 못했다. 읽는 것은 신문 하나였고, 예술 감상에 대한 욕구는 매년 시민 단체가 공연하는 아마추어 연극을 보거나 가끔 서커스를 관람하는 것으로 충분히 해소되었다.

한마디로 그는 이웃에 사는 누군가와 이름과 집을 바꾸더라도 달라질 게 전혀 없을 만큼 평범한 인물이었다. 그 지역의 모든 다른 가장들과 마찬가지로 그의 영혼 가장 깊숙한 곳에는 뛰어난 힘과 능력을 가진 모든 인물들에 대한 불신이 확고히 자리하고 있었다. 또한 평범하지 않은 것, 보다 자유롭고 세련된 것, 정신적인 것에 대한 본능적인 적대감 역시 그들과 공유했는데, 이는 질투심에서 비롯된 것이었다.

기벤라트 씨에 대한 이야기는 이 정도면 충분하다. 해학과 풍자에 뛰어난 시인 정도 되어야 평탄하기 그지없는 그의 인생과 그 자신도 깨닫지 못한 비극을 묘사할 수 있을 테니까. 아무튼 그에게는 외아들이 하나 있었는데, 이것은 바로 그 아이에 대한 이야기이다.

한스 기벤라트는 확실히 재능이 뛰어난 아이였다. 다른 아이들과 섞여 있어도 쉽게 알아볼 수 있을 만큼 외모도 훌륭하고 남달랐다. 슈바르츠발트의 이 작은 마을에서는 아직까지 이런 인재가 배출된 적이 없었다. 이 좁은 지역을 벗어나 멀리까지 영향력을 미칠 만한 인물이 나오지 않았던 것이다. 그런데 소년의 진지한 눈과 총명함이 도드라지는 이마, 기품 있는 걸음걸이는 어디에서 물려받았는지 알 수 없었다. 혹시 어머니한테서? 하지만 몇 해 전 세상을 떠난 한스의 어머니는 살아생전 늘 병약하고 우울한 모습만 보였을 뿐 특별한 인상을 남기지 못했다. 아버지는 언급할 필요조차 없었다. 그러니 지난 8, 9백 년 동안 그럭저럭 쓸 만한 인물은 꽤 많이 배출했으나 재능이 탁월하거나 천재로 불릴 만한 인물은 한 명도 배출한 적이 없는 이 오래된 작은 마을에 갑자기 하늘에서 신비로운 불꽃이 뚝 떨어진 셈이었다.

현대적인 교육을 받은 관찰자라면, 병약한 어머니와 기벤라트 가문의 오랜 역사를 되짚어 보면서 이처럼 비정상적일 정도로 지성이 발달하는 것은 몰락의 징후일 수 있다는 진단을 내릴 수도 있다. 하지만 다행스럽게도 이 지방에는 그런 사람이 살지 않았다. 관리들과 젊고 눈치 빠른 일부 교사들 정도만 잡지 기사를 통해 〈현대적인 인간〉의 존재를 어렴풋이 짐작하고 있을 뿐이었다. 이곳에서는 차라투스트라의 말을 몰라도 교양 있는 척하며 살아갈 수 있었다. 사람들의 결혼 생활은 견고했고 대체로 행복했으며, 삶은 전체적으로 개선의 가망이 전혀 없는 고루한 관습에 따라 굴러갔다. 유복한 생활을 누리는 부유한 시민들 중에는 지난 20년 동안 수공업자에서 공장주로 성공한 사람이 많았다. 그들은 관리들 앞에서는 모자를 벗고 공손히 인사하며 아부를 떨었지만, 자기들끼리 있을 때에는 가난뱅이니 서기 나부랭이니 하면서 관리들을 욕했다. 그런데 기이하게도 그들의 가장 큰 야망은 가능하면 아들을 대학에 보내 관리로 만드는 것이었다. 유감스럽게도 그것은 이루지 못할 아름다운 꿈으로 그칠 때가 많았다. 자식들 대부분이 몇 번씩 낙제를 하며 천신만고 끝에 간신히 라틴어 학교를 졸업할 수준이었기 때문이다.

한스 기벤라트의 탁월한 재능에 대해서는 의심의 여지가 없었다. 교사들과 교장을 비롯해 이웃 사람들, 목사, 학교 친구들 모두 그가 머리가 비상하고 뭔가 특별하다는 것을 인정했다. 그것으로 그의 미래는 벌써 확실히 정해졌다. 부모가 부유하지 않은 한, 슈바벤 지방에서는 재능이 뛰어난 소년에게 단 하나의 좁은 길만 주어졌기 때문이다. 주(州) 시험에 합격해 신학교에 들어가는 것, 이어서 튀빙겐 신학 대학에 진학해 교수나 목사가 되는 길이었다. 매년 슈바벤 지방의 약 4, 50명의 소년들이 이 평탄하고 확실한 길로 들어섰다. 견진 성사를 받은 지 얼마 안 된, 공부에 지친 야윈 소년들이 국가의 지원 아래 인문학 분야의 다양한 지식을 두루 섭렵했다. 그리고 8, 9년쯤 뒤 사회로 나와 학창 시절보다 더 긴 인생 2막에 접어들게 되었는데, 그때 예전에 국가에서 받은 혜택을 갚아야 했다.

몇 주 후에 다시 〈주 시험〉이 치러질 예정이었다. 이른바 헤카톰베[1]라고 불리는 시험으로, 〈국가〉가 슈바벤 지방의 뛰

---

1 고대 그리스에서 제물로 살아 있는 소 1백 마리를 신에게 바치는 제사를 의미하며, 다수의 희생자가 발생하는 대학살을 의미하기도 한다. 주 시험

어난 인재를 발굴하기 위해 해마다 치르는 시험이었다. 이 시험이 치러지는 동안 수험생을 보낸 각 도시와 마을에서는 수많은 가족들의 한숨 소리와 함께 시험 장소인 주도(州都)를 향한 간절한 기도 소리가 이어졌다.

한스 기벤라트는 그의 고향에서 치열한 경쟁이 펼쳐지는 시험장에 내보낼 수 있는 유일한 후보로서, 그 명예는 대단했다. 물론 한스는 그 명예를 거저 얻은 것이 아니었다. 오후 4시까지 진행되는 정규 수업을 빠짐없이 듣고, 이어서 매일같이 교장한테서 그리스어 보충 수업을 받았다. 또 6시에는 친절한 목사와 함께 라틴어와 종교 과목을 복습했으며, 일주일에 두 번씩 저녁 식사 후 수학 교사 집에 가서 한 시간 동안 문제 풀이를 연습했다. 그리스어 수업에서는 불규칙 동사에 이어 주로 불변화사를 사용해야 하는 다양한 문장 연결을 배우는 데 초점을 맞추었다. 라틴어 수업에서는 명료하고 간결한 문체를 구사하는 법과 수많은 섬세한 운율을 익히는 데 주안점을 두었다. 수학 수업에서는 복잡한 비례식을 중점적으로 연습했다. 수학 교사는 비례식이 훗날의 대학 공부와 인생에 전혀 쓸모가 없는 것처럼 보이겠지만 실은 그렇지 않다고 말했다. 그것을 통해 논리적인 추론 능력을 기르고 명료하고 차분하고 효율적인 사고를 터득할 수 있기 때문에, 어쩌면 그 어떤 과목보다도 중요할 수 있다고 강조했다.

이 그만큼 어렵다는 뜻으로 사람들이 빗대서 부른 표현이다. 이하 모든 주는 옮긴이의 주이다.

한편 한스는 수험 공부로 인해 정신적인 과부하가 걸리지 않도록 하기 위해, 또 정서가 피폐해지는 것을 막기 위해 매일 아침 수업 시작 전에 한 시간씩 견진 성사 교리 수업에 참석하라는 권유를 받았다. 브렌츠[2]의 교리 문답을 배우고 질문과 대답을 암기하고 낭송하는 등의 활동을 통해 젊은 영혼을 고무하고 종교 생활에 신선한 활력을 불어넣기 위한 시간이었다. 하지만 안타깝게도 한스는 그 수업을 제대로 활용하지 않고 스스로 그 혜택을 포기해 버렸다. 교리문답서 안에 그리스어와 라틴어 단어와 연습 문제를 적은 쪽지들을 끼워 놓고 거의 한 시간 내내 세속의 공부에 몰두했기 때문이다. 물론 양심의 가책은 물론이고 불안과 두려움에 짓눌려 수업 시간 내내 마음이 조마조마했다. 담임 목사가 가까이 다가오거나 이름이 호명될 때마다 흠칫흠칫 놀랐고, 질문에 답을 할 때면 이마에 진땀이 나고 가슴이 두근거렸다. 하지만 그의 대답은 늘 흠잡을 데 없이 완벽했다. 심지에 발음까지 완벽해서 담임 목사의 칭찬을 들었다.

온종일 이어지는 수업은 쓰기와 암기, 복습과 예습 등의 과제를 산더미같이 안겨 주었기 때문에 한스는 밤늦게까지 아늑한 등잔불 밑에서 책상에 앉아 있어야 했다. 담임 교사는 분위기가 차분하고 조용한 집에서 공부하는 것이 특히 실력 향상에 도움이 될 거라고 조언했다. 한스는 화요일과 토요일에는 보통 10시 정도에 숙제를 끝냈지만, 다른 요일에는 11시나 12시까지 매달려야 했다. 심지어 더 늦게 끝나

2 Johann Brenz(1499~1570). 독일 슈바벤 출신의 신학자, 종교 개혁가.

는 날도 있었다. 아버지는 기름을 너무 많이 쓴다고 불평하면서도 열심히 공부하는 아들을 뿌듯한 마음으로 바라보았다. 한스는 간혹 빈 시간이 생긴 날이나 안식일인 일요일에도 학교에서 다루지 않은 작가의 작품을 읽고 문법을 복습하라는 강력한 권유를 받았다.

「물론 공부를 적당히 해야지. 절대 무리하면 안 돼! 그러니 일주일에 한두 번은 꼭 산책을 하도록 해. 산책만큼 좋은 게 없어. 날씨가 화창한 날에는 책을 들고 밖으로 나가는 것도 괜찮아. 신선한 바깥 공기를 쐬면서 하면 공부가 머리에 쏙쏙 들어올 거야. 기분도 더 좋을 테고. 아무튼 기운 내서 열심히 하도록 해!」

충고대로 한스는 최대한 열심히 공부했다. 심지어 산책 시간까지도 공부에 활용했다. 늘 밤늦게까지 공부하느라 잠이 모자란 그는 지치고 퀭한 얼굴로 조용히 휘청거리면서 걸어다녔다.

「기벤라트에 대해 어떻게 생각하세요? 시험에 합격할까요?」 어느 날 담임 교사가 교장에게 물었다.

「그럼요. 합격하고말고요.」 교장은 목소리를 높이며 대답했다. 「정말 똑똑한 아이예요. 그 아이를 한번 보세요. 총명함으로 반짝반짝 빛이 나지 않습니까.」

지난 일주일 사이에 한스는 정신적으로 한층 성숙해진 듯했다. 뽀송뽀송하고 귀여운 소년의 얼굴에서 눈이 움푹 들어가 약간 불안해 보이지만 열정이 느껴지는 얼굴로 바뀌었고, 지적인 성장을 보여 주듯이 반듯한 이마에 가느다란 주름이 생겼다. 안 그래도 가늘고 여윈 팔과 손은 보티첼리의 그림을 연상시킬 정도로 기운 없이 우아하게 축 늘어져 있었다.

드디어 결전의 날이 다가왔다. 한스는 내일 아침 아버지와 함께 슈투트가르트에 가서, 주 시험을 통해 자신이 신학교의 좁은 문으로 들어갈 자격이 있는지 증명해 보여야 했다. 그는 교장을 찾아가 작별 인사를 했다. 평소 무서운 군주 같았던 교장은 헤어질 때 전에 없이 온화한 태도로 말했다. 「오늘 저녁에는 더 이상 공부하면 안 돼. 그러겠다고 약속해 주렴. 내일은 정말 산뜻한 기분으로 슈투트가르트에 가야 해. 그러니 한 시간쯤 산책하고 늦지 않게 잠자리에 들도록 해라. 젊은 사람은 잠을 충분히 자야 해.」

근엄한 충고와 잔소리를 늘어놓을까 봐 잔뜩 긴장했던 한스는 친절한 당부의 말을 듣고 내심 놀랐다. 그는 안도의 한숨을 내쉬며 학교를 나섰다.

커다란 키르히베르크 보리수나무들이 늦은 오후의 뜨거운 햇볕 아래서 생기 없이 늘어져 있었고, 광장에는 큰 분수 두 개가 찰방거리는 소리를 내며 반짝거렸다. 들쭉날쭉하게 이어지는 지붕들 너머로 검푸른 전나무 숲이 가까이 보였다. 정말 오랜만에 보는 풍경이었다. 새삼스레 모든 것이 너무나 아름답고 매혹적으로 느껴졌다. 머리가 지끈거리며 아팠지만 오늘은 더 이상 공부하지 않아도 되니 다행이었다.

그는 천천히 광장을 가로질러 유서 깊은 시청 건물을 지나 시장 골목을 통과했다. 대장간을 지나 오래된 다리에 이르렀을 때, 한스는 잠시 서성거리다가 널찍한 다리 난간에 걸터앉았다. 지난 몇 주, 아니 몇 달 동안 하루에 네 번씩 이곳을 지나다니면서도 다리 옆에 있는 작은 고딕식 예배당을 쳐다본 적이 없었다. 강물과 수문과 강둑과 물레방앗간에도 눈길 한 번 빼앗기지 않았다. 심지어 수영장이 있는 풀밭과 버드나무가 늘어진 강가도 무심히 지나쳤다. 깊고 푸른 강물이 호수처럼 잔잔하게 흐르고, 끝이 뾰족한 버드나무 가지들이 물속까지 깊이 드리워져 있는 강변에는 가죽 공장들이 나란히 늘어서 있었다.

문득 이곳에서 온종일 혹은 반나절씩 시간을 보내던 기억이 떠올랐다. 얼마나 자주 이곳에서 수영하고 잠수하고 노를 젓고 낚시를 했던가. 오, 낚시! 하지만 지금은 낚시하는 방법조차 거의 잊어버렸다. 작년에 시험 준비를 위해 낚시를 그만두라는 말을 들었을 땐 어찌나 낙심했던지 하마터면 울음을 터뜨릴 뻔했다. 낚시! 기나긴 학창 시절 동안 버드나무의 엷은 그늘 아래 서서 낚시하던 일은 그에게 가장 아름다운 추억이었다. 근처 물레방앗간 강둑에서 찰방거리던 물소리, 깊고 고요한 강물, 수면에 반사되던 햇빛, 부드럽게 흔들리던 기다란 낚싯대, 물고기가 미끼를 무는 순간 낚싯대를 확 잡아챌 때의 짜릿한 흥분, 펄떡펄떡 뛰는 통통하고 싱싱한 물고기를 손에 쥐었을 때의 이상야릇한 기쁨!

많이 잡힌 물고기는 주로 싱싱한 잉어였다. 흰색 잉어, 긴 수염 잉어, 맛이 좋은 황금 잉어 같은 것. 색이 예쁜 연준모치도 많이 잡았다. 한동안 무심히 강물을 내려다보던 한스는 한적한 푸른 강변을 바라보며 생각에 잠겼다. 알 수 없는

**15**

슬픔이 밀려왔다. 마음껏 자유를 누리던 아름답고 행복했던 소년 시절이 까마득한 옛일처럼 느껴졌다. 그는 저도 모르게 호주머니에서 빵 한 조각을 꺼내 크고 작은 덩어리로 뭉쳐 물속으로 던졌다. 물고기들이 몰려와 가라앉는 빵조각을 덥석덥석 집어삼켰다. 아주 작은 금빛 송어와 사루기가 떼로 몰려와 처음에는 작은 조각들을 집어삼키더니 배를 다 못 채웠는지 주둥이로 큰 조각들을 툭툭 건드리며 이리저리 밀었다. 이어서 더 큰 은빛 잉어 한 마리가 유유히 헤엄치며 조심스레 다가왔다. 시커멓고 넓은 등이 강바닥과 거의 구별되지 않았다. 녀석은 빵 조각 주위를 느릿느릿 헤엄치다가 갑자기 둥그런 주둥이를 쫙 벌려 빵 조각을 꿀꺽 삼켜 버렸다.

느리게 흘러가는 강물에서 축축하고 따스한 수증기가 모락모락 피어올랐다. 푸른 수면에 하얀 구름 몇 조각이 흐릿하게 비쳤고, 물레방앗간에서는 둥근 톱니바퀴가 삐거덕삐거덕 신음을 토했다. 또 두 개의 강둑에 부딪쳐 찰방거리는 물소리가 시원하게 들렸다. 문득 며칠 전 일요일에 거행된 견진 성사 세례식이 떠올랐다. 그날 엄숙하고 감동적인 의식이 진행되는 동안 한스는 저도 모르게 마음속으로 그리스어 동사를 외우고 있었다. 요즘은 학교에서도 수업 시간에 자꾸 딴생각이 나면서 생각이 뒤엉킬 때가 많았다. 자꾸 나중에 해야 할 공부를 생각하는 것이다. 어쨌든 시험을 잘 쳐야 한다!

왠지 마음이 뒤숭숭해진 한스는 자리에서 일어났지만 어디로 가야 할지 갈피를 잡을 수 없었다. 그때 누군가 억센 손으로 그의 어깨를 꽉 움켜쥐는 바람에 소스라치게 놀랐다. 뒤에서 다정한 남자 목소리가 들렸다.

「안녕, 한스! 잠깐 나랑 걷지 않을래?」

구둣방 주인 플라이크 아저씨였다. 예전에 한스는 가끔 저녁에 한 시간 정도씩 그의 집에 가서 지내곤 했다. 하지만 벌써 오래전 일이었다. 함께 걸어가는 동안 한스는 독실한 경건주의 신앙을 갖고 있는 아저씨의 말을 건성으로 흘려들었다. 아저씨는 시험 이야기를 꺼내 행운을 빌며 한스를 격려했다. 하지만 그가 이 이야기를 꺼낸 진짜 이유는 그런 시험이 얼마나 하찮고 부질없는 것인지 지적하기 위해서였다. 그런 시험은 떨어져도 전혀 부끄러울 것이 없으며, 세상에서 제일 똑똑한 학생도 떨어질 수 있다고 했다. 또 설사 한스가 정말로 시험에 떨어진다 해도, 주님은 모든 영혼에 특별한 목적을 갖고 있으며 각각의 영혼이 제 길을 걸어가도록 인도해 주신다는 사실을 명심하라고 했다.

한스는 플라이크 아저씨를 보면서 양심의 가책을 느꼈다. 그의 단호하고 엄격한 성품을 존경했지만, 동네 사람들이 그가 주도하는 기도 모임 참석자들을 조롱하는 이야기를 할 때에 잘못인 줄 알면서도 같이 웃을 때가 많았기 때문이다. 게다가 언제부터인가 조마조마한 마음으로 구둣방 주인을 피하고 있는 비겁한 자신의 모습을 부끄러워하고 있었다. 그는 언제나 예리한 질문으로 한스를 당황스럽게 만들었기 때문이다. 한스가 선생님들의 칭찬에 도취되어 저 스스로도 콧대가 높아졌을 때, 플라이크 아저씨는 같잖다는 듯이 한스를 쳐다보며 그의 자존심을 꺾으려 했다. 그때부터 한스는 좋은 의도로 자신을 이끌어 주려는 아저씨와 점점 거리를 두게 되었다. 한창 반항심이 들끓는 청소년기에 접어든 한스는 자의식을 건드리는 모든 것에 아주 예민하게 반응했기 때문이다. 아저씨의 말을 들으면서 걸어가는 지금도 한스는 그가 얼마나 걱정스럽고 자애로운 표정으로 자신을 내려다보고 있는지 알지 못했다.

크로넨 거리에 들어섰을 때, 그들은 마을 목사와 마주쳤다. 구둣방 주인은 깍듯하면서도 쌀쌀맞게 인사를 건넨 후 서둘러 사라졌다. 목사가 새로운 풍조를 추종하며 심지어 예수의 부활도 믿지 않는다는 소문이 돌았기 때문이다. 목사는 소년과 나란히 길을 걸었다.

「기분은 어떠니? 드디어 시험을 보게 돼서 차라리 속이 후련하지?」 목사가 물었다.

「네, 그래요.」

「그래도 끝까지 긴장을 풀어서는 안 된다. 우리 모두 너한테 희망을 걸고 있다는 거 잘 알 거야. 나는 네가 특히 라틴어에서 좋은 성적을 거두기를 기대하고 있다.」

「그러다 혹시 떨어지면,」 한스가 소심하게 말했다.

「떨어진다고?!」 목사가 소스라치게 놀라며 멈춰 섰다. 「말도 안 돼. 떨어진다는 건 절대 있을 수 없어! 그런 터무니없는 생각은 하지도 마라!」

「저는 다만, 혹시 그런 일이 생기면…….」

「글쎄 그건 있을 수 있을 수 없는 일이라니까, 한스. 그러니 그런 걱정은 하지도 마라. 그럼 아버지한테 안부 전해 다오. 용기 잃지 말고.」

한스는 멀어지는 목사의 뒷모습을 지켜보다가 구둣방 주인이 사라진 쪽으로 시선을 돌렸다. 아저씨가 무슨 말을 했더라? 올바른 마음으로 하느님을 섬기면 라틴어 따위는 그다지 중요하지 않다고 했나? 어디 그게 말처럼 쉬운가. 게다가 목사님 얼굴은 어떻게 보라고. 시험에 떨어지면 다시는 목사님 앞에 나타날 수 없어.

갑갑한 마음을 안고 집으로 돌아온 한스는 가파른 경사를 이루고 있는 작은 정원에 들어섰다. 정원에는 오랫동안 방치되어 거의 허물어진 정자가 하나 있었다. 예전에 그는 이 정자에서 빼낸 널빤지로 우리를 만들어 3년 동안 토끼를 길렀다. 하지만 지난가을 토끼를 빼앗겼다. 시험 때문이었다. 그에게는 기분 전환을 위한 취미 생활을 할 시간조차 주어지지 않았다.

정원에 발을 들여놓은 것도 정말 오랜만이었다. 텅 빈 토끼집은 톡 건드리기만 해도 부서질 것처럼 보였다. 벽 모퉁이의 석순들은 무너졌고, 수도관 옆에는 나무로 만든 작은 물레방아가 뒤틀리고 부서진 채 방치되어 있었다. 직접 나무를 잘라 그것들을 만들며 즐거워하던 기억이 떠올랐다. 벌써 2년 전 일이었다. 모든 게 까마득한 옛일처럼 느껴졌다. 한스는 작은 물레방아를 집어 이쪽저쪽으로 비틀어 완전히 부순 다음 울타리 너머로 휙 던져 버렸다. 잡동사니들은 몽땅 사라져 버려라! 난 이미 이런 일을 하면서 놀 때가 지났어.

문득 학교 친구 아우구스트가 떠올랐다. 그는 한스와 함께 물레방아를 만들고, 토끼집을 고칠 때도 한스를 도와주었다. 그들은 오후 내내 정원에서 새총으로 돌멩이를 날리고, 고양이를 붙잡으러 쫓아다니고, 천막을 치고, 간식으로 노란 순무를 먹으며 놀았다. 하지만 한스에게는 성취해야 할 목표가 생겼고, 아우구스트는 1년 전 학교를 그만두고 기계 수습공으로 들어갔다. 그 후 아우구스트는 딱 두 번 놀러 왔다. 물론 지금은 아우구스트도 놀 시간이 없을 것이다.

어두컴컴한 구름이 골짜기 위로 빠르게 지나갔다. 해는 벌써 산등성이를 넘어가고 있었다. 문득 한스는 바닥에 엎드려 엉엉 울고 싶은 충동을 느꼈다. 하지만 그러는 대신 헛간에서 손도끼를 들고 나와 가냘픈 팔을 마구 휘둘러 토끼집을 완전히 박살 내버렸다. 널빤지 조각들이 사방으로 날리고 못이 탁탁 소리를 내며 구부러졌다. 지난여름부터 있던 썩은 토끼 밥이 눈에 띄었다. 한스는 닥치는 대로 도끼를 휘둘렀다. 그래야 아우구스트와 함께했던 어린 시절의 온갖 놀이와 토끼에 대한 그리움을 깨끗이 지워 버릴 수 있을 것 같았다.

「아니, 대체 이게 무슨 일이야? 너 지금 거기서 뭐 하는 거냐?」 아버지가 창가에서 소리쳤다.

「장작 패는 거예요.」

한스는 딱 그 말만 하고 입을 꾹 다문 채 손도끼를 집어던지고 마당을 지나 골목길로 뛰쳐나갔다. 그리고 강변을 따라 상류 쪽으로 올라갔다. 멀리 양조장 근처에 뗏목 두 개가 매여 있었다. 예전에는 종종 그 뗏목을 타고 몇 시간씩 강을 따라 내려가곤 했었다. 따뜻한 여름날 오후, 뗏목의 나무토막 틈새로 찰랑찰랑 부딪치는 물소리를 들으면서 강을 따라 내려가다 보면 마음은 잔뜩 들떴는데도 졸음이 밀려왔다. 한스는 느슨하게 묶인 채 물 위에서 흔들리고 있는 뗏목에 펄쩍 뛰어올라 버드나무 가지 더미에 벌렁 드러누웠다. 그러고는 뗏목이 둥둥 떠내려가는 광경을 상상해 보았다. 때로는 빠르게, 때로는 느리게 떠내려가는 뗏목이 풀밭과 밭과 마을과 서늘한 숲가를 지나 다리 밑을 통과하더니 열려 있는 수문을 빠져나간다. 모든 게 예전에 카프베르크에서 토끼 먹이를 구해 오고 강기슭에 있는 가죽 공장 뜰에서 낚시를 하던 시절, 두통도 없고 걱정도 없던 그 시절과 똑같다.

한스는 저녁때가 돼서야 피곤에 지쳐 집으로 돌아왔다. 아버지는 시험 장소인 슈투트가르트 여행을 앞두고 마음이 한껏 들떠서 저녁을 먹는 내내 같은 질문을 열두 번도 넘게 했다. 책은 잘 챙겼느냐, 검은 양복은 준비했느냐, 가는 도중에 문법 공부를 할 생각은 없느냐, 기분은 좋으냐……. 한스는 아버지의 물음에 짧고 퉁명스레 대답했다. 그리고 저녁은 먹는 둥 마는 둥 하고 곧장 안녕히 주무시라고 인사했다.

「잘 자라, 한스. 내일 아침 6시에 깨울 테니 그때까지 푹 자도록 해라! 그런데 사전은 잊지 않았지?」

「네, 벌써 챙겨 놓았어요. 안녕히 주무세요!」

한스는 제 방으로 돌아와 불도 켜지 않고 한참 동안 그대로 앉아 있었다. 시험이 그에게 가져다준 유일한 축복이 있다면 바로 이 작은 방이었다. 이 방에서 그는 누구의 방해도 받지 않는 군주였다. 여기서 그는 밤늦도록 피로와 졸음과 두통과 싸우면서 카이사르, 크세노폰, 문법, 사전, 수학 숙제와 씨름했다. 야망을 품고 끈질기게 매달렸지만 종종 절망에 사로잡힐 때도 있었다. 하지만 이 방에서 그는 소년 시절에 겪은 즐거움을 모두 합한 것보다 훨씬 가치 있고 귀한 시간들을 맛보았다. 자부심과 도취감, 승리감에 가득 찬, 꿈같은 묘한 시간이었다. 그는 학교와 시험을 비롯한 모든 것을 뛰어넘어 더 높은 존재의 영역으로 들어가기를 열망했다. 또 볼이 통통하고 온순한 동급생들과는 다른 훌륭한 인물이 되고 싶었다. 그래서 언젠가는 까마득히 높은 곳에서 그들을 내려다볼 거라는 원대하고 행복한 예감에 사로잡히기도 했다. 지금도 마치 이 작은 방에는 더 자유롭고 시원한 바람이 불기라도 하는 것처럼 한스는 숨을 깊게 들이마시며 꿈과 소망과 예감에 사로잡혀 몇 시간째 침대에 그대로 앉아 있었다. 옅은 색깔의 눈꺼풀이 소년의 피곤에 지친 커다란 눈을 천천히 덮었다. 또 한 번 눈을 떴으나 깜빡거리다 다시 감겼다. 소년의 창백한 얼굴이 마른 어깨 위로 떨어졌고, 가냘픈 팔은 힘없이 아래로 축 늘어졌다. 그는 옷을 입은 채 잠이 들었다. 엄마의 손길처럼 부드러운 잠이 불안한 소년의 가슴속 파도를 잠재우고 반듯한 이마에 생긴 잔주름을 펴주었다.

이건 전례 없는 일이었다. 꼭두새벽에 교장이 몸소 기차역까지 배웅을 나온 것이다. 검정색 프록코트를 쫙 빼입은 기벤라트 씨는 흥분과 기쁨과 자부심으로 마음이 들떠서 가만히 서 있지를 못했다. 그는 초조한 기색으로 계속 교장과 한스의 주위를 맴돌았고, 역장과 모든 역무원들한테서 즐거운 여행과 아들의 시험 합격을 기원한다는 인사를 받았다. 그러는 동안에도 계속 딱딱한 가방을 오른손, 왼손 바꿔 가며 들었고 우산을 겨드랑이에 끼었다 무릎에 끼었다 하다가 몇 번 떨어뜨리기도 했다. 그때마다 번번이 가방을 내려놓고 우산을 집어 들었다. 누군가 그 모습을 보았더라면 슈투트가르트에 잠시 다녀오는 게 아니라 멀리 미국 여행이라도 떠나는 줄 알았을 것이다. 아들은 아주 침착해 보였지만, 실은 남모르는 불안감에 짓눌리고 있었다.

이윽고 기차가 도착하자 승객들이 기차에 올라탔다. 교장은 손을 흔들었고, 아버지는 담배에 불을 붙였다. 도시와 강물이 골짜기 아래로 사라졌다. 여행은 두 사람 모두에게 힘든 일이었다.

그런데 슈투트가르트에 도착하자마자 아버지는 어디서 기운이 났는지 돌연 유쾌하고 상냥하고 사교적인 인물로 바뀌었다. 소도시 주민이 며칠 동안 주도(州都)에 머물게 되어 기분이 한껏 고조된 것이다. 반면에 한스는 오히려 말수가 더 없어지고 불안해졌다. 도시를 보는 순간 엄청난 중압감이 밀려왔다. 낯선 얼굴들, 잔뜩 멋을 부리며 높다랗게 솟아 있는 건물들, 피곤할 정도로 길게 뻗어 있는 길, 길을 오가는 승합 마차와 거리의 소음에 완전히 주눅이 든 것이다. 숙소는 숙모의 집이었다. 낯선 공간, 친절하지만 수다스러운 숙모, 특별한 이유도 없이 한참 동안 계속 앉아 있는 것, 거기다 끝없이 이어지는 아버지의 충고까지 더해지는 바람에 한스는 완전히 녹초가 되었다. 그는 낯선 곳에 버려진 것 같은 기분으로 방 안에 웅크리고 앉아 있었다. 전형적인 도시 부인의 옷차림을 한 숙모를 비롯해 무늬가 큼직큼직한 양탄자, 탁상시계, 벽에 걸린 그림들까지 주변의 모든 것이 낯설기 그지없었다. 시끌벅적한 창밖의 거리를 내다보고 있으니 왠지 배신당한 기분이 들었다. 집을 떠나온 지 너무 오래 되어 그새 힘들게 공부한 것을 몽땅 잊어버린 것 같았다.

한스는 원래 오후에 다시 그리스어 불변화사를 훑어볼 계획이었다. 그런데 숙모가 산책을 나가자고 했고, 그 말을 듣는 순간 풀밭과 숲이 눈앞에 떠올라 흔쾌히 그러겠다고 했다. 하지만 대도시의 산책은 고향에서의 산책과 전혀 다르다는 사실을 금세 깨달았다.

아버지는 시내에 다른 볼일이 있다고 해서 한스 혼자 숙모를 따라나섰다. 불행은 계단에서부터 이미 시작되었다. 2층에서 꽤나 거만해 보이는 뚱보 부인을 만났는데, 숙모가 무릎을 살짝 구부려 인사하자 부인이 곧바로 말을 붙인 것이다. 두 사람의 수다는 무려 15분 넘게 지속되었다. 한스는 계단 옆 난간에 몸을 기대고 서 있었는데, 부인의 강아지가 다가와 킁킁거리며 냄새를 맡더니 사납게 으르렁거리기 시작했다. 확실치는 않지만 낯선 뚱보 부인이 코안경 너머로 자꾸 힐끔거리며 한스를 머리끝에서 발끝까지 훑어 내리는 것을 보니 두 사람은 한스에 대해 이야기하는 듯했다. 한참 만에 거리에 나섰는데, 숙모는 또 곧바로 어느 가게로 들어가더니 나오지 않았다. 한스는 불안한 마음으로 길에서 숙모를 기다렸다. 지나가던 행인이 그를 툭 밀치고 지나가기도 하고 길에서 노는 아이들이 놀려 대기도 했다. 마침내 가게에서 나온 숙모가 커다란 초콜릿을 하나 주었다. 사실 초콜릿을 좋아하지 않았지만 공손하게 인사하며 받았다. 다음 모퉁이에서 그들은 승합 마차를 탔다. 승객을 가득 태운 마차는 계속 종을 울리며 거리를 달리고 또 달린 후 넓은 가로수 길에 있는 공원에 도착했다. 그곳에서는 분수가 물을 뿜어내고 있었고, 울타리를 두른 화단에는 꽃이 가득 피어 있었다. 또 자그마한 연못에는 금붕어들이 헤엄치고 있었다. 두 사람은 산책하는 사람들 무리에 합류해 이리저리 거닐었다. 가끔은 빙빙 원을 그리면서 걷기도 했다. 걸으면서 수많은 사람들의 얼굴을 보았다. 세련된 옷차림을 한 사람도 있고, 허름한 옷차림을 한 사람도 있었다. 자전거도 보고 휠체어와 유모차도 보았다. 여러 사람들의 목소리가 뒤섞여 들렸고, 먼지가 뒤섞인 따뜻한 공기도 마셨다. 그러다 마침내 다른 사람들이 앉아 있는 벤치에 나란히 앉았다. 산책하는 동안 잠시도 입을 쉬지 않았던 숙모는 그제야 깊은 숨을 내쉬었다. 그리고 다정한 눈길로 미소를 지으며 한스에게 초콜릿을 먹으라고 했다. 솔직히 말해 먹고 싶지 않았다.

「이런, 설마 쑥스러워서 그러는 거 아니지? 그러지 말고 어서 먹어 봐. 먹어 보라니까!」

마지못해 초콜릿을 꺼낸 한스가 잠시 망설이다 은박지를

뜯고 한입 떼어 먹었다. 정말 초콜릿을 좋아하지 않았지만 숙모에게 그렇다고 말할 배짱이 없었다. 입안에서 초콜릿을 살살 녹여 가며 억지로 삼키고 있는데, 숙모가 수많은 사람들 사이에서 아는 얼굴을 발견하고는 급히 달려갔다.

「금방 돌아올 테니까 어디 가지 말고 여기 앉아 있어.」

한스는 이때다 싶어 안도의 한숨을 내쉬며 초콜릿을 멀리 잔디밭으로 던져 버렸다. 그리고 박자에 맞춰 다리를 흔들며 지나가는 사람들을 바라보았다. 갑자기 마음이 불안해졌다. 결국 한스는 다시 불규칙동사를 외우기 시작했는데 기가 막히게도 하나도 생각이 안 났다. 시험이 바로 내일인데 까맣게 잊어버린 것이다!

숙모가 돌아오더니, 올해 주 시험 응시생이 118명이라는 소식을 전해 주었다. 그중에서 합격의 영광을 누릴 수 있는 사람은 단지 36명뿐이었다. 그 소식을 듣고 한스는 완전히 풀이 죽어 집에 돌아오는 내내 한마디도 하지 않았다. 집에 오자 머리도 지끈거려 입맛도 뚝 떨어졌다. 아버지는 한스가 완전히 의기소침해 있는 것을 보고 크게 꾸짖었다. 숙모마저도 한스의 그런 모습을 못마땅해했다. 밤이 되자 한스는 겨우 잠이 들었으나 악몽에 시달렸다. 117명의 응시생과 함께 시험장에 앉아 있는 자신의 모습이 보였다. 마을 목사를 닮은 것도 같고 숙모를 닮은 것도 같은 시험관이 그의 앞에 초콜릿을 산더미처럼 쌓아 놓고 먹으라고 했다. 눈물을 흘리며 억지로 먹고 있는데, 다른 응시생들이 하나둘 자리에서 일어나 작은 문으로 사라졌다. 모두 제 몫의 초콜릿을 다

먹은 것이다. 하지만 그의 초콜릿은 오히려 산처럼 점점 높아지더니 책상과 의자 위로 흘러넘쳐 그의 숨통을 조이기 시작했다.

다음 날 아침, 한스가 시험장에 지각하지 않기 위해 계속 시계를 주시하며 커피를 마시는 동안, 고향에서는 많은 사람들이 그를 생각하고 있었다. 우선 구둣방 주인 플라이크 씨가 그를 생각했다. 숙련공들과 두 명의 수습공을 포함해 온 가족이 식탁에 빙 둘러앉자 그는 아침을 먹기 전에 기도부터 했다. 그리고 마지막에 이렇게 덧붙였다. 「오, 주여. 오늘 시험을 치르는 한스 기벤라트 학생을 보살펴 주시고 축복하여 주시옵소서. 그리고 그에게 힘을 주시옵소서. 그리하여 그가 장차 주님의 거룩한 이름을 널리 전파하는 올바르고 훌륭한 일꾼이 되게 하소서!」

마을 목사는 한스를 위해 따로 기도하지는 않았지만 아침을 먹으며 아내에게 이렇게 말했다. 「지금쯤 기벤라트가 시험장에 들어가겠군. 그 아이는 분명 모든 이의 주목을 받는 훌륭한 인물이 될 거야. 그래야 내가 라틴어 공부를 도와준 보람이 있지.」

담임 교사는 수업을 시작하기 전, 학생들에게 이렇게 말했다. 「자, 드디어 슈투트가르트에서 주 시험이 시작되었다. 우리 모두 기벤라트에게 행운을 빌어 주자! 물론 너희들의 기도는 필요하지 않을 거야. 너희 같은 게으름뱅이 열 명이 달려들어도 절대 못 당할 만큼 한스는 똑똑하니까.」 대부분의 학생들 역시 그 자리에 없는 한스를 생각했다. 특히 그의 합격 여부를 두고 내기를 건 많은 아이들은 더욱 그랬다.

간절한 기도와 진심 어린 격려는 아무리 먼 거리도 훌쩍 뛰어넘어 당사자에게 전해지는 법이라, 한스 역시 고향 사람들이 자신을 응원하고 있다는 것을 느낄 수 있었다. 아버지와 같이 시험장에 들어섰을 때 그는 가슴이 두근거렸다. 그는 소심하고 겁먹은 표정으로 조교의 지시를 따라 고사장에 들어섰다. 창백한 얼굴의 소년들이 꽉 들어차 있는 커다란 고사장을 둘러보자 마치 취조실에 끌려온 죄인 같은 기분이 들었다. 하지만 교수가 들어와 학생들에게 조용히 하라는 지시를 내린 후 시험이 시작되자 오히려 안도의 한숨이 나왔다. 텍스트를 읽어 주고 라틴어로 번역하는 시험이었는데, 문제가 생각보다 쉬웠기 때문이다. 그는 편안한 마음으로 재빨리 초안을 작성한 뒤 다시 깨끗하게 정서해 제출했다. 그는 답지를 맨 먼저 제출한 응시생들 가운데 하나였다. 숙모 집으로 돌아올 때는 길을 잘못 드는 바람에 도시의 무더운 거리를 두 시간이나 헤맸지만, 마음이 다시 흔들리지는 않았다. 오히려 잠시나마 숙모와 아버지로부터 벗어날 수 있어 홀가분한 기분이었다. 낯선 대도시의 시끌벅적한 거리를 거닐고 있으니 자신이 대단한 모험가라도 된 것 같았다. 사람들에게 길을 물어물어 마침내 집에 도착하자 곧바로 질문이 쏟아졌다.

「시험은 어땠어? 어떻게 봤냐고? 잘 봤겠지?」

「쉬웠어요. 그 정도는 5학년 때 벌써 번역할 수 있었어요.」 한스는 의기양양하게 대답했다.

그러고는 배가 몹시 고팠던 터라 점심을 잔뜩 먹었다.

오후에는 할 일이 하나도 없었다. 아버지는 한스를 데리고 몇몇 친척들과 친구 집을 돌아다녔다. 그중 한 곳에서 검은색 옷을 입은 조용한 소년을 만났다. 그 아이 역시 주 시험을 보기 위해 괴핑겐에서 왔다고 했다. 어른들은 아이들끼리 놀라고 했다. 두 소년은 어색해하면서도 서로에게 호기심을 느꼈다.

「라틴어 시험은 어땠어? 쉽지 않았니? 그렇지?」 한스가 물었다.

「응, 엄청 쉬웠어. 하지만 바로 그게 문제야. 대부분 쉬운 문제에서 실수가 나오는 법이거든. 집중을 안 하니까. 또 문제에 함정이 숨어 있을 수도 있고.」

「정말 그럴까?」

「당연하지. 시험관들이 그렇게 멍청할 리가 없잖아.」

조금 놀란 한스가 곰곰이 생각해 보다가 머뭇거리며 다시 물었다. 「너 혹시 시험 문제지 갖고 있니?」

소년이 노트를 가져왔다. 그들은 함께 시험 문제를 한 글자씩 꼼꼼하게 검토했다. 괴핑겐에서 온 소년은 라틴어 실력이 뛰어난 것 같았다. 그는 한스가 한 번도 들어 본 적 없는 문법 용어를 두 번이나 사용했다.

「내일은 무슨 과목 시험이지?」

「그리스어와 작문이야.」

괴핑겐에서 온 소년이 한스네 학교에서는 응시생이 몇 명이나 왔느냐고 물었다.

「아무도 없어. 나 혼자 왔어.」 한스가 대답했다.

「그래? 우리 괴핑겐에서는 열두 명이나 왔어! 그중 세 명
은 아주 뛰어난 아이들이야. 걔들이 상위권을 휩쓸 거라고
다들 기대하고 있어. 작년에도 괴핑겐 출신이 수석을 차지했
거든. 그런데 혹시 너는 이 시험에 떨어지면 김나지움[3]에 진
학할 거야?」

한스는 그런 생각을 한 번도 해본 적이 없었다.

「잘 모르겠어……. 아니, 아마 김나지움에 가진 않을 거야.」

「그래? 나는 이번 시험에 떨어져도 계속 공부할 거야. 어
머니가 낙방하면 울름에 보내 주신다고 했거든.」

한스는 아이의 말을 듣고 큰 충격을 받았다. 아주 뛰어난
세 명의 아이를 포함한 열두 명의 괴핑겐 아이들 때문에 마
음이 불안해졌다. 그리고 완전히 자신감을 잃어버렸다.

숙모의 집으로 돌아온 한스는 자리에 앉아 〈mi〉로 끝나
는 동사를 다시 한번 살펴보았다. 라틴어 시험에 대해서는
전혀 걱정하지 않았다. 원래 자신 있었기 때문이다. 하지만
그리스어는 달랐다. 그리스어를 몹시 좋아했지만 단지 글을
읽는 것이 좋았을 뿐이다. 특히 크세노폰의 글은 아름답고
생동감이 넘쳐서 큰 감동을 주었다. 소리가 맑고 아름답고
힘찬 데다가 유쾌한 자유정신이 깃들어 있었기 때문이다. 내
용 이해도 어렵지 않았다. 하지만 문법을 공부하거나 독일
어를 그리스어로 번역할 때면 서로 모순되는 규칙과 형식들
로 인해 마치 미로를 헤매는 기분이었다. 그래서 아직도 그

3 독일의 인문계 중고등학교.

30

리스어에 대해서는 철자조차 몰랐던 첫 수업 때와 거의 똑같은 불안과 두려움을 느꼈다.

다음 날에는 정말 그리스어와 독일어 작문 시험을 차례로 보았다. 그리스어 문제는 지문이 상당히 길 뿐 아니라 내용도 어려웠다. 독일어 작문 시험 역시 주제가 몹시 까다로운데다가 문제의 요점을 파악하기 힘들었다. 게다가 오전 10시 무렵부터 고사장 안이 찌는 듯이 더워졌다. 펜까지 말썽을 부려서 그리스어 답안을 작성할 때는 답안지를 두 장이나 버리고 나서야 깨끗하게 정서할 수 있었다. 작문 시험을 볼 때는 옆자리에 앉은 뻔뻔한 아이 때문에 최대의 위기를 맞았다. 한스의 옆구리를 쿡쿡 찌르며 질문을 적은 종이를 내밀고는 답을 가르쳐 달라는 것이었다. 옆자리 학생과의 접촉은 엄격한 금지 사항으로, 위반할 시 가차 없이 시험장에서 쫓겨났다. 한스는 조마조마한 마음으로 종이에 〈귀찮게 하지 마!〉라고 쓴 뒤 등을 돌려 버렸다. 시험장 안은 정말 후텁지근했다. 쉴 새 없이 규칙적으로 시험장 안을 돌아다니던 감독관조차 몇 번이나 손수건으로 얼굴을 닦았다. 한스는 종교 행사 때 입는 두꺼운 양복을 입고 있었기 때문에 땀이 줄줄 흐르고 머리가 지끈거렸다. 마침내 답지를 제출하기는 했지만 기분이 영 찜찜했다. 실수를 너무 많이 해 시험을 완전히 망친 것 같았다.

한스는 점심을 먹는 내내 한마디도 하지 않았다. 묻는 말에도 죄지은 듯한 표정을 지으며 어깨만 움츠렸다. 숙모는 위로의 말을 건네며 다독거렸지만 아버지는 몹시 화가 났다.

식사 후 아버지는 아들을 옆방으로 데려가 다시 꼬치꼬치 캐물었다.

「시험을 잘 못 봤어요.」 한스가 말했다.

「정신을 어디다 팔았던 거야? 시험에 좀 더 집중했어야지. 젠장!」

한스는 가만히 듣고 있었다. 하지만 아버지가 본격적으로 화를 내자 벌겋게 달아오른 얼굴로 말대꾸를 했다. 「아버지는 그리스어에 대해 하나도 모르시잖아요!」

최악은 2시에 있을 구술시험이었다. 그가 가장 두려워하는 시험. 한스는 비참한 기분으로 타는 듯이 뜨거운 거리를 걸어갔다. 고통과 두려움과 현기증 때문에 앞이 제대로 안 보일 지경이었다.

한스는 커다란 녹색 테이블에 앉은 세 명의 시험관 앞에서 10분 동안 라틴어 문장 두세 개를 번역한 뒤 그들의 질문에 대답했다. 다음 10분 동안은 세 명의 다른 시험관 앞에 앉아서 그리스어를 번역하고 다시 온갖 질문을 받았다. 마지막으로 한 시험관이 그리스어 동사의 불규칙 과거형을 물었으나 제대로 대답하지 못했다.

「이제 가도 좋습니다. 저기 오른쪽 문으로 나가세요.」

그런데 문 앞에서 불현듯 그 동사의 과거형이 생각났다. 그는 걸음을 멈췄다.

「나가세요. 나가도 됩니다! 혹시 어디 몸이 불편한가요?」 시험관이 소리쳤다.

「아닙니다. 방금 답이 생각나서요.」

한스는 시험관들을 향해 큰 소리로 불규칙 과거형을 외쳤다. 한 시험관이 껄껄 웃는 게 보였다. 한스는 지끈거리는 머리를 감싸 쥐고 밖으로 뛰쳐나왔다. 구술시험에서 받은 질문들과 자신이 한 대답들을 떠올려 보려 했으나 머릿속이 온통 뒤죽박죽이었다. 커다란 녹색 테이블과 프록코트를 입은 나이 든 근엄한 시험관 세 명, 테이블 위에 펼쳐 놓은 책, 그 위에서 부들부들 떨던 자신의 손만 자꾸 떠올랐다. 맙소사, 대체 내가 뭐라고 대답한 거지?

거리를 걸어가는데, 문득 이곳에 온 지 벌써 여러 주가 지났고 다시는 이곳을 떠날 수 없을 것 같은 불길한 생각이 들었다. 고향 집 정원, 푸른 전나무 숲, 강변의 낚시터, 그 모든 것이 아득히 멀어진 듯했다. 그 풍경을 보았던 기억조차 가물가물했다. 한스는 오늘 당장 집에 돌아가고 싶었다. 어차피 시험을 다 망쳐 버렸는데, 여기 더 머물러 있을 이유가 뭐란 말인가.

그는 우유 빵을 하나 산 다음 오후 내내 거리를 헤매고 다녔다. 아버지의 얼굴을 마주할 엄두가 나지 않았기 때문이다. 숙모 집으로 돌아와 보니 모두 그를 걱정하고 있었다. 지치고 초췌해진 얼굴로 돌아온 한스를 보자 아버지와 숙모는 그에게 달걀 수프를 먹인 후 곧바로 잠자리에 들게 했다. 다음 날은 수학과 종교 시험을 봐야 했다. 그 시험이 끝나야 비로소 집으로 돌아갈 수 있었다.

다음 날 오전에 치른 시험은 아주 쉬웠다. 주요 과목을 치른 어제는 시험을 망쳤는데 오늘은 이렇게 잘 봤다는 사실에 기분이 쓸쓸했다. 아무래도 상관없었다. 아무튼 이제 이곳을 떠날 수 있다. 집을 향해!

「시험이 모두 끝났어요. 우리 이제 집에 가도 되죠?」 숙모 집에 돌아온 한스가 물었다.

그런데 아버지가 하루만 더 있다 가자고 했다. 칸슈타트 요양지 공원에 가서 커피를 마시자는 것이었다. 하지만 한스가 그냥 집에 돌아가자고 하도 졸라 대는 바람에 혼자 돌아가는 것을 허락해 주었다. 아버지와 숙모가 기차역까지 데려다준 뒤 기차표를 건넸다. 숙모는 작별 키스를 하고 간식거리를 조금 챙겨 주었다. 진이 빠져 버린 한스는 멍한 상태로 기차에 몸을 싣고 푸른 구릉지를 지나 집으로 향했다. 멀리서 검푸른 전나무 숲이 보이자 그제야 기쁨과 해방감이 밀려왔다. 늙은 하녀와 자신의 작은 방, 교장 선생님, 천장이 낮은 낯익은 교실, 그 모든 것이 그리웠다.

다행히 기차역에는 호기심 많은 아는 얼굴이 하나도 안 보였다. 덕분에 누구의 눈에도 띄지 않고 작은 가방을 들고 집으로 곧장 달려갈 수 있었다.

「슈투트가르트에서는 즐거웠니?」 늙은 하녀 아나가 물었다.

「즐거웠냐고요? 시험 보는 게 즐거웠을 리가 있어요? 그냥 집에 돌아와서 좋을 뿐이에요. 아버지는 내일 돌아오실 거예요.」

한스는 신선한 우유를 한 대접 마신 뒤 창문 앞에 걸려 있던 수영복을 들고 곧장 밖으로 달려 나갔다. 하지만 많은 아이들이 놀고 있을 풀밭 수영장으로는 가지 않았다.

그는 시내에서 꽤 멀리 떨어진 곳에 있는 〈바게〉로 갔다. 키 큰 덤불 사이로 깊은 강물이 느리게 흐르는 곳이었다. 옷을 벗은 한스는 먼저 차가운 물속에 손을 집어넣어 수온을 확인해 본 다음 발을 담갔다. 몸이 부르르 떨렸지만 재빨리 물속으로 뛰어들었다. 느린 물살을 거스르며 천천히 헤엄치고 있으니 지난 며칠간의 찌든 땀과 불안이 말끔히 씻겨 나가는 듯했다. 강물이 그의 여윈 몸을 시원하게 감싸고 있는 동안 그의 영혼은 아름다운 고향의 품에 안긴 것에 새삼 기쁨을 느꼈다. 그는 속도를 높였다 늦췄다 하면서 계속 헤엄쳤다. 차가운 물에 기분이 좋았으나 피로가 몰려와 온몸이 나른해졌다. 그래서 물 위에 드러누워 흐르는 강물에 몸을 맡겼다. 하루살이 떼가 금빛 원을 그리며 윙윙 날아갔다. 석양에 온통 장밋빛으로 물들어 있는 저녁 하늘을 올려다보니 날렵한 작은 제비들이 허공을 가르며 날아가고 있었다. 그제야 한스는 다시 옷을 입고 몽상에 잠겨 천천히 집을 향해 걸었다. 골짜기에는 벌써 땅거미가 내려앉았다.

상인 자크만 씨의 집을 지났다. 아주 어렸을 적 그 집 정원에서 아이들과 어울려 아직 익지도 않은 자두를 몰래 따 먹던 기억이 났다. 이어서 키르히너 목공소를 지나갔다. 하얀 전나무 목재들이 여기저기 널려 있었다. 예전에는 낚시를 갈 때마다 늘 그 목재 밑에서 미끼로 쓸 지렁이를 잡곤 했다. 감독관 게슬러 씨의 작은 집도 지나갔다. 2년 전 스케이트를 타면서 게슬러 씨의 딸 에마의 환심을 사기 위해 애태웠던 기억이 났다. 한스와 동갑인 에마는 이 마을에서 제일 사랑스럽고 예쁜 여학생이었다. 당시 한스의 제일 큰 소망은 에마한테 말을 한번 붙여 보거나 손을 잡아 보는 것이었다. 하지만 너무 소심한 성격 탓에 그 소망은 이루어지지 못했다. 그 후 에마는 기숙사가 있는 학교로 떠났다. 지금은 그녀의 얼굴이 어떻게 생겼는지도 가물가물했다. 문득 까마득한 옛일이 되어 버린 어릴 적 추억들이 떠올랐다. 그 시절의 일들은 지금까지 겪은 그 어떤 일보다 강렬한 색채와 오묘한 향기를 머금고 있었다. 예전에 그는 저녁이 되면 나숄트 씨네 대문간에 앉아서 리제가 감자 껍질을 벗기면서 들려주는 이야기에 귀를 기울이곤 했다. 또 일요일 아침이면 양심의 가책을 무릅쓰고 아래쪽 강둑에 나가 바짓단을 걷어 올리고 가재나 피라미를 잡다가 외출복을 흠뻑 적시는 바람에 아버지한테 매를 맞은 적도 있었다. 그 시절에는 정말 이상한 사건도 많고 이상한 사람도 많았는데, 어떻게 이렇게 오랫동안 까맣게 잊고 지냈을까! 그중에서도 마을 사람들로부터 아내를 독살했다는 의심을 샀던, 목이 구부정한 구두장이 슈트로마이어 씨를 빼놓을 수 없다. 모험을 좋아하는 〈베크 씨〉도 있었다. 지팡이를 들고 배낭을 맨 채 뷔르템베르크주를 구석구석 찾아다니는 아저씨의 이름을 부를 때면 사람들이 꼭 〈씨〉 자를 붙였다. 그가 한때 마차와 말 네 필을 소유한 진짜 부자였기 때문이다. 그런데 지금 기억나는 것은 단지 그들의 이름뿐이었다. 한스는 이 어둡고 작은 골목의 세계가 이미 오래전에 자신을 떠났다는 것을 어렴풋이 느꼈다.

그것을 대체할 만한 활력 넘치고 근사한 경험이 있었던 것도 아니었다.

한스는 다음 날에도 학교에 갈 필요가 없었기 때문에 늦잠을 자면서 마음껏 빈둥거렸다. 그리고 점심때쯤 아버지를 마중 나갔다. 아버지는 슈투트가르트에서 즐거운 시간을 보내서 그런지 기분이 몹시 좋아 보였다.

「시험에 합격하면 무슨 소원이든 들어주마. 원하는 게 뭔지 미리 잘 생각해 둬!」아버지가 잔뜩 들뜬 목소리로 말했다.

「아니, 아니에요. 떨어질 게 확실해요.」한스가 한숨을 내쉬며 말했다.

「한심한 녀석, 대체 왜 이러는 게냐? 내 마음이 바뀌기 전에 갖고 싶은 거나 말해 봐.」

「방학하면 낚시를 하고 싶어요. 그래도 돼요?」

「좋다. 시험에 합격만 하면 너 하고 싶은 대로 해.」

다음 날은 일요일이었는데, 천둥번개가 치고 폭우가 쏟아졌다. 한스는 제 방에 틀어박혀 몇 시간 동안 책도 읽고 생각에 잠기기도 했다. 슈투트가르트에서 본 시험을 다시 한번 꼼꼼히 되짚어 보았다. 몇 번을 생각해도 시험을 망쳤다는 결론에 도달했다. 충분히 더 잘 볼 수 있었는데 다 망쳐 버렸다. 절대 합격할 리가 없었다. 하필이면 그때 두통이 찾아올 건 뭐란 말인가! 불안과 걱정이 점점 커지면서 속이 답답해졌다. 결국 한스는 더 이상 참지 못하고 아버지 방으로 건너갔다.

「아버지!」

「왜? 무슨 일인데?」

「물어볼 게 있어서요. 아까 말한 소원 말이에요. 낚시는 안 할래요.」

「좋다. 그런데 지금 왜 그 이야기를 다시 꺼내는 게냐?」

「그러니까 그게……. 음, 물어보고 싶어서요. 만약에 제가…….」

「답답하게 굴지 말고 속 시원하게 말해 봐. 대체 뭘 물어보고 싶은 게냐?」

「만약에 제가 시험에 떨어진다면 김나지움에 진학해도 될까요?」

기벤라트 씨는 어이가 없는지 잠시 말문이 막혔다.

「뭐? 김나지움? 네가 김나지움에 간다고? 대체 누가 네 머릿속에 그런 생각을 심어 준 거야?」 그가 버럭 소리를 질렀다.

「그런 사람 없어요. 그냥 저 혼자 생각해 본 거예요.」

아버지는 한스의 얼굴에 떠오른 극심한 두려움을 알아차리지 못했다.

「나가. 말도 안 되는 소리 작작하고 그만 나가라고! 김나지움이라니! 너는 아버지가 부유한 사업가라도 되는 줄 아는 게로구나.」 그가 한심하다는 듯 웃으며 말했다.

아버지가 손을 흔들며 어찌나 세차게 내치던지 한스는 할 수 없이 체념하고 방을 나왔다.

아버지가 화를 참지 못하고 등 뒤에서 소리쳤다. 「철딱서니 없는 녀석 같으니라고! 무슨 말도 안 되는 소리야! 이제

와서 김나지움에 가겠다고! 허 참, 네가 아주 간덩이가 부었구나.」

한스는 30분 동안 창턱에 앉아 깨끗이 닦은 마룻바닥을 응시하며 생각에 잠겼다. 만약 정말로 신학교에 못 들어가면 어떡하지? 김나지움과 대학에도 못 가게 되면? 아버지는 분명 치즈 가게나 아무 사무실에 수습생으로 보낼 텐데. 그럼 지금까지 절대 저런 사람은 되지 말자고 다짐하며 경멸했던 평범하고 보잘것없는 사람으로 살아가야 할 것이다. 귀엽고 똘똘해 보이는 한스의 얼굴이 분노와 슬픔으로 마구 일그러졌다. 화가 치밀어 올라 자리에서 벌떡 일어선 한스는 침을 퉤 뱉었다. 그리고 마침 옆에 놓여 있던 라틴어 시선집(詩選集)을 벽을 향해 홱 던져 버리고는 빗속으로 뛰쳐나갔다.

월요일 아침에 그는 다시 학교에 갔다.

「잘 지냈니? 나는 네가 어제 찾아올 줄 알았다. 시험은 잘 봤겠지?」 교장이 악수를 청하며 물었다.

한스는 고개를 푹 숙였다.

「아니, 왜 그래? 시험을 잘 못 본 거야?」

「그런 것 같아요.」

「음, 일단 기다려 보자꾸나! 아마 오늘 오전 중으로 슈투트가르트에서 연락이 올 거야.」 나이 든 교장이 그를 위로해 주었다.

오전 시간은 끔찍할 만큼 더디 흘렀다. 아무 소식도 없었다. 점심시간에 한스는 속으로 울먹이느라 밥을 목구멍으로 넘길 수 없었다.

정각 오후 2시에 교실로 갔더니 담임 교사가 벌써 들어와 있었다.

「한스 기벤라트.」 담임 교사가 그의 이름을 크게 불렀다.

한스가 앞으로 나가자 그가 손을 내밀며 말했다.

「축하한다, 기벤라트. 네가 주 시험에 2등으로 합격했어.」

일순간 교실이 조용해졌다. 그리고 문이 벌컥 열리더니 교장이 들어왔다.

「축하한다. 자, 이제 소감 한마디 해야지?」

너무 놀라고 기뻐서 한스는 마비된 것처럼 꼼짝도 할 수 없었다.

「자, 아무 말도 안 할 거야?」

「그것만 알았더라면 1등도 할 수 있었을 거예요.」 한스의 입에서 불쑥 이 말이 튀어나왔다.

「자, 이제 그만 집에 돌아가도록 해라. 아버지께 합격 소식 전해 드려야지. 그리고 학교는 더 이상 나올 필요 없다. 어차피 일주일 후면 방학이 시작되니까.」


한스는 정신없이 거리로 뛰쳐나왔다. 보리수나무가 늘어선 광장에는 햇살이 가득했다. 평소와 다를 바 없는 풍경이었지만 더 아름답고 더 의미 있고 더 즐거워 보였다. 내가 시험에 합격하다니! 그것도 2등으로! 처음에 느꼈던 가슴 벅찬 기쁨의 물결이 물러나고 그 자리에 뜨거운 감사의 마음이 가득 들어찼다. 이제 길에서 목사를 피할 이유가 없다. 계속 공부할 수 있게 됐으니 치즈 가게나 사무실 수습생으로 들어가게 될까 봐 마음 졸일 필요도 없다!

다시 낚시도 할 수 있다. 집에 돌아와 보니 마침 아버지가 현관문 앞에 서 있었다.

「무슨 일 있니?」 아버지가 가볍게 물었다.

「별일 아니에요. 나더러 이제 학교에 안 나와도 된대요.」

「뭐라고? 도대체 왜?」

「이제 저는 신학교 학생이니까요.」

「세상에. 네가 시험에 합격했다는 거냐?」

한스는 고개를 끄덕였다.

「성적은 어떤데?」

「2등이래요.」

기대치를 훌쩍 뛰어넘은 결과에 아버지는 말을 잇지 못한 채 연신 아들의 어깨만 두드리며 껄껄 웃었다 고개를 저었다 했다. 무슨 말인가 하려고 입을 벌렸지만 결국 아무 말도 못 하고 다시 고개만 흔들었다.

그러다 마침내 큰 소리로 외쳤다. 「이렇게 경사스러울 수가! 세상에, 어떻게 이런 일이!」

한스는 쏜살같이 집 안으로 뛰어 들어가 계단을 통해 다락방으로 올라갔다. 빈 다락방의 벽장문을 활짝 열어젖힌 뒤 안에서 각종 상자와 실타래와 코르크 등의 낚시 도구를 끄집어냈다. 이제 낚싯대만 있으면 된다. 한스는 아버지한테로 달려갔다.

「아버지, 주머니칼 좀 빌려주세요.」

「어디다 쓰려고?」

「나뭇가지를 다듬어서 낚싯대를 만들려고요.」

아버지가 주머니에서 뭔가를 꺼냈다.

「옜다, 받아라. 2마르크다. 이 돈으로 직접 칼을 사도록 해. 네 개인용으로. 하지만 한프리트 가게로 가지 말고 직접 대장간에 가서 사야 한다.」 아버지가 환하게 웃는 얼굴로 거들먹거리며 말했다.

한스는 곧장 대장간으로 달려갔다. 시험 결과를 물어본 대장간 주인이 합격 소식을 듣더니 특별히 좋은 칼을 꺼내 주었다. 강 하류 쪽 브뤼엘 다리 밑에 가지가 아름답고 곧게 뻗은 오리나무와 개암나무 군락지가 있었다. 한스는 한참을 고른 끝에 탄력이 강한 완벽한 나뭇가지를 하나 잘라서 서둘러 집으로 돌아왔다.

그는 발그레하니 달아오른 얼굴로 눈빛을 반짝이며 기분 좋게 낚싯대를 다듬기 시작했다. 이건 낚시질 못지않게 즐거운 일이었다. 오후에 시작된 작업이 저녁때까지 이어졌다. 흰 실, 갈색 실, 녹색 실을 각기 따로 분류한 다음 끊어진 곳은 잇고 낡고 엉클어진 매듭은 풀어서 가지런하게 정리했다. 모양과 크기가 제각각인 코르크와 깃털로 된 찌를 하나씩 전부 점검하고 새로 만들기도 했다. 무게를 더하기 위해 낚싯줄에 매다는, 다양한 크기의 작은 납덩어리들을 망치로 두들겨 동그랗게 만든 후 칼로 금을 새겼다. 다음은 낚싯바늘 차례였다. 보관해 둔 낚싯바늘이 몇 개 남아 있었다. 일부는 네 겹으로 꼰 검정색 재봉실에 묶고, 일부는 바이올린 줄과 비비 꼰 말총에 단단히 묶었다. 저녁 무렵 드디어 모든 작업이 끝났다. 이제 7주나 되는 긴 방학을 지루하지 않게 보낼 수 있다. 낚싯대만 있으면 그는 혼자서도 온종일 강가에서 즐겁게 지낼 수 있었다.

# 제2장

 여름 방학이라면 모름지기 이래야 하는 법! 산 위로는 용담꽃처럼 새파란 하늘이 펼쳐져 있고, 몇 주 동안 계속 눈부시게 화창하고 무더운 날씨가 계속되었다. 세찬 소나기가 잠깐씩 쏟아지기도 했다. 수많은 바위와 전나무 그늘, 좁은 골짜기를 거치며 흘러 내려온 강물은 무척 따뜻해서 저녁 늦게까지 수영할 수 있었다. 베어서 들판에 쌓아 놓은 건초 냄새가 마을 주변에 가득했고, 가느다란 띠 모양으로 펼쳐진 밀밭은 벌써 누런 황금빛으로 물들었다. 시냇가에는 어른 키만 한 독미나리 등의 잡풀이 무성하게 피어 있었다. 우산처럼 생긴 독미나리의 하얀 꽃에는 작은 딱정벌레들이 다다닥 붙어 있었고, 속이 텅 비어 있는 줄기로는 피리를 만들 수 있었다. 숲 가장자리에는 보드라운 솜털이 나 있는 줄기에 노란 꽃이 핀 버배스컴이 길게 줄지어 있었다. 가늘지만 억센 줄기 끝에 매달린 부처꽃과 바늘꽃이 산비탈을 온통 자주색으로 물들이며 바람에 한들거렸다. 숲 안쪽 전나무 아래에는 빨간 디기탈리스가 근엄하고 우아하고 이국적인 자

태를 뽐내며 높다랗게 자라 있었다. 넓적한 뿌리 쪽 잎사귀
는 보들보들한 은빛 솜털에 뒤덮여 있었고, 튼튼한 줄기 끝
에는 빨간색 꽃이 줄지어 매달려 있었다. 그 주위에는 반짝
거리는 빨간 광대버섯을 비롯해 두툼하고 넓적한 돌버섯, 괴
상한 모양의 선모(仙茅), 가지가 새빨간 싸리버섯이 자라고
있었다. 신기하게도 병든 것처럼 아무 색깔도 없는 두툼한
수정란풀도 있었다. 숲과 풀밭 사이, 히스가 무성한 산비탈
에는 불꽃처럼 샛노란 억센 금작화와 연한 보랏빛이 도는
붉은 에리카도 기다란 띠 모양으로 피어 있었다. 그 옆으로
는 풀밭이 펼쳐졌다. 두 번째 풀베기를 앞둔 풀밭에는 다양
한 색깔의 황새냉이와 패랭이꽃, 샐비어와 체꽃이 무성했다.
활엽수림에서는 되새가 쉴 새 없이 울어 댔고, 전나무 숲에
서는 적갈색 날다람쥐들이 높은 나뭇가지 사이를 건너다녔
다. 산비탈과 담장, 물이 바짝 말라 버린 도랑에서는 반짝거
리는 초록 도마뱀들이 따스한 햇볕을 받으며 나른한 휴식을
취하고 있었다. 귀가 따가울 만큼 시끄러운 매미 울음소리
가 풀밭 너머 멀리까지 울려 퍼졌다.

　이맘때쯤 되면 마을은 완전히 시골 분위기에 휩싸였다. 건
초 더미를 실은 마차와 건초 냄새, 날을 세우기 위해 망치로
낫을 두들기는 소리가 거리에 흘러넘쳤다. 공장 두 개만 없
었다면 정말 시골에 온 기분이 들었을 것이다.

　방학 첫날, 한스는 늙은 하녀 아나가 일어나기도 전 새벽
부터 부엌에 가서 조바심을 내며 커피를 기다렸다. 그는 아
나가 불 지피는 것을 도와준 뒤 빵집에서 빵을 사 왔다. 그

리고 서둘러 신선한 우유를 넣은 커피를 마신 후 빵을 호주 머니에 집어넣고 후다닥 밖으로 뛰어나갔다. 철둑에 이르자 한스는 걸음을 멈추고 바지 주머니에서 둥근 양철통을 꺼내 열심히 메뚜기를 잡기 시작했다. 그때 기차가 지나갔다. 경사가 급한 구간이라서 기차는 속도를 올리지 않고 천천히 달렸다. 창문이 전부 활짝 열려 있었는데, 승객은 몇 명밖에 없었다. 한스는 하얀 증기를 깃발처럼 휘날리며 멀어지는 기차를 가만히 바라보았다. 하얀 증기는 잠시 소용돌이치다가 금세 햇살이 가득한 이른 아침의 창공으로 사라졌다. 정말 오랜만에 보는 광경이었다. 잃어버린 아름다운 시간을 두 배의 속도로 따라잡아 다시 한번 근심 걱정 없던 어린 소년으로 되돌아가려는 듯 한스가 크게 심호흡을 했다.

한스는 메뚜기가 담긴 깡통과 낚싯대를 들고 다리를 건넜다. 마을 뒤편 정원들을 지나 가울스쿰펜으로 걸어가는 동안 사냥꾼의 은밀한 기쁨과 욕망으로 한스는 마음이 몹시 설렜다. 가울스쿰펜은 강에서 수심이 가장 깊은 곳으로, 그곳에는 아무 방해도 받지 않고 버드나무에 기대서서 편안하게 낚시할 수 있는 장소가 있었다. 그는 낚싯줄을 풀어 작은 납덩이를 매달고 낚싯바늘에 통통한 메뚜기를 산 채로 끼웠다. 그런 다음 저 멀리 강 한가운데로 크게 원을 그리며 낚싯줄을 획 던졌다. 드디어 오래전부터 익숙한 놀이가 시작되었다. 작은 사루기들이 떼로 몰려와 낚싯바늘에서 미끼를 떼어 먹으려고 했다. 미끼가 금세 사라져 버렸다. 두 번째 메뚜기를 낚싯바늘에 끼웠다. 이어서 세 번째, 네 번째, 다섯 번째까지 끼웠다. 메뚜기를 끼우는 손길이 갈수록 신중해졌다. 낚싯줄의 무게를 더하기 위해 납덩어리도 하나 더 매달았다. 드디어 제법 큰 물고기가 미끼를 건드리기 시작했다. 물고기가 미끼를 살짝 잡아당겼다 놓았다 하면서 입질하다가 마침내 미끼를 덥석 물었다. 노련한 낚시꾼은 낚싯줄과 낚싯대를 통해 손가락에 전해지는 물고기의 미세한 움직임을 감지할 수 있다. 한스는 일부러 낚싯줄을 한 번 세게 낚아챈 다음 천천히 당기기 시작했다. 물고기가 낚싯바늘에 걸려 있는 게 느껴졌다. 수면 위로 모습을 드러낸 것을 보니 황어였다. 담황색으로 빛나는 넓적한 몸통, 세모난 머리, 특히 띠 모양의 아름다운 선홍색 배지느러미를 보면 알 수 있었다. 무게가 얼마나 나가려나? 그런데 무게를 가늠해 보기도 전에 물고기가 수면 위에서 필사적으로 퍼덕거리더니 낚싯바늘에서 쏙 빠져나갔다. 그러고는 물속에서 서너 번 몸을 비튼 다음 은빛 섬광처럼 강물 속으로 사라졌다. 미끼를 제대로 물지 않았던 것이다.

낚시의 재미에 푹 빠져든 한스는 사냥꾼의 본능을 발휘해 정신을 집중했다. 우선 가느다란 갈색 낚싯줄이 수면에 닿은 지점에 시선을 고정하고 뚫어지게 쳐다보았다. 얼굴은 발갛게 달아올랐고, 동작은 간결하고 빠르고 정확했다. 두 번째 황어가 미끼를 물고 수면에 모습을 드러냈다. 다음은 아쉽게도 작은 잉어였다. 하지만 이어서 모샘치를 연속해서 세 마리나 잡았다. 아버지가 좋아하는 물고기라 특히 기분이 좋았다. 모샘치는 작은 비늘로 뒤덮인 도톰한 몸통에 우스꽝스러운 흰 수염이 달린 뭉툭한 머리를 가진 물고기인데, 눈이 작고 몸 뒤쪽이 갸름했다. 또 물속에서는 녹색과 갈색의 중간 정도로 보이는데, 물 밖으로 나오면 짙은 청색으로 변했다.

어느새 해가 중천에 떠 있었다. 위쪽 강둑에 부딪친 강물이 눈처럼 하얀 포말이 되어 반짝거렸고, 따뜻한 바람이 수면을 스치고 지나갔다. 고개를 들어 올려다보니 무크베르크 산 위로 손바닥만 한 조각구름이 몇 점 떠 있었다. 날이 무척 후텁지근했다. 파란 하늘 중간쯤에 두둥실 떠 있는 하얀 조각구름이 어찌나 햇빛을 가득 머금고 있는지 눈이 부셔서 오래 쳐다볼 수가 없었다. 그걸 못 봤더라면 날이 얼마나 무더운지 알지 못했을 것이다. 그는 파란 하늘과 거울처럼 반질거리는 수면이 아니라, 하늘에 떠 있는 새하얀 조각구름을 보고서야 비로소 햇볕이 쨍쨍 내리쬐고 있다는 사실을 깨닫고 이마의 땀을 닦아 내며 그늘을 찾았다.

한스는 갈수록 낚싯바늘에 대한 집중력이 흐트러졌다. 조금 피곤하기도 했다. 어차피 한낮에는 물고기가 거의 잡히지 않았다. 이때쯤이면 가장 나이 많고 몸집이 큰 잉어들도 햇볕을 쬐기 위해 수면 위로 올라와 시커멓게 무리를 지어 유유히 강을 거슬러 올라가는데, 가끔씩 무슨 이유인지 펄떡거리며 물 위로 튀어 오를 뿐 미끼를 잘 물지 않았다.

한스는 버드나무 가지 너머 강물에 낚싯대를 드리운 채 바닥에 앉아 무심히 푸른 강물을 바라보았다. 물고기들이 등을 보이면서 차례로 수면 위로 떠올랐다. 그러고는 마치 온기의 마법에라도 걸린 것처럼 무리 지어 느릿느릿 헤엄쳤다. 수온이 따뜻해 기분이 몹시 좋은 듯했다. 한스는 장화를 벗고 발을 강물에 담갔다. 물이 미지근했다. 잡아서 커다란 물뿌리개에 담아 놓은 물고기들이 얌전히 헤엄치다가 가끔씩 파닥거렸다. 파닥거릴 때마다 비늘과 지느러미가 흰색을 비롯해 갈색, 초록색, 은색, 연한 금색, 청색, 그 밖의 온갖 색깔들로 반짝거리는 모습이 몹시 아름다웠다.

주위는 고요했다. 여기서는 다리 위를 지나다니는 차 소리는 거의 들리지 않았다. 물레방아가 덜커덩거리며 돌아가는 소리도 겨우 들릴락 말락 했다. 하지만 위쪽 하얀 강둑에 쏴쏴 부딪치는 물소리는 자장가처럼 부드럽고 잔잔하게 계속 이어졌다. 뗏목 말뚝에 찰방찰방 부딪치는 물소리도 나직하게 들렸다.

지난 1년 동안 그는 그리스어와 라틴어, 문법과 문체론, 수학과 암기에 매달려 불안한 마음으로 쫓기듯 지냈다. 그런데 이 나른하고 따뜻한 시간 속에서 고문과도 같았던 그동안의 혼란스러웠던 마음이 차분히 가라앉았다. 머리가 조금 아팠지만 평소만큼 심하지는 않았다. 게다가 이렇게 물가에 앉아 강물을 바라볼 수 있지 않은가. 강물이 둑에 부딪쳐 하얀 포말로 부서졌다. 한스는 눈을 깜빡이며 다시 낚싯줄을 보았다. 옆에 놓인 물뿌리개 안에서는 물고기들이 헤엄치고 있었다. 이보다 더 좋을 수는 없었다. 신학교 입학시험에 합격했다. 그것도 2등으로. 그 생각이 머리를 스칠 때마다 맨발로 물장구를 치면서 두 손을 호주머니에 찔러 넣고 휘파람을 불었다. 사실 휘파람은 잘 불지 못했다. 그것 때문에 학교에서 친구들한테 놀림도 당했을 만큼 한스한테는 꽤 오랜 고민거리였다. 겨우 이빨 사이로 소리를 낼 수 있는 정도였다. 집에서는 그 정도 실력으로도 충분했다. 게다가 지금은 듣는 사람이 아무도 없었다. 다른 아이들은 지금쯤 교실에 앉아 지리 수업을 듣고 있을 텐데, 이렇게 혼자만 수업을 면제받아 자유를 만끽하고 있는 것이다. 그는 실력으로 그들을 앞질렀고, 이제 그들은 한스의 발아래에 있었다. 그는 아이들한테 괴롭힘을 많이 당했다. 아우구스트하고만 어울리고 다른 아이들이 하는 싸움이나 놀이에 별로 관심을 내비치지 않았기 때문이다. 하지만 이제 그들은 그의 뒷모습을 멍하니 지켜볼 수밖에 없었다. 멍청하고 한심한 녀석들 같으니라고! 아이들에 대한 경멸감에 입을 비죽거리느라 잠시 휘파람을 멈췄다. 그러고는 웃으면서 낚싯줄을 감아올렸다. 낚싯바늘에 끼운 미끼가 흔적도 없이 사라져 버렸다. 그는 깡통에 남아 있던 메뚜기들을 풀어 주었다. 메뚜기들은 마비된 것처럼 비틀거리며 짧은 풀 속으로 기어들었다. 근처에 있는 가죽 공장은 벌써 점심시간이었다. 한스도 밥 먹으러 갈 시간이었다.

점심 식탁에서는 거의 말이 오가지 않았다.

「물고기는 좀 잡았니?」 아버지가 물었다.

「다섯 마리 잡았어요.」

「그래? 다 큰 물고기는 잡지 않도록 조심해야 한다! 안 그러면 어린 물고기의 씨가 말라 버리니까.」

대화는 그걸로 끝이었다. 날이 몹시 무더웠다. 그런데도 점심 먹고 곧바로 수영하러 가지 말라고 해서 한스는 무척 속이 상했다. 대체 안 되는 이유가 뭐란 말인가? 몸에 해롭기 때문이라고? 대체 뭐가 해롭단 말인가. 그 문제라면 오히려 한스가 더 잘 알았다. 금지령을 어기고 종종 수영하러 다니곤 했으니까. 하지만 이제 그런 짓은 안 할 것이다. 그런 철없는 짓을 하기에는 나이를 먹었다. 세상에, 시험 볼 때 시험관들이 그에게 존댓말을 하지 않았던가!

정원의 가문비나무 밑에서 한 시간 정도 누워 쉬는 것도 그리 나쁘지 않았다. 그늘이 짙어서 거기서 책도 읽고 나비도 구경했다. 2시까지 누워 있었는데 하마터면 깜빡 잠이 들 뻔했다. 하지만 이제 수영하러 갈 시간이었다. 수영장이 있는 풀밭에는 꼬맹이 서너 명밖에 없었다. 그보다 큰 아이들은 아직 학교에 있을 것이다. 제 예상이 딱 들어맞아 한스는 무척 기분이 좋았다. 그는 아주 천천히 옷을 벗고 물에 들어갔다. 그는 잠시 물속에서 헤엄치거나 잠수하여 물장구를 치고 놀다가, 밖으로 나와 풀밭에 엎드린 채 따스한 햇볕을 쐬며 물기를 말리는 식으로 시원함과 따뜻함을 번갈아 즐겼다. 꼬맹이들이 우러러보는 눈빛으로 슬금슬금 한스의 곁으로 모여들었다. 맞다, 한스는 이미 마을의 유명 인사였다. 일단 그는 외모부터 남달랐다. 햇볕에 그을린 가느다란 목 위에 지적인 얼굴과 총기 있는 눈빛을 가진 예쁜 두상이 우아하게 놓여 있었다. 체형은 전체적으로 마른 편이고 팔다리가 가늘었다. 가슴과 등은 갈비뼈를 셀 수 있을 정도로 여위었고, 장딴지에도 살이 거의 없었다.

한스는 오후 내내 햇볕과 물 사이를 왔다 갔다 하며 놀았다. 4시가 지나자 그의 반 아이들 대부분이 시끌벅적하게 떠들며 달려왔다.

「야, 기벤라트! 기분 좋아 보이네.」

한스가 느긋하게 기지개를 켜며 말했다. 「응, 기분 좋아.」

「신학교에는 언제 들어가는 거야?」

「9월에 입학해. 지금은 방학이야.」

모두 부러워하는 눈치였다. 뒤쪽에서 그를 두고 수군대는 소리가 들리더니 갑자기 누군가 노래를 불렀다. 그를 빗대어 조롱하는 내용이었지만 아무렇지도 않았다.

  나도 슐체 리자베트처럼 될 수만 있다면
  얼마나 좋을까!
  그녀는 대낮에도 침대에 누워 있는데
  안타깝게도 나는 그럴 수가 없네.

한스는 그냥 웃고 말았다. 그사이에 소년들은 옷을 벗었다. 한 아이는 곧장 물속으로 텀벙 뛰어들었고, 대부분의 아이들은 우선 조심스럽게 물을 끼얹으며 몸부터 식혔다. 물에 들어가기 전에 잠시 풀밭에 드러눕는 아이들도 많았다. 어떤 아이는 잠수 실력을 뽐내어 박수를 받았고, 누군가에게 떠밀려 물에 빠져 살려 달라고 아우성치는 겁쟁이도 있었다. 아이들은 달리고 헤엄치고 장난치며 신나게 놀았다. 풀밭에서 일광욕을 즐기는 아이에게 물을 뿌리는 장난도 쳤다. 첨벙거리는 물소리와 아이들의 고함 소리로 주변이 온통 시끌벅적했다. 강변은 물에 젖은 몸뚱어리들로 환하게 빛났다.

한스는 한 시간쯤 더 있다 그곳을 떠났다. 물고기들이 다시 입질을 시작하는 따뜻한 저녁 시간이 되었기 때문이다. 저녁 식사 시간 전까지 다리 위에서 낚시를 했지만 거의 못 잡은 것이나 마찬가지였다. 물고기들이 덥석덥석 낚싯바늘을 물기는 했는데, 미끼만 쏙쏙 빼먹고 도망쳤기 때문이다. 아무래도 미끼로 쓴 버찌가 너무 크거나 물러서 그런 듯했다. 한스는 나중에 다시 확인해 봐야겠다고 마음먹었다.

저녁 식탁에서 많은 지인들이 합격을 축하하러 집에 왔다 갔다는 이야기를 들었다. 오늘 발행된 주간신문도 보았다. 〈지역 소식〉 난에 그에 관한 짧은 기사가 실려 있었다.

〈올해 우리 시에서는 초급 신학교 입학시험에 한스 기벤라트 학생 단 한 명만 응시했는데, 방금 그가 2등으로 합격했다는 기쁜 소식이 들어왔다.〉

한스는 아무 말 없이 신문을 접어 호주머니에 집어넣었다. 겉으로 티 내지 않았지만 자부심과 기쁨으로 가슴이 벅차올랐다. 잠시 후 그는 다시 낚시를 하러 갔다. 이번에는 미끼로 치즈 몇 조각을 챙겼다. 치즈는 물고기들이 좋아하는 먹이일 뿐 아니라 밤에도 물고기들의 눈에 잘 띄었기 때문이다. 낚싯대는 놓아두고 간단한 낚시 도구만 챙겼다. 낚싯대와 찌를 쓰지 않고 낚싯줄과 낚싯바늘만 이용해 낚시하는 것은 그가 제일 좋아하는 방식이었다. 물론 힘은 좀 더 들지만 훨씬 재미있었다. 미끼의 아주 미세한 움직임까지 전부 느껴지기 때문에 물고기가 미끼를 살짝 건드리거나 베어 무는 순간 곧바로 알아차릴 수 있었다. 움찔거리는 낚싯줄을 통해 물고기의 움직임을 바로 눈앞에서 보는 것처럼 그릴 수 있었다. 물론 이런 방법을 쓰려면 손놀림이 빨라야 하고 집중력과 관찰력도 뛰어나야 했다.

강을 따라 이어지는 좁고 구불구불한 골짜기에는 벌써 땅거미가 내렸다. 다리 밑으로 검푸른 강물이 조용히 흘러갔다. 아래쪽 물레방앗간에는 벌써 불이 켜져 있었고, 떠들썩한 말소리와 노랫소리가 다리와 길을 넘어 들려왔다. 약간 후텁지근한 미풍이 불었다. 강에서는 시커먼 물고기들이 연신 퍼덕거리며 물 위로 튀어 올랐다 떨어졌다. 이런 밤에는 물고기들도 흥분하는지 지그재그로 정신없이 헤엄치고 공중으로 펄떡 튀어 오르는가 하면 무모하게 낚싯줄에 달려들어 미끼도 덥석덥석 물었다. 무려 잉어를 네 마리나 잡았을 때 드디어 미끼용 치즈가 떨어졌다. 한스는 이 잉어를 내일 목사한테 가져다주기로 마음먹었다.

골짜기 아래로 따스한 바람이 불어왔다. 땅에는 어둠이 깔렸지만 하늘은 아직 훤했다. 어둠에 잠긴 마을 위로 교회 종탑과 성의 지붕만이 밝은 하늘에 시커멓고 날카로운 윤곽을 그리며 우뚝 솟아 있었다. 아주 먼 곳에서 폭우가 쏟아지고 있는지 이따금 천둥소리가 아스라하게 들려왔다.

한스는 10시쯤 잠자리에 들었다. 정말 오랜만에 온몸이 기분 좋게 피곤하고 나른했다. 그의 마음을 위로하고 유혹할 아름답고 자유로운 여름날이 그를 기다리고 있었다. 한동안 빈둥거리고 수영하고 낚시하고 몽상에 잠기는 나날들이 이어질 것이다. 다만 한 가지, 수석을 놓친 것이 말도 못하게 속상했다.

다음 날 아침, 한스는 물고기를 들고 목사관을 찾았다. 한스를 맞이하기 위해 목사가 서재에서 나왔다.

「오, 한스 기벤라트로구나! 잠은 잘 잤니? 축하한다! 진심으로 축하해. 그런데 손에 들고 있는 건 뭐니?」

「어제 제가 잡은 물고기예요. 몇 마리 안 돼요.」

「그래? 어디 보자꾸나! 고맙다. 어서 안으로 들어오렴.」

한스는 서재로 따라 들어갔다. 익숙한 곳이었다. 그곳은 여느 목사의 서재와는 달랐다. 화분도 없고 담배 냄새도 전혀 없었다. 책은 꽤 많았다. 하지만 목사의 서재에서 흔히 볼 수 있는 색이 바래고 뒤틀리고 곰팡이가 피고 곳곳에 얼룩이 있는 책이 아니라 거의 대부분이 금박을 입힌 깨끗한 새 책들이었다. 책장에 가지런히 정리되어 있는 책들을 좀 자세히 들여다보면 제목에서도 뭔가 새로운 정신을 발견할 수 있었다. 훌륭하지만 고리타분한 과거의 인물들이 보여 주는 정신과는 다른 것이었다. 목사들이 보통 자랑스럽게 내세우는, 벵겔이나 외팅거, 슈타인호퍼[4]가 저술한 호화로운 양장본이나 뫼리케[5]가 「종탑 풍향계」에서 아름답게 노래한 독실한 찬

---

4 벵겔, 외팅거, 슈타인호퍼는 모두 독일의 경건주의 신학자들이다.
5 Eduard Mörike(1804~1875). 독일의 시인이자 목사.

송가 작가들의 책은 그곳에 없었다. 혹시 있더라도 수많은 현대적인 책들에 파묻혀 보이지 않았다. 잡지꽂이들과 높다란 사면(斜面) 책상, 종이가 어지러이 널려 있는 책상이 놓인 서재는 전체적으로 학구적이고 엄숙한 분위기를 자아냈다. 목사는 이곳에서 정말 많은 일을 하고 있는 것처럼 보였는데, 실제로도 그랬다. 그런데 설교와 교리 문답과 성경 공부보다는 학술지에 실을 논문과 저서 집필 및 연구에 더 많은 시간을 투자했다. 몽상적 신비주의나 계시로 가득 찬 명상에 투자할 시간은 없었다. 과학의 심연을 뛰어넘어 사랑과 연민으로 목마른 대중의 영혼을 위로하는 소박한 신학도 없었다. 대신 여기서는 열정적인 성경 비판과 〈역사적 사실에 근거한 예수〉 찾기가 이루어졌다.

모든 분야가 그렇듯, 신학도 여러 갈래가 있다. 예술로서의 신학이 있고, 학문으로서의 신학, 혹은 적어도 학문이 되고자 노력하는 신학이 있다. 예나 지금이나 학자들은 늘 술을 담을 새 부대에 신경 쓰느라 오래된 포도주를 상하게 하는 경향이 있는 반면, 예술가들은 외적인 실수 따위에 개의치 않고 많은 사람들에게 위로와 기쁨을 주려 애쓴다. 이것이 바로 오래전부터 이어져 온 비평과 창작, 학문과 예술의 불공정한 싸움이다. 이 싸움에서 전자는 별다른 노력 없이도 늘 옳다고 인정받지만, 후자는 항상 믿음과 사랑, 위로, 아름다움, 영원에 대한 예감 등의 씨앗을 뿌리면서 계속 좋은 밭을 일군다. 왜냐하면 삶이 죽음보다 강하고, 믿음이 의심보다 강하기 때문이다.

한스는 처음으로 높은 사면 책상과 창문 사이에 놓인 작은 가죽 소파에 앉았다. 목사는 매우 친절했다. 그는 마치 동료를 대하는 듯한 태도로 한스에게 신학교에서의 생활과 공부에 대해 이야기해 주었다.

그리고 마지막에 이렇게 말했다. 「네가 신학교에 가서 새로 접하게 될 과목들 중에서 제일 중요한 것은 신약 성서로 배우는 그리스어 입문이야. 그걸 배우면 아마 눈앞에 신세계가 펼쳐지는 기분일 거야. 그만큼 공부할 것도 많고 기쁨도 크겠지만 처음에는 고생 좀 해야 돼. 고전 그리스어가 아니라 새로운 정신에 의해 탄생한 독특한 어법의 언어라서 그래.」

귀 기울여 목사의 말을 들으면서 한스는 이제야 진정한 학문에 다가서는 것 같아 마음이 뿌듯했다.

목사가 말을 이었다. 「신학교에서 진행하는 틀에 박힌 수업 방식은 그리스어의 매력을 상당 부분 앗아 갈 수도 있어. 일단 신학교에 가면 히브리어에 더 신경 써야 해. 그래서 말인데, 너만 좋다면 이번 방학에 나랑 같이 그리스어를 조금 예습해 볼 수 있어. 그럼 입학한 뒤 거기에 쓸 시간과 힘을 비축했다가 다른 곳에 쓸 수 있을 거야. 같이 누가복음을 몇 장 읽어 보면 될 거야. 놀이하듯 공부하면 쉽게 익힐 수 있어. 사전은 내가 빌려줄 테니 매일 한두 시간 정도만 시간을 내도록 해라. 그 이상으로 공부하는 건 안 돼. 지금 너한테 제일 필요한 건 충분한 휴식이니까. 물론 쉴 자격도 있고. 아무튼 이건 하나의 제안일 뿐이니 결정은 네가 하렴. 모처럼 얻은 네 휴가를 망칠 생각은 없구나.」

당연히 한스는 그러겠다고 했다. 누가복음 공부는 자유롭고 푸르른 그의 하늘에 느닷없이 드리워진 옅은 구름 같은 것이었지만, 거절할 만한 배짱은 없었다. 게다가 방학 동안 틈틈이 새로운 언어를 배우는 것 역시 일보다는 즐거운 놀이에 가까웠다. 그렇지 않아도 그는 신학교에서 배우게 될 새 과목들, 특히 히브리어에 대해서는 약간의 두려움을 느끼고 있었다.

좋은 기분으로 목사관을 나온 한스는 낙엽송 길을 따라 숲으로 올라갔다. 약간 언짢았던 기분은 이미 씻은 듯이 사라졌다. 생각할수록 좋은 제안 같았다. 신학교에서 다른 아이들을 앞서려면 야심차게 더 열심히 공부해야 한다는 것을 알고 있었다. 솔직히 다른 아이들보다 앞서고 싶었다. 도대체 왜 그래야 하는지 묻는다면 그 이유는 한스 자신도 알지 못했다. 지난 3년간 그는 사람들의 주목을 받았다. 교사들과 마을 목사, 아버지, 특히 교장은 숨이 막힐 정도로 그를 격려하며 몰아붙였다. 학년이 올라갈 때마다 그는 누구도 따라잡을 수 없이 격차를 벌리며 1등을 유지했다. 그러다 보니 이제 그는 자부심이 하늘을 찔러 그 누구의 추격도 허락할 수가 없었다. 시험에 대한 터무니없는 두려움도 이미 깨끗이 사라져 버렸다.

세상에 방학만큼 좋은 것은 없다. 한스는 마음껏 방학을 누렸다. 시간이 일러 산책하는 사람이 하나도 없는 이른 아침의 숲은 너무나 아름다웠다. 기둥처럼 줄지어 서 있는 가문비나무의 싱그러운 푸른 잎사귀들이 둥근 지붕을 이루며 강당처럼 보이는 숲을 뒤덮고 있었다. 다른 관목은 별로 없고 여기저기 산딸기나무 덤불만 보였다. 대신 부드러운 모피 담요처럼 이끼가 사방으로 드넓게 펼쳐져 있었는데, 그 위에 월귤나무와 에리카가 우거져 있었다. 아침 이슬은 벌써 말라 버렸고, 곧게 뻗은 나뭇가지들 사이로 아침 숲 특유의 후덥지근한 기운이 감돌았다. 따스한 햇살, 아지랑이, 이끼 냄새, 송진, 전나무 잎, 버섯 냄새 등이 뒤섞인 몽롱한 냄새가 모든 감각을 마비시키며 기분 좋게 그를 휘감았다. 한스는 이끼 위에 벌렁 드러누워 거무스레한 산딸기를 따 먹었다. 딱따구리가 나무 쪼는 소리와 시샘 많은 뻐꾸기의 울음소리가 사방에서 들렸다. 시커먼 전나무 가지 사이로 구름 한 점 없이 새파란 하늘이 보였다. 수직으로 곧게 뻗은 수천 그루의 나무들이 멀리까지 빽빽하게 늘어선 모습이 마치 위엄 있게 갈색 벽을 두른 것처럼 보였다. 따스하게 내리쬐는 노란 햇빛이 여기저기 얼룩을 흩뿌렸다.

한스는 처음 집에서 나올 때 멀리 뤼첼러 성이나 크로쿠스 초원까지 가볼 생각이었다. 그런데 지금 그는 이끼 위에 누워 산딸기를 먹으며 멍하니 하늘을 올려다보고 있었다. 아무리 생각해도 이렇게 피곤할 이유가 없었다. 예전에는 서너 시간쯤 걷는 것은 일도 아니었다. 그래서 자리에서 벌떡 일어나 다시 걷기 시작했다. 하지만 얼마 안 가 어느새 다시 이끼 위에 드러누워 버렸다. 도대체 왜 이렇게 됐는지 알 수 없었다. 한스는 그대로 바닥에 드러누운 채 눈을 껌뻑이며 나무줄기에서 우듬지로, 다시 녹색 땅바닥으로 시선을 옮겼다. 이상하게도 숲의 공기가 무겁게 느껴졌다.

한스는 점심때쯤 집으로 돌아왔다. 다시 머리가 지끈거리고 눈도 따끔거렸다. 숲길에 쏟아지던 햇살이 어찌나 따갑던지 눈이 부셨기 때문이다. 기분이 가라앉은 한스는 오후 반나절을 그냥 집에서 빈둥거리다 뒤늦게 수영하러 갔다. 수영을 하니 그제야 머리가 맑아졌다. 이제 목사관에 공부하러 갈 시간이었다.

목사관으로 가고 있는데, 작업장 창가에 놓인 삼각의자에 앉아 작업하고 있던 플라이크 아저씨가 한스를 불렀다.

「한스, 어디 가는 길이니? 어째 요즘 통 얼굴을 못 보겠구나.」

「목사관에 가는 길이에요.」

「또? 시험은 벌써 끝났잖아.」

「네. 지금은 다른 일로 가요. 신약 성서를 배우려고요. 그건 제가 배운 그리스어하고는 완전히 다른 그리스어로 쓰여 있거든요. 이제 그걸 배워야 해요.」

플라이크 아저씨는 모자를 목 뒤로 젖힌 뒤 사색가처럼 넓은 이마를 몹시 찌푸리며 한숨을 크게 내쉬었다.

그리고 나지막하게 말했다. 「한스, 네게 해줄 말이 있다. 그동안은 시험 때문에 모른 척했지만 이제는 말을 해야겠어. 그 목사는 믿음이 없는 사람이라는 것을 알아야 해. 그는 성서가 틀렸고 거짓이라고 하면서 너를 속일 거야. 그러니 그런 사람하고 같이 신약 성서를 읽으면 너도 모르게 믿음을 잃어버리게 될 거야.」

「하지만 아저씨, 그냥 그리스어를 배우는 것뿐이에요. 신학교에 가면 어차피 배워야 하거든요.」

「네가 그렇게 나올 줄 알았다. 하지만 믿음이 깊고 선량한 선생님한테서 성서를 배우는 것과 하느님을 믿지 않는 사람한테서 배우는 것은 하늘과 땅 차이야.」

「물론 그렇겠죠. 하지만 목사님이 정말로 하느님을 믿지 않는지는 아무도 모르잖아요.」

「그는 정말로 하느님을 믿지 않는단다. 유감스럽게도 모두가 아는 사실이야.」

「그럼 저는 어떡해요? 벌써 공부하러 간다고 약속했는걸요.」

「약속했으면 가야지. 하지만 만약 목사가 성경은 인간이 만든 것이라는 둥, 거짓말이라는 둥, 성령의 계시로 쓰인 게 아니라는 둥, 헛소리를 하면 즉시 나한테 오너라. 같이 그 문제에 관해 의논해 보게. 그렇게 하겠니?」

「그렇게 할게요, 아저씨. 하지만 그런 일은 없을 거예요.」

「두고 보면 알겠지. 아무튼 내 말 꼭 명심해라.」

목사가 집에 없어서 한스는 서재에서 기다렸다. 금박으로 장식된 책 표지들을 천천히 둘러보면서 플라이크 아저씨의 말을 떠올렸다. 그동안 마을 목사처럼 새로운 정신을 추구하는 성직자들에 관해 이상한 말을 하는 것을 여러 번 들었지만 무심히 넘겼는데, 이제 처음으로 그도 직접 그런 일에 휘말리게 된 것이다. 왠지 긴장이 되면서도 호기심이 일었다. 플라이크 아저씨가 생각하는 것처럼 심각하고 끔찍한 일 같지는 않았다. 오히려 이번 기회에 오래된 큰 비밀을 파헤칠 수 있을 것 같아 마음이 들떴다. 저학년 때에는 신은 정말 모든 곳에 존재하는지, 영혼은 어디에 머무는지, 악마와 지옥이 정말 있는지 고민하며 자주 터무니없는 상상의 나래를 펼치곤 했다. 하지만 지난 몇 년 동안 가혹할 만큼 공부에 매달리느라 그런 생각을 할 겨를이 없었다. 학교에서 배운 기독교 신앙은 가끔 플라이크 아저씨와 이야기를 나눌 때에만 되살아나 의미를 가졌다. 플라이크 아저씨와 목사님을 비교하자 한스의 얼굴에 빙그레 미소가 떠올랐다. 한스는 고달프고 힘든 인생을 살아오면서 플라이크 아저씨가 갖게 된 확고한 믿음을 이해할 수 없었다. 아저씨는 현명한 사람이었지만 단순하고 편협했다. 또 독실한 경건주의 신앙 때문에 사람들의 비웃음을 샀다. 그는 기도 모임에서 형제들을 심판하는 엄격한 재판관이자 성경 해석의 권위자로 활동했다. 또 주변 마을을 돌아다니며 기도회를 개최하기도 했다. 하지만 그는 하찮은 수공업자에 불과했고, 대부분의 사람들이 그렇듯 시각이 편협했다. 반면에 마을 목사는 말솜씨가 뛰어난 훌륭한 설교자인 데다가 성실하고 엄격한 학자였다. 한스는 경외심이 가득한 눈빛으로 책장을 바라보았다.

마침내 목사가 집으로 돌아왔다. 목사는 외출복을 벗고 가벼운 검정색 평상복으로 갈아입은 다음 한스 손에 그리스 어로 된 누가복음 원문을 쥐어 주면서 읽어 보라고 했다. 라틴어를 공부하던 방식과는 완전히 달랐다. 두 사람은 먼저 서너 문장을 읽고 나서 단어를 하나하나 자세하고 꼼꼼하게 해석했다. 이어서 목사가 쉬운 예를 들어 가며 매우 요령 있게 그 언어에 담긴 독특한 정신을 논리적으로 설파한 뒤, 추가로 누가복음이 쓰이게 된 시대 상황과 배경을 설명해 주었다. 단 한 시간 만에 한스는 배우고 읽는다는 것이 정확히 무슨 의미인지 완전히 새롭게 깨달았다. 한 구절, 한 단어마다 어떤 수수께끼와 사명이 숨겨져 있다는 것을 어렴풋이 예감했다. 그 수수께끼를 풀기 위해 아주 오랜 옛날부터 수많은 학자와 명상가와 연구자들이 성서와 씨름해 온 것이다. 공부를 하는 동안 한스는 어느덧 자신도 진리를 탐구하는 무리에 들어간 듯한 느낌이 들었다.

사전과 문법책을 빌려 집에 돌아온 한스는 밤늦도록 공부했다. 참된 학문의 길을 걸으려면 얼마나 많은 공부와 지식의 산을 넘어야 할지 어렴풋이 알 것 같았다. 그는 어떤 난관이 닥쳐도 그 길을 끝까지 포기하지 않겠노라고 굳게 다짐했다. 그러는 사이에 플라이크 아저씨의 일은 까맣게 잊어버렸다.

며칠 만에 한스는 새로운 공부의 매력에 푹 빠져들었다. 그래서 매일 저녁 목사관을 찾아갔다. 이 참된 학문은 날이 갈수록 더 매력적이고 더 어려워졌지만 추구할 만한 가치가 충분했다. 아침 일찍 낚시하러 갔다가 오후에 수영을 하러 가는 것 말고는 한스는 거의 집 밖으로 나가지 않았다. 시험에 대한 불안감과 승리감 때문에 잠시 잊고 있던 야망이 되살아나 자꾸 그를 부추겼다. 지난 몇 달 동안 자주 느꼈던 이상한 감정이 머릿속에서 다시 꿈틀거리기 시작했다. 그건 두통이 아니라 승리에 대한 조급함이었다. 그로 인해 맥박이 빨라지고 힘이 펄펄 나면서 무작정 앞으로 질주하려는 욕망이 그를 사로잡았다. 물론 그 후에는 어김없이 두통이 찾아왔다. 하지만 그런 열망에 사로잡혀 있는 동안에는 오히려 공부하는 속도가 놀랄 만큼 빨라졌다. 평소 해석에 15분쯤 걸리던 크세노폰의 가장 어려운 문장도 마치 놀이하듯 술술 읽어 내려갔다. 사전도 거의 필요 없었다. 이해력이 더 높아졌는지 어려운 내용도 막힘없이 가볍게 넘어가니 기분이 좋았다. 공부에 대한 열정과 지식에 대한 갈망이 더 커졌고, 여기에 당당한 자부심까지 더해졌다. 한스는 자신이 이미 오래전에 학교와 교사, 교육 과정을 저 멀리 떠나보내고 지식과 능력의 정상을 향해 홀로 걸어가고 있는 것 같은 기분이 들었다.

그런 생각을 하며 설핏 잠이 들었는데, 이상할 정도로 강렬한 꿈 때문에 자꾸 잠에서 깼다. 한밤중에 찾아온 두통 때문에 잠이 깬 뒤 다시 잠들지 못할 때면 한스는 성공에 대한 조바심으로 마음이 초조했다. 그러면서도 한편으로는 자신이 동급생들보다 한참 앞서 있다는 사실과 교사들과 교장이 그를 쳐다보던 찬사의 눈빛을 떠올리며 우월감을 느꼈다.

교장은 한스의 아름다운 야망을 일깨우고 그것을 올바르게 인도하여 훌륭하게 성장하는 것을 바라보며 만족감을 느꼈다. 교사를 냉정하고 고리타분하며 영혼 없는 소인배라고 말하지 마라! 절대 그렇지 않다. 교사는 아무리 자극을 줘도

꿈쩍도 않던 아이의 재능이 자신에 의해 피어나고, 목검과 고무줄 새총과 활 따위의 유치한 장난감에 집착하던 아이가 꾸준한 노력과 진지한 탐구에 매진하여 제멋대로 행동하던 볼이 포동포동한 아이에서 섬세하고 진지하고 금욕적인 소년으로 변모할 때, 즉 더 어른스럽고 지적으로 변한 얼굴과 더 깊어진 눈매와 더 차분해진 하얀 손으로 확고한 목표를 향해 성장하는 모습을 볼 때 보람과 긍지를 느끼는 법이다. 국가로부터 위임받은 교사의 의무이자 본분은 아이들의 거친 본성을 뿌리 뽑고 욕망을 제어한 뒤 그 자리에 국가가 원하는 차분하고 절제된 이상을 심어 주는 것이다. 학교의 그러한 노력이 없었더라면 현재 행복하게 살아가고 있는 수많은 시민이나 성실한 관료들 대다수는 난폭하게 폭주하는 개혁가나 공허한 이상만 추구하는 몽상가가 되었을지도 모른다! 교사는 우선 소년의 내면에 들어 있는 거칠고 무질서하고 야만적인 요소들을 부숴 버려야 한다. 그런 다음 그것이 위험한 불꽃으로 타오르지 않도록 불씨까지 완전히 제거해야 한다. 자연 그대로의 인간은 예측 불가능할뿐더러 속을 들여다볼 수 없어 위험하기 그지없다. 미지의 산에서 흘러내려온 강물이나 길도 없고 질서도 없는 원시림이나 마찬가지인 것이다. 원시림은 나무를 솎아 내어 개간한 뒤 튼튼한 울타리로 둘러싸야 하는 것처럼, 학교도 자연 그대로의 인간을 깨뜨리고 정복하고 강력하게 제어해야 한다. 학교의 사명은 정부가 인가한 원칙에 따라 자연 그대로의 인간을 사회에 유용한 일원으로 만드는 것이며, 최종적으로는 세심한 훈련 과정을 통해 인간의 내면적 완성을 도모하는 것이다.

어린 기벤라트는 정말 훌륭하게 성장했다! 쓸데없이 거리를 배회하는 일도 장난치는 일도 알아서 스스로 그만두었고, 오래전부터 수업 중에 키득거리며 웃는 일도 없었다. 정원 가꾸기, 토끼 키우기, 그 좋아하는 낚시도 멀리하려 애썼다.

어느 날 저녁 교장이 직접 기벤라트의 집을 찾아왔다. 그는 교장의 방문에 기뻐 어쩔 줄 모르는 한스의 아버지한테서 겨우 벗어나 한스의 방으로 들어갔다. 누가복음을 읽는 한스를 보고 교장이 아주 다정하게 인사를 건넸다.

「기특하구나, 기벤라트. 벌써 이렇게 열심히 공부하다니! 그런데 왜 나한테는 통 얼굴을 안 보여 주는 게냐? 찾아올 줄 알고 매일 기다렸는데.」

「찾아뵈려고 했어요. 좋은 물고기를 가지고요.」 한스가 변명했다.

「물고기? 대체 무슨 물고기를 말하는 게냐?」

「잉어 같은 거요.」

「아, 그래. 요즘 다시 낚시하러 다니는 게냐?」

「네, 가끔씩 가요. 아버지가 허락해 주셨거든요.」

「흠, 그랬구나. 낚시는 재미있니?」

「네, 재미있어요.」

「좋아, 그랬구나. 힘들게 얻은 방학이니 놀 자격은 충분하지. 그럼 짬을 내서 공부할 생각은 별로 없겠네?」

「그럴 리가요. 당연히 공부하고 싶어요.」

「할 마음이 없는데 억지로 강요할 생각은 없다.」

「정말 공부하고 싶어요.」

교장은 두세 번 한숨을 내쉬더니 숱이 별로 없는 수염을 쓰다듬으며 의자에 앉았다.

「한스, 내가 이러는 이유는 시험을 잘 치른 다음에 갑자기 뒤처지는 아이들을 많이 봤기 때문이란다. 신학교에 가면 새로운 과목들을 많이 배우게 되는데, 방학 때 미리 공부를 하고 오는 아이들이 있단다. 주로 시험 성적이 별로 좋지 않았던 아이들이야. 그런데 우수한 시험 성적에 도취해 방학을 판판이 놀며 보낸 아이들보다는 그런 아이들이 갑자기 두각을 나타내는 법이란다.」

말을 끝낸 교장이 다시 한숨을 내쉬었다.

「우리 학교에서 네가 1등 하는 것은 식은 죽 먹기였어. 하지만 신학교에 오는 아이들은 두뇌가 명석하거나 열심히 파고드는 공부벌레들이라 앞지르는 게 쉽지 않단다. 내 말 무슨 뜻인지 알겠니?」

「네.」

「그래서 말인데, 너도 방학 동안에 미리 공부를 좀 해두는 게 어떨까 싶은데? 물론 적당히 해야겠지. 너는 지금 충분히 쉴 자격도 있고, 휴식을 취해야 할 필요도 있으니까. 내 생각에는 하루에 한두 시간 정도가 적당할 것 같구나. 너무 무리하면 탈이 나기 쉬워. 게다가 정상적인 리듬을 되찾으려면 시간도 오래 걸리고. 네 생각은 어떠니?」

「저는 이미 각오가 되어 있어요, 교장 선생님. 도와만 주신다면 뭐든…….」

「좋다. 신학교에 가면 히브리어 다음으로 아마 호메로스가 네게 새로운 세상을 열어 줄 거야. 지금 기초를 탄탄하게 다져 놓으면 너는 호메로스를 두 배로 재미있고 쉽게 읽을 수 있다. 호메로스는 고대 이오니아 방언으로 작품을 썼는데, 글에 아주 독특하고 독창적인 운율이 있단다. 그의 시를 제대로 감상하려면 열심히 공부해야 할 거야.」

한스는 이 새로운 세계를 빨리 들여다보고 싶은 마음이 일었다. 그래서 교장에게 최선을 다하겠다고 약속했다. 하지만 그다음이 문제였다. 교장이 몇 번 헛기침을 하더니 다정하게 말을 이었다.

「솔직히 말하마. 나는 네가 수학도 몇 시간 공부했으면 한다. 네가 수학을 못하는 편은 아니지만 자신 있는 과목도 아니잖니. 신학교에 가면 대수와 기하를 배우게 되는데, 미리 조금 공부해 두면 도움이 될 거야.」

「알겠습니다, 교장 선생님.」

「우리 집에는 아무 때나 찾아와도 괜찮다. 네가 훌륭한 인물로 성장하는 것을 지켜보는 게 나의 보람이란다. 수학은 아버지한테 말씀드려서 수학 선생님한테 개인 교습을 받도록 해라. 1주일에 서너 시간이면 충분할 거야.」

「네, 교장 선생님.」


다시 공부의 꽃이 활짝 피었다. 한스는 이따금 한 시간 정도 짬을 내 낚시나 산책을 할 때조차 마음이 불편했다. 헌신적인 수학 교사는 한스가 수영하던 시간을 수업 시간으로 정했다.

그런데 수학은 아무리 애를 써도 재미가 없었다. 푹푹 찌는 오후에 수영장 대신 모기가 윙윙거리며 날아다니는 교사의 방에서 먼지투성이의 후덥지근한 공기를 마시면서 지친 머리와 건조한 목소리로 a+b와 a-b를 계속 중얼거리는 것은 정말이지 고역이었다. 공기 중에 뭔가 그를 마비시키고 짓누르는 것이 떠다니는 기분이었다. 날씨까지 안 좋은 날에는 증상이 더 심해져 암담한 절망감에 휩싸였다. 수학은 정말 이상한 과목이었다. 물론 수학이 영영 문턱을 넘을 수 없고 도저히 이해할 수 없는 과목은 아니었다. 때로는 멋진 해답을 발견하는 기쁨을 안겨 주기도 했다. 변칙과 속임수가 없고 주제에서 벗어나 엉뚱한 곳에서 헤맬 가능성이 없다는 점은 수학의 장점이었다. 한스는 같은 이유로 라틴어를 좋아했다. 라틴어는 의미가 분명하고 확실해 의문의 여지를 남기지 않았기 때문이다. 하지만 수학은 결과가 들어맞아도 그 이상의 의미는 없는 것 같았다. 비유를 해보자면, 수학 공부는 평탄한 국도를 걸어가는 것과 비슷했다. 계속 앞으로 나아가면서 전날 몰랐던 새로운 것을 알게 되지만, 산 정상에 올라 단번에 시야가 탁 트이는 기분을 맛보지는 못하기 때문이었다.

교장과의 수업은 수학 시간보다는 약간 활기가 있었다. 그는 호메로스의 젊고 신선한 언어에서 감동을 찾아냈다. 물론 목사는 신약 성서의 변질된 그리스어에서 호메로스보다 훨씬 더 큰 매력과 감동을 이끌어 냈다. 그래도 호메로스는 호메로스였다. 힘든 입문 단계를 넘어서자 경탄과 즐거움이 절로 샘솟았고 거부할 수 없는 매력으로 한스를 계속 유혹했다. 간혹 비밀에 가득 찬 아름답고 난해한 호메로스의 시구를 만나면 한스는 초조함과 긴장감에 전율하면서 조용하고 맑은 정원으로 들어갈 열쇠를 찾기 위해 황급히 사전을 뒤적거리곤 했다.

그런데 다시 숙제가 많아지는 바람에 밤늦도록 책상 앞에 앉아 과제와 씨름하는 날도 많아졌다. 아버지는 열심히 공부하는 아들을 뿌듯하게 바라보았다. 대부분의 평범하고 어리석은 사람들처럼 한스의 아버지도 마음속에 은밀한 소망을 하나 품고 있었다. 자신의 줄기에서 솟아 나온 가지가 그를 훌쩍 뛰어넘어, 막연히 존경하고 우러러보기만 했던 높은 곳까지 쭉쭉 뻗어 나갔으면 하는 소망이었다.

방학 마지막 주가 되자 교장과 목사는 훨씬 부드럽고 다정한 태도로 한스를 대했다. 그들은 한스에게 산책도 권하고, 수업도 중단한 채 건강하고 힘찬 모습으로 새로운 여정을 시작하는 것이 얼마나 중요한지 강조했다.

한스는 몇 번 더 낚시하러 갔다. 하지만 그때마다 두통 때문에 낚시에 집중할 수 없었다. 그래서 강가에 우두커니 앉아 푸른 초가을 하늘이 비친 강물을 바라보았다. 도대체 왜 그토록 여름 방학을 기다렸었는지 알 수 없었다. 지금은 오히려 방학이 끝나는 게 다행이다 싶었다. 전혀 다른 생활과 공부가 기다리고 있는 신학교 입학이 기다려졌다. 낚시에 흥미를 잃어서 그런지 물고기도 거의 잡지 못했다. 그 일로 아버지한테 놀림까지 받자 한스는 아예 낚시를 포기하고 낚시 도구를 다시 다락방 상자에 넣어 버렸다.

방학이 며칠 안 남았을 때, 한스는 문득 지난 몇 주 동안 플라이크 아저씨를 까맣게 잊고 있었다는 생각이 떠올랐다. 여전히 마음이 내키지 않았지만 한스는 어느 날 저녁 의무감으로 아저씨를 찾아갔다. 아저씨는 양 무릎에 어린아이를 하나씩 앉히고 거실 창가에 앉아 있었다. 창문을 활짝 열어 놓았는데도 온 집 안에 가죽 냄새와 왁스 냄새가 진동했다. 한스는 어색한 표정으로 아저씨의 거칠고 넓적한 오른손을 잡았다.

「그래, 그동안 잘 지냈니? 목사한테서는 많이 배웠고?」 플라이크 아저씨가 물었다.

「네, 날마다 가서 공부했어요.」

「뭘 배웠는데?」

「주로 그리스어를 배웠는데, 그것 말고도 많이 공부했어요.」

「그래서 나를 만나러 오고 싶지 않았나 보구나.」

「만나러 오고 싶었어요, 아저씨. 하지만 시간이 없었어요. 매일 목사님하고 한 시간, 교장 선생님하고 두 시간씩 공부했어요. 또 일주일에 네 번씩 수학 선생님한테 가야 했고요.」

「뭐? 지금 방학인데? 그건 정말 말도 안 되는 짓이야!」

「저도 잘 모르겠어요. 선생님들의 뜻이 그러니까 따라야죠. 공부하는 게 저한테는 별로 어려운 일도 아니고요.」

「그랬겠지. 공부는 괜찮아.」플라이크 아저씨가 한스의 팔을 붙잡으며 말을 이었다. 「하지만 가늘어진 네 팔 좀 봐라. 얼굴도 살이 쪽 빠졌구나. 요즘도 계속 머리 아프지?」

「가끔요.」

「이건 미친 짓이야, 한스. 죄악이라고. 네 나이 때는 바깥 공기를 많이 마시고 운동도 열심히 하고 휴식을 충분히 취해야 해. 방에 틀어박혀 공부만 할 거면 대체 방학이 왜 있는 거냐? 정말 뼈하고 가죽만 남았구나.」

한스는 웃음을 터뜨렸다.

「물론 너는 잘 버텨 내겠지. 그래도 지나친 건 지나친 거야. 참, 목사하고 공부하는 건 어땠어? 목사가 무슨 말을 하든?」

「말씀은 많이 하셨지만 나쁜 말은 전혀 없었어요. 목사님은 정말 아는 게 많으세요.」

「혹시 성경을 모독하는 말은 안 했어?」

「아니요. 그런 적은 한 번도 없었어요.」

「다행이로구나. 내 말 명심해라. 영혼을 더럽힐 바에는 차라리 몸을 열 번 버리는 게 낫다는 것을! 너는 장차 목사가 될 텐데, 그건 정말 신성하고 힘든 직분이란다. 목사는 보통의 젊은 사람들과는 달라야 한다. 너는 틀림없이 수많은 영혼을 구원하고 인도하는 훌륭한 인물이 될 거야. 네가 그렇게 되기를 진심으로 기도하마.」

플라이크 아저씨는 자리에서 일어나 한스의 어깨에 두 손을 얹었다.

「잘 지내라, 한스. 늘 바른 길을 걸어가고. 주님, 늘 이 아이를 축복하시고 지켜 주소서. 아멘!」

플라이크 아저씨의 엄숙한 태도와 기도, 사투리가 아닌 표준말이 한스의 가슴을 짓눌렀다. 왠지 가슴이 답답하고 괴로웠다. 목사님은 헤어질 때 그런 부담은 주지 않았다.

떠날 준비를 하고 작별 인사를 하러 다니느라 분주히 지내다 보니 며칠이 훌쩍 지나가 버렸다. 이불과 옷, 속옷과 책을 담은 상자는 미리 신학교로 부치고 여행 가방을 쌌다. 그리고 어느 서늘한 아침, 한스는 아버지와 함께 마울브론을 향해 길을 떠났다. 고향과 아버지를 떠나 낯선 학교에 들어가는 것은 설레면서도 두려운 일이었다.

# 제3장

시토회[6]의 마울브론 수도원[7]은 주(州)의 북서쪽, 나무가 울창한 언덕들과 작고 조용한 호수들 사이에 자리 잡고 있었다. 수도원의 아름답고 유서 깊은 건물들은 넓고 튼튼하며 보존이 잘 되어 있었다. 게다가 건물 안과 밖이 모두 웅장하고 화려한 데다가 수백 년의 세월이 흐르는 동안 주변의 아름답고 푸른 자연과 완벽하게 조화를 이루어, 누구나 한번쯤 살아보고 싶은 마음이 들 정도였다. 수도원을 방문하면 먼저 높은 담장 가운데에 그림처럼 열려 있는 아름다운 문을 지나, 물을 뿜어내는 분수대와 아름드리 고목들이 서 있는 고요한 안뜰에 들어서게 된다. 뜰 양옆으로는 튼튼하고 오래된 석조 건물들이 늘어서 있고, 멀리 안쪽으로 교회 본당이 정면으로 바라보인다. 후기 로마네스크 양식으로 지어진 본당 현관은 〈낙원〉이라는 애칭으로 불리는데, 그 어디

6 중세에 설립된 가톨릭 수도회의 하나.
7 독일 남서부 지역의 도시 마울브론에 위치한, 12세기에 건립된 시토회 수도원. 종교 개혁 이후 신교도의 수중에 넘어갔다. 이후 유명한 개신교 신학교가 세워졌고, 케플러, 횔덜린, 헤세 등이 이곳에서 수학했다.

에서도 찾아보기 힘들 만큼 멋스럽고 아름다운 건축미를 자랑한다. 교회의 커다란 지붕에는 거기에 어떻게 종이 매달려 있는지 도무지 이해가 안 될 만큼 뾰족하고 우스꽝스러운 작은 탑이 솟아 있다. 회랑은 옛 모습을 고스란히 간직하고 있어 그 자체로 아름다운 예술 작품이나 진배없는데, 안쪽에 회랑의 보석이라 할 수 있는 멋진 분수 예배당을 품고 있다. 그 외에도 힘차고 기품 있는 십자형 둥근 지붕을 이고 있는 성직자 식당, 기도실, 담화실, 평신도 식당, 수도원장 사택, 두 개의 교회당이 빽빽하게 늘어서 있다. 또한 그림 같은 담장과 앞으로 튀어나온 창문들, 문, 작은 정원, 물레방아, 주택 등이 육중한 옛 건물들을 편안하게 에워싸고 있다. 고즈넉하고 넓은 앞뜰에는 인적은 없고 나무 그림자만 드리워져 있는데, 점심시간 후 한 시간 동안은 잠시 활기가 넘친다. 한 무리의 젊은이들이 수도원에서 빠져나와 뜰 여기저기로 흩어져 휴식을 취하기 때문이다. 그들은 몸을 움직이기도 하고, 대화하며 웃음꽃을 피우기도 하고, 잠시 공놀이도 하지만, 휴식 시간이 끝나면 곧바로 흔적도 없이 담장 뒤로 사라져 버린다. 이 뜰에 들어선 수많은 사람들은 아마, 여기서는 보람찬 삶과 기쁨을 누릴 수 있을 거라고 생각했을 것이다. 여기서는 생동감 있는 행복이 자라고, 성숙하고 선한 사람들이 즐거운 사색에 잠기고, 밝고 아름다운 작품을 창작할 수 있을 거라고도 생각했을 것이다.

세상을 등진 채 언덕과 숲 뒤에 숨어 있는 이 훌륭한 수도원을 사람들은 이미 오래전에 개신교 신학교 학생들에게 넘겨주었다. 감수성이 예민한 젊은이들이 마음을 어지럽히는 도시와 가정의 영향권에서 벗어나 자칫 해가 될 수도 있는 분주한 일상생활에 대한 관심을 끊고 아름답고 평온한 환경 속에서 공부에만 전념하도록 배려해 준 것이다. 이를 위해 신학교는 몇 년 동안 젊은이들에게 여러 부전공 과목들과 함께 히브리어와 그리스어 공부를 가장 중요한 삶의 목표로 제시하고, 젊은 영혼이 느끼는 모든 갈증을 순수하고 이상적인 학문의 즐거움을 통해 해소하도록 한다. 신학교 학생들에게 또 하나 중요한 요소는 기숙사 생활이다. 그것은 자아를 훈련하고 공동체 의식을 기르는 데 중요한 역할을 한다. 신학교 학생들의 생활비와 공부에 필요한 모든 비용을 후원하는 재단은 학생들이 언제라도 신학교 출신임을 입증할 수 있는 남다른 정신을 갖도록 하는 데 관심이 크다. 일종의 섬세하고 확실한 도장 찍기라고 할 수 있다. 간혹 수도원을 박차고 뛰쳐나가는 문제아를 제외하면, 슈바벤 신학교 학생들은 평생 신학교 출신다운 독특한 징표를 간직한 채 살아가게 되는 것이다.

수도원 신학교에 입학할 때 어머니가 동행했던 이들은 평생 그날을 떠올릴 때마다 감사와 감동을 느끼며 입가에 빙그레 미소가 떠오를 것이다. 하지만 어머니가 없는 한스 기벤라트는 별다른 감동을 받지 못했다. 다만, 많은 다른 소년들의 어머니들한테서 강렬한 인상을 받은 것은 사실이다.

벽장이 설치된 넓은 회랑이 이른바 공동 침실이었는데, 곳곳에 흩어져 있는 상자와 바구니들로 몹시 어수선했다. 부모와 같이 온 소년들은 짐을 풀고 갖가지 생활용품들을 정리하느라 정신없었다. 각자 번호표가 붙은 옷장과 공부방에 있는 책꽂이를 하나씩 배정받았다. 아이들과 부모들이 바닥에 무릎을 꿇고 앉아 짐을 푸는 동안 조교는 느긋하게 그 사이를 돌아다니며 이따금 친절한 조언을 해주었다. 소년들은 일단 가방에서 짐을 모두 끄집어낸 뒤 셔츠를 개고, 책을 쌓고, 구두와 슬리퍼를 가지런히 정리했다. 풀어 놓은 짐은 거의 비슷했다. 기본적으로 가져와야 할 옷과 생활용품이 미리 정해져 있었기 때문이다. 아이들은 자기 이름을 새긴 양철 세숫대야를 비롯해 스펀지와 비눗갑, 머리빗과 칫솔 등의 세면도구를 세면장에 가져다 놓았다. 그 외에도 각자 램프와 석유통과 식사 도구 한 벌씩을 챙겨 왔다.

소년들은 상기된 얼굴로 분주히 움직였다. 아버지들은 만면에 미소를 머금고 도와주려 하다가도 지루함을 못 참고 회중시계를 힐끔거리며 빠져나갈 궁리를 했다. 모든 것을 주도하는 사람은 어머니였다. 그들은 옷가지를 하나씩 꺼내어 구겨진 주름을 펴고 띠를 반듯하게 당겨 놓았다. 또 물건들을 꼼꼼하게 시험해 본 뒤 최대한 쓰기 편리하고 깔끔하게 벽장에 정리했다. 그러면서 아이에게 당부와 조언과 다정한 격려의 말도 잊지 않았다.

「새 셔츠들은 특히 아껴 입도록 해. 3마르크 50페니히나 주고 샀거든.」

「빨랫감은 한 달에 한 번씩 기차 화물로 보내면 돼. 정 급하면 우편으로 보내도 되고. 검정색 모자는 일요일에만 써야 하는 거 알지?」

푸근한 인상의 어느 뚱뚱한 부인은 높은 상자에 걸터앉아 아들에게 단추 다는 법을 가르쳐 주고 있었다.

어딘가에서 이런 소리도 들렸다.「집이 많이 그리우면 언제든지 엄마한테 편지하렴. 어차피 얼마 안 있으면 크리스마스니까 괜찮을 거야.」

젊고 예쁘장한 어느 아주머니는 옷이 꽉 찬 아들의 옷장을 살펴보고는 애틋한 표정으로 한참 동안 옷가지들을 쓰다듬은 뒤 어깨가 넓고 볼이 통통한 아들을 어루만졌다. 그러자 아들은 부끄러운지 당황한 표정으로 어머니의 손길을 뿌리치고는 무뚝뚝한 태도로 손을 바지 주머니에 찔러 넣었다. 아들보다 어머니가 이별을 더 힘들어하는 듯했다.

대부분의 경우는 반대였다. 많은 아이들이 멍하니 넋을 놓고서 정리하느라 분주한 어머니를 가만히 쳐다보고 있었다. 다시 집으로 돌아가고 싶은 기색이 역력했다. 하지만 많은 사람들 앞에서 이별에 대한 두려움으로 어머니한테 매달리는 약한 모습을 보이게 될까 봐 조심하고 있었다. 의젓한 남자로 보이고 싶은 오기가 간신히 마음을 붙잡아 주는 듯했다. 속으로는 차라리 엉엉 울음이라도 터뜨리고 싶지만 일부러 느긋한 표정으로 아무렇지도 않은 척하는 아이들도 많았다. 그런 아들의 모습을 지켜보는 어머니들의 얼굴에 미소가 떠올랐다.

대부분의 아이들은 꼭 필요한 준비물 이외에도 몇 가지 사치품을 챙겨 왔다. 예를 들어, 작은 사과 자루, 훈제 소시지, 과자 바구니 같은 것들. 스케이트를 챙겨 온 아이도 꽤 여러 명이었다. 키 작고 영악해 보이는 어떤 아이는 햄을 덩어리째 가져왔는데, 굳이 숨기려고도 안 하고 그냥 꺼내 놓는 바람에 사람들의 주목을 받았다.

예전에 다른 기관이나 기숙사에서 생활해 본 경험이 있는 아이들은 처음 집을 떠나온 아이들과 쉽게 구별이 됐다. 하지만 그런 아이들 역시 흥분과 긴장을 감추지는 못했다.

기벤라트 씨는 아들이 짐 푸는 것을 익숙한 솜씨로 도와주었다. 다른 사람들보다 일찍 짐 정리를 끝내 놓고 나니 자리를 지키고 있는 게 지루하고 어색해 아들과 함께 잠시 복도를 서성거렸다. 주변을 둘러보니 아버지들은 아들에게 단단히 주의를 주며 설교를 늘어놓고 있었고, 어머니들은 아들에게 위로와 조언의 말을 건네고 있었다. 아들들은 불안한 기색으로 부모의 말을 듣고 있었다. 문득 자신도 한스의 인생에 도움이 될 만한 말을 몇 마디쯤 해주는 게 좋겠다는 생각이 들었다. 한참 고심한 끝에 기벤라트 씨는 가만히 서 있는 아들 곁으로 슬그머니 다가가 불쑥 근엄한 말투로 뭔가 말하기 시작했다. 한스는 아버지의 느닷없는 행동이 의아했으나 묵묵히 듣고 있었다. 하지만 옆에 있던 어떤 목사가 아버지의 설교가 재미있다는 듯 빙그레 미소를 짓자 창피해서 아버지를 옆으로 끌고 갔다.

「너는 틀림없이 우리 가문의 영예를 드높여 줄 거야. 그렇지? 물론 선생님 말씀도 잘 들을 테고?」

「네, 당연하죠.」 한스가 대답했다.

그제야 마음이 놓이는지 기벤라트 씨는 말을 멈추고 안도의 한숨을 내쉬었다. 그는 슬슬 따분해지기 시작했다. 한스도 이제 뭘 해야 할지 알 수 없어서 불안과 호기심을 동시에 느끼면서 창문을 통해 조용한 회랑을 내려다보았다. 회랑의 고독하면서도 고풍스러운 품위와 고즈넉한 분위기는 여기 위에서 소란스레 떠드는 젊은 생명과 묘하게 대비되었다. 그는 또 쑥스러워하며 여전히 분주한 다른 아이들을 쳐다보기도 했다. 그들 가운데 아는 얼굴은 하나도 없었다. 슈투트가르트에서 만났던 괴핑겐 소년은 뛰어난 라틴어 실력에도 불구하고 떨어진 모양이었다. 아무튼 지금은 보이지 않았다. 한스는 별생각 없이 앞으로 같이 공부하게 될 아이들을 쳐다보았다. 비록 그들이 가져온 물건의 종류와 숫자는 같았지만 도시에서 왔는지 농촌에서 왔는지, 부유한 집 아이인지 가난한 집 아이인지는 쉽게 구별할 수 있었다. 물론 부유한 집 자식이 신학교에 오는 경우는 드물었다. 부모의 자존심이나 현명한 판단력 때문일 수도 있었고 아이들의 재능 때문일 수도 있었다. 하지만 교수와 고위 관리들 가운데 자신의 수도원 시절을 추억하며 아들을 마울브론으로 보내는 사람들도 꽤 많았다. 그래서 마흔 명의 아이들은 모두 검정색 상의를 입고 있었지만 옷감과 재단에서 차이가 많이 났다. 더 큰 차이를 보이는 것은 아이들의 매너와 사투리와 태도였다. 손발이 거칠고 비쩍 마른 슈바르츠발트 출신 아이도 있었고, 연한 금발에 입이 크고 힘센 알프스 고산 지대 출신 아이도 있었다. 자유분방하고 명랑하고 활동적인 저지대 출신 아이도 있었고, 뾰족한 부츠를 신고 세련된 변종 사투리를 쓰는 고상한 슈투트가르트 출신 아이도 있었다. 꽃다운 나이의 소년들 가운데 약 5분의 1이 안경을 쓰고 있었다. 슈투트가르트에서 온 우아하고 가냘픈 체구의 어떤 마마보이는 뻣뻣한 고급 펠트 모자를 쓰고 고상한 척 거드름을 피웠다. 그는 자신의 유별난 차림새 때문에 입학 첫날부터 동료들로부터 놀림감으로 찍혔다는 사실을 전혀 눈치채지 못했다.

조금만 눈썰미가 있는 사람이라면, 불안한 눈빛의 이 아이들이 슈바벤 지방의 소년들 가운데 뛰어난 아이들만 모아 놓은 것임을 금세 알아차릴 수 있을 것이다. 물론 암기 위주의 교육을 받았다는 것을 멀리서도 단번에 알아차릴 수 있는 평범한 아이들도 있었지만, 자기주장이 확고한 예민한 아이들도 적지 않았다. 그런 아이들의 반듯한 이마 너머에는 보다 고귀한 삶에 대한 꿈이 어렴풋이 잠들어 있었다. 자기주장이 확고한 이 영리한 슈바벤 소년들 가운데 한두 명은 아마 세월이 흐른 뒤 넓은 세상으로 나가서 조금은 딱딱하고 완고한 자신의 사상으로 강력한 새로운 체제의 중심이 될 것이다. 슈바벤은 예로부터 신학교 자체는 물론이고 세상에 학식이 높은 신학자들을 공급해 왔을 뿐 아니라, 훌륭한 철학적 성찰의 전통을 꾸준히 이어 왔기 때문이다. 그 덕에 저명한 예언가들을 많이 배출하였지만 대중을 미혹시키는 이단자들도 여럿 나왔다. 토지가 비옥한 이 지방은 비록 정치적 영향력 면에서는 다른 곳에 비해 상당히 뒤처졌지만 적어도 신학과 철학 같은 정신적인 분야에서는 여전히 세상에 커다란 영향을 미치고 있다. 또한 예로부터 슈바벤 사람들은 아름다운 형식과 꿈같은 시를 애호하는 기질이 있어서 간혹 훌륭한 시인이 나오기도 했다.

하지만 마울브론 신학교의 시설과 관습에서는 슈바벤적인 요소를 전혀 찾아볼 수 없었다. 오히려 수도원 시절부터 남아 있던 라틴어 명칭에 최근에는 새롭게 고전적인 이름들이 많이 추가되었다. 학생들이 배정받은 방 이름부터가 고전적이었다. 포룸, 헬라스, 아테네, 스파르타, 아크로폴리스라는 이름에 이어 맨 끝에 있는 제일 작은 방에는 게르마니아라는 이름이 붙어 있었다. 게르만 민족의 현실을 이상향인 그리스 로마 시대와 비견하고자 하는 소망이 깃들어 있는 듯했다. 하지만 그 역시 피상적인 모습일 뿐, 실제로는 히브리어 이름이 더 잘 어울렸을 것이다. 더욱이 우연의 장난인지 모르겠는데, 아테네 방에는 마음 넓고 말솜씨가 좋은 아이들 대신 성실하지만 재미없는 아이들이 배정되었고, 스파르타 방에는 전사와 금욕주의자들 대신 활달하고 사치스러운 아이들이 배정되었다. 한스 기벤라트는 아홉 명의 동급생들과 함께 헬라스 방에 배정되었다.

그날 저녁 아홉 명의 아이들과 함께 삭막하기 그지없는 썰렁한 침실에 들어가 비좁은 침대에 처음 몸을 눕혔을 때 한스는 기분이 아주 이상했다. 천장에 매달린 커다란 석유램프의 붉은 불빛 아래서 다 같이 옷을 벗었고, 10시 15분에 조교가 들어와 불을 껐다. 아이들은 나란히 놓인 침대에 누웠다. 침대 두 개 사이마다 옷을 놓아두는 작은 의자가 놓여 있었고, 기둥에는 아침 종을 치기 위한 끈이 매달려 있었다. 벌써 친해진 아이들 서너 명이 작은 소리로 소곤거렸지만 이내 조용해졌다. 나머지 아이들은 아직 서먹한 사이라 갑갑한 마음으로 각자 침대에 죽은 듯이 누워 있었다. 먼저 잠든 아이들의 깊은 숨소리가 들렸다. 누군가 잠결에 팔을 움직이자 린넨 이불이 바스락거렸다. 아직 잠들지 못한 아이들은 그냥 가만히 누워 있었다. 한스는 오랫동안 깨어 있었다. 양쪽 침대에서 아이들의 숨소리가 들렸다. 잠시 후 한 칸 건너에 있는 침대에서 불안한 느낌이 드는 이상한 소리가 들렸다. 침대 주인이 이불을 머리끝까지 뒤집어쓰고 흐느끼는 소리였다. 아득히 먼 곳에서 들려오는 것 같은 나지막한 흐느낌 소리가 이상하게도 한스의 마음을 뒤흔들었다. 집을 떠나왔어도 향수를 전혀 못 느끼고 있었는데, 문득 고향 집의 작고 조용한 자신의 방이 몹시 그리웠다. 불확실한 미래와 많은 동급생들이 왠지 두렵게 느껴졌다. 자정이 가까워지자 모든 아이들이 잠들었다. 어린 소년들은 줄무늬 베개에 뺨을 대고 나란히 누워 잠을 잤다. 슬퍼하는 아이, 당돌한 아이, 명랑한 아이, 겁 많은 아이 가릴 것 없이 모두가 달콤한 휴식과 망각의 늪에 깊이 빠져 있었다. 오래된 뾰족지붕과 탑, 앞으로 튀어나온 창문, 고딕식 첨탑, 성가퀴, 아치형 회랑 위로 창백한 반달이 떠올랐다. 건물의 장식용 돌림띠와 문지방에 닿았던 달빛이 고딕식 창문과 로마네스크 양식의 문을 스친 다음 회랑 안쪽 분수대의 크고 우아한 물받이 속에서 연한 금빛으로 흔들렸다. 세 개의 창문을 통해 헬라스 방으로 흘러들어 온 노란 달빛이 그 옛날 수도승들을 어루만졌던 것처럼 잠든 소년들의 꿈을 부드럽게 어루만져 주었다.

　다음 날, 예배당에서 입학식이 엄숙하게 거행되었다. 교사들은 프록코트를 입고 서 있고, 교장이 환영사를 했다. 학생들은 의자에 구부정한 자세로 앉아 생각에 잠겨 있다가 이따금 뒤에 멀찍이 떨어져 앉아 있는 부모를 힐끔힐끔 돌아보았다. 어머니들은 이런저런 생각을 하며 아들을 향해 미소를 지었고, 아버지들은 꼿꼿한 자세를 유지하며 진지하고 엄숙한 표정으로 교장의 환영사에 귀를 기울였다. 부모들의 마음은 대견하고 기특한 아들에 대한 자부심과 아름다운 희망으로 한껏 벅차올랐다. 그들 가운데 자식을 돈에 팔았다고 생각하는 사람은 하나도 없었다. 마지막으로 학생들이 한 사람씩 호명되어 앞으로 나가서 교장과 악수했다. 신학교 학생으로서 의무와 책임을 다하겠다는 일종의 약속이었다. 이제 올바르게 행동하기만 하면 죽을 때까지 국가의 보호와 지원을 받게 되는 것이다. 그게 거저 주어지는 게 아니라는 것을 생각하는 소년은 한 명도 없었다. 그건 아버지들도 마찬가지였다.

　부모와 이별해야 하는 순간이 다가오자 소년들은 마음이 더욱 동요했다. 부모들은 일부는 걸어서, 일부는 우편 마차를 타고, 일부는 급하게 구한 다른 탈것을 이용해 수도원을 떠났다. 부모들의 모습이 점점 시야에서 멀어지고 9월의 온화한 공기 속에 손수건들만 오랫동안 나부꼈다. 부모들의 모습이 숲속으로 완전히 사라졌을 때, 아이들은 생각에 잠겨 조용히 수도원으로 돌아왔다.

「자, 이제 부모님들은 떠났어요.」 조교가 말했다.

소년들은 먼저 같은 방을 쓰는 아이들하고 통성명을 하며 얼굴을 익혔다. 그런 다음 잉크병에 잉크를 채우고 램프에 석유를 넣고 책과 노트를 정리하면서 새로운 공간에 적응하려 애썼다. 그들은 호기심 어린 눈길로 서로를 쳐다보며 이야기를 나누기 시작했다. 고향은 어딘지, 어느 학교를 다녔는지 물어보고, 함께 진땀을 흘리며 치렀던 주 시험에 대해 이야기를 나눴다. 책상을 중심으로 서너 명씩 무리를 지어 재잘거렸고, 여기저기서 밝은 웃음이 터져 나왔다. 저녁이 되자 같은 방에 배정된 아이들은 이미 같은 배를 타고 바다를 건넌 승객들보다 훨씬 더 서로를 잘 알게 되었다.

헬라스 방을 같이 쓰게 된 아이들 아홉 명 가운데 네 명은 개성이 강했고 나머지는 대체로 무난한 성격이었다. 우선 슈투트가르트에서 온, 대학교수 아들 오토 하르트너가 있었다. 그는 재능이 뛰어나고 성격이 차분하고 자신감이 넘치는 데다 매너도 좋았다. 어깨가 넓은 건장한 체격에 옷도 잘 입고 다녔다. 그의 위풍당당한 태도는 다른 아이들의 감탄을 자아냈다.

다음은 알프스 고산 지대에 있는 작은 마을의 촌장 아들 카를 하멜이 있었다. 그가 어떤 아이인지를 아는 데에는 시간이 좀 걸렸다. 둔한 데다가 행동이 종잡을 수 없고 자신만의 세계에 갇혀 있었기 때문이다. 그는 수시로 열정과 자유분방함과 난폭함 사이를 오가면서 변덕을 부렸다. 하지만 어느 한 가지 모습도 오래 지속되지 않고 이내 다시 혼자만의 세계로 침잠했다. 그래서 아이들은 그가 조용한 관찰자인지 속이 음흉한 위선자인지 판단할 수 없었다.

또 슈바르츠발트의 좋은 가문 출신인 헤르만 하일너가 있었다. 그는 별로 복잡해 보이지 않았지만 눈에 띄는 아이였다. 입학 첫날 벌써 아이들은 그가 문학을 사랑하는 시인임을 알아차렸다. 그가 입학시험에서 작문을 6각운 시로 썼다는 소문도 돌았다. 성격은 활달하고 수다스러웠으며, 아름다운 바이올린을 갖고 있었다. 하일너는 청년기의 미성숙한 센티멘털리즘과 경박함이 뒤섞인 성향이 겉으로 두드러지게 표출된 사례라 할 수 있었다. 하지만 확연히 드러나지 않아서 그렇지 내면에 심오한 면도 갖고 있었다. 그는 정신과 육체 모두 또래들보다 성숙한 편으로, 이미 자신의 길을 찾아가고 있는 중이었다.

헬라스 방에서 가장 특이한 인물은 에밀 루치우스였다. 비밀이 많은 이 작은 금발 소년은 늙은 농부처럼 끈기 있고 부지런하고 무뚝뚝했다. 비록 체격과 얼굴은 아직 미완성이었지만, 그는 이미 소년이 아니라 다른 얼굴은 절대 기대할 수 없는 어른처럼 보였다. 입학 첫날, 다른 아이들은 지루해 하면서 수다를 떨고 새로운 환경에 적응하려 애쓰고 있는데, 그는 혼자 말없이 태연하게 문법책을 펼치더니 엄지손가락으로 귀를 틀어막고는 잃어버린 시간을 만회하려는 듯 공부하기 시작했다.

시간이 흐르면서 점차 이 과묵한 괴짜의 진면목이 드러났다. 그는 아주 영악한 구두쇠이자 이기주의자였던 것이다. 그런데 그가 행하는 악덕조차 너무 완벽해서 아이들은 오히려 찬사를 보내거나 관대하게 눈감아 주었다. 루치우스는 절약의 화신이었으며, 제 잇속을 차리는 데 있어서는 따라올 자가 없었다. 그의 교활한 술책이 하나씩 드러날 때마다 모두 놀라움을 금치 못했다. 그의 잔꾀는 이른 아침 기상할 때부터 시작되었다. 루치우스는 자기 수건은 아끼고 다른 아이의 수건을 쓰기 위해 세면장에 맨 처음이나 맨 마지막에 나타났다. 가능하면 비누도 다른 아이들 것을 썼다. 그 덕에 그의 수건은 늘 2주일 이상 깨끗함을 유지했다. 원래 수건은 일주일에 한 번씩 교체하는 것이 원칙으로, 조교가 매주 월요일 오전에 검사했다. 루치우스도 매주 월요일 새벽, 새 수건을 그의 번호가 붙은 못에 걸어 놓았다. 하지만 점심때 휴식 시간이 되면 새 수건을 걷어 깨끗하게 접어 상자에 넣고, 대신에 아껴 둔 낡은 수건을 다시 걸어 놓았다. 그의 비누는 딱딱해서 거품이 별로 안 났지만 그 덕에 몇 달 동안이나 쓸 수 있었다. 그렇다고 에밀 루치우스가 평소 지저분한 것은 아니었다. 그는 늘 깔끔한 모습을 유지했다. 숱이 적은 금발은 가르마를 타서 정성껏 빗었고, 내복과 겉옷은 최대한 아껴 입었다.

세수를 한 다음에는 아침 식사를 하러 갔다. 메뉴는 커피 한 잔에 각설탕 한 개, 길쭉한 빵 하나가 다였다. 한창때의 아이들한테는 턱없이 부족한 양이었다. 여덟 시간 자고 일어난 아침에는 얼마나 배가 고프겠는가. 하지만 루치우스는 만족했다. 심지어 그는 매일 하나씩 나오는 설탕을 먹지 않고 모아 두었다가 설탕 두 개를 1페니히에 팔았다. 설탕 스물다섯 개는 공책 한 권과 교환했다. 또 저녁때에는 비싼 석유를 아끼려고 다른 아이의 램프 불빛으로 공부했다. 하지만 사실 그는 가난한 집 자식이 아니라 아주 유복한 환경에서 자랐다. 오히려 찢어지게 가난한 집 아이들은 경제관념이 없어 돈을 아낄 줄 모른다. 항상 수중에 있는 돈보다 쓸 곳이 더 많다고 생각해 저축은 아예 꿈도 꾸지 않는 것이다.

에밀 루치우스의 절약 정신은 물질의 소유 및 구체적인 재화에만 국한되지 않았다. 그는 정신적인 분야에서도 최대한 잇속을 차리고자 했다. 게다가 머리도 아주 비상했기 때문에 정신적 소유는 단지 상대적 가치만을 갖고 있다는 사실을 절대 간과하지 않았다. 그는 시험에서 좋은 성적을 거둘 수 있는 과목들만 집중적으로 공부하고 나머지 과목들은 적당히 중간 정도의 성적에 만족했다. 무엇을 배우고 또 얼마나 열심히 공부할 것인가 하는 기준은 언제나 동급생들의 성적이었다. 만약 두 배의 지식을 쌓고 2등을 하는 것과 절반의 지식으로 1등 하는 것 중에서 고를 수 있다면 그는 당연히 후자를 선택할 것이다. 저녁때 아이들이 기분 전환을 위해 놀이를 하거나 독서를 하고 있으면 그는 조용히 책상 앞에 앉아 공부했다. 아이들이 시끄럽게 떠드는 소리도 그를 방해하지 못했다. 심지어 가끔 그는 부러운 기색 하나 없이 흡족한 표정으로 노는 아이들을 바라보았다. 다른 아이들이 열심히 공부하면 그의 노력이 수포로 돌아가기 때문이었다.

이 성실한 야심가의 약삭빠른 행동을 나쁘게 보는 사람은 아무도 없었다. 하지만 제 잇속만 차리는 사람들이 늘 그렇듯, 루치우스는 곧 제 꾀에 빠지고 말았다. 수도원의 모든 수업이 공짜라는 것을 기회로, 어리석게도 전에 배워 본 적도 없고 음감이나 재능을 타고난 것도 아니고 음악을 좋아하지도 않는데 덜컥 바이올린 수업을 신청한 것이다. 그는 라틴어나 수학처럼 바이올린도 어떻게든 배울 수 있을 거라고 생각했다. 음악은 앞으로 살아가면서 쓸모가 많고, 사람들에게 좋은 인상을 심어 주고, 인기도 끌 수 있는 요인이라는 말을 어디선가 들은 적이 있었다. 게다가 학교에서 바이올린까지 제공해 주었기 때문에 새로 악기를 구입할 필요도 없었다.

루치우스가 바이올린을 배우고 싶다고 찾아오자 음악 교사 하스는 기겁했다. 노래 수업을 통해 루치우스의 음악적인 자질이 어느 정도인지 잘 알고 있었기 때문이다. 그의 노래 실력은 반 아이들한테는 즐거움을 선사했으나 교사인 하스를 절망에 빠뜨렸다. 그래서 하스는 루치우스를 말려 보려 했다. 하지만 그는 상대를 잘못 생각하고 있었다. 루치우스는 착하고 겸손한 표정으로 생글거리면서 이것은 자신의 정당한 권리라고 주장했다. 음악에 대한 갈망을 주체할 수 없다는 이야기도 덧붙였다. 결국 그는 제일 나쁜 연습용 바이올린을 받아, 일주일에 두 번 수업을 받고 매일 30분씩 연습하기로 했다. 하지만 첫 연습이 끝났을 때 같은 방 아이들은 이것이 처음이자 마지막 기회였다고 통고한 뒤 다시는 그 끔찍한 소리를 듣고 싶지 않다며 바이올린 연습을 금지시켰다. 루치우스는 할 수 없이 바이올린을 들고 연습할 만한 조용하고 구석진 장소를 찾아 여기저기 헤매고 다녔다. 어딘가 구석진 곳에서 뭔가를 긁어 대는 것처럼 기분 나쁜 소음이 들리면 근처에 있던 사람들 모두 오싹한 소름이 돋았다. 그 소리를 두고 시인 하일너는 낡은 바이올린이 괴롭힘을 견디다 못해 제 몸에 있는 모든 벌레 먹은 구멍을 통해 제발 살려 달라고 애원하는 소리 같다고 했다. 시간이 지나도 실력이 늘지 않자 귀찮아진 교사는 루치우스를 더 깐깐하고 거칠게 대했고, 그럴수록 루치우스는 더 필사적으로 연습에 매달렸다. 오죽하면 지금까지 근심 걱정 없는 장사꾼 같던 루치우스의 얼굴에 주름살이 생길 정도였다. 그건 정말이지 비극이었다. 음악 교사가 더는 가망이 없다며 포기를 선언하자 학구열에 불타는 루치우스가 피아노를 선택했던 것이다. 피아노 수업 역시 몇 달간 헛고생만 하다가 결국 제 풀에 지쳐 나가떨어졌다. 하지만 훗날 루치우스는 음악 이야기가 나오면 일찍이 자신도 피아노와 바이올린을 배웠으나 사정이 생겨 이 아름다운 예술에서 점차 멀어지게 됐다고 넌지시 암시하곤 했다.

이렇게 재미있는 아이들 덕분에 헬라스 방은 웃을 일이 많았다. 문예 애호가 하일너도 종종 우스꽝스러운 모습을 보였다. 카를 하멜은 관찰자로서 재치 있게 비꼬는 역할을 맡았다. 그는 다른 아이들보다 한 살 많아 자연스레 우위에 섰지만 아이들의 존경을 받지는 못했다. 성격이 변덕스러운 데다가 힘을 과시하기 위해 거의 일주일에 한 번 꼴로 싸움을 벌였기 때문이다. 그럴 때면 그는 잔인할 만큼 폭력적이었다.

한스 기벤라트는 그 모든 일을 그저 놀란 눈으로 지켜보았다. 그는 말수가 적은 착한 아이로서 묵묵히 제 할 일을 했다. 공부는 정말 열심히 했다. 거의 루치우스에 비견될 정도였기 때문에 같은 방 친구들의 존경을 받았다. 하일너는 예외였다. 천재적 경박함을 자신의 기치로 내세우는 하일너는 가끔 한스를 공부벌레라고 조롱했다. 저녁에 공동 침실에서 이런저런 이유로 사소한 다툼이 번질 때도 있었지만 빠르게 커가는 성장기의 소년들은 대체로 사이좋게 지냈다. 그들 스스로 이제 어른답게 처신해야 한다고 생각했을 뿐 아니라, 아직은 귀에 어색한 존댓말로 그들을 존중해 주는 교사들에게 학문에 대한 진지한 열정과 훌륭한 태도로 보답하려는 마음이 컸기 때문이다. 대학 신입생이 김나지움을 추억하는 것처럼 그들은 오만한 태도로 얼마 전에 졸업한 라틴어 학교를 돌아보았다. 하지만 억지로 꾸민 점잖은 태도 사이로 간간이 순수한 개구쟁이의 기질이 불쑥불쑥 튀어나오기도 했다. 그럴 때면 침실은 쿵쿵 뛰어다니는 아이들의 발소리와 거친 욕설로 한바탕 소동이 벌어졌다.

기숙사 생활을 시작한 지 몇 주일이 지나자 아이들 사이에 일종의 화학 작용이 일어났다. 이를테면 부유하는 덩어리나 부스러기 같은 것들이 뭉쳐서 둥그런 공이 되고, 그것이

다시 흩어져 다른 형태로 바뀌었다가 결국에는 하나의 단단한 물질이 되는 그런 과정. 그것을 지켜보는 것은 신학교 교장이나 교사들에게 교육적으로 귀한 가르침을 주었다. 처음의 서먹했던 기간이 지나 서로를 잘 알게 되자 커다란 물결에 흔들리듯 혼란스러운 탐색전이 시작되었다. 그룹이 형성되고 서로에 대한 호불호가 수면 위로 드러난 것이다. 같은 지역이나 같은 학교 출신이라고 친해지는 경우는 드물었고, 대부분은 새 친구를 찾아 나섰다. 새로운 것에 대한 호기심과 자신의 부족함을 보완하고 싶은 은밀한 충동에 따라 도시 아이는 농촌 아이와 어울리고, 알프스 고산 지대 아이는 저지대 아이와 어울렸다. 그러면서도 최종 결정을 못 내리고 끊임없이 새로운 것을 탐색했다. 같아지고 싶은 마음과 구별되고 싶은 욕망이 공존했다. 어린아이의 잠에서 깨어난 많은 소년들이 이곳에서 난생처음 자신만의 개성을 키우기 시작했다. 애정과 질투로 인해 말로 표현할 수 없는 미묘하고 사소한 일들이 벌어졌다. 때로는 그것이 깊은 우정으로 발전해 마지막에는 함께 산책을 하는 다정한 사이가 되기도 하고, 때로는 그것이 강렬한 적대감의 표출로 이어져 격한 몸싸움과 주먹다짐으로 관계가 파탄 나기도 했다.

겉으로 보기에 한스는 그런 것에 초연해 보였다. 카를 하멜이 분명하고 열렬하게 우정의 손길을 내밀었을 때 한스는 기겁하며 뒤로 물러섰다. 그러자 하멜은 곧바로 스파르타 방 아이와 친구가 되었고, 한스는 홀로 남겨졌다. 행복한 우정의 나라가 지평선에서 강렬한 색채로 유혹했지만, 한스는 조용히 잡아당기는 그 손길을 뿌리쳤다. 소심한 성격이 그를 가로막은 것이다. 어머니 없이 엄격하게 자라다 보니 그는 누군가와 서로 의지하며 다정하게 지내는 법을 배우지 못했다. 무엇보다 열정을 표현하는 것을 두려워했다. 어렸을 때부터 키워 온 자부심과 야망도 어느 정도 영향을 미쳤다. 루치우스와 달리 한스는 진정으로 지식을 추구했지만 공부에 방해되는 것은 전부 멀리한다는 점은 비슷했다. 그는 언제나 책상 앞에 붙어 앉아 공부에 열중했다. 그래도 다른 친구들이 우정을 나누는 것을 보면 질투도 나고 친구를 사귀고 싶은 마음도 생겼다. 하지만 카를 하멜은 그에게 어울리는 친구가 아니었다. 만약 다른 아이가 다가와 손을 내밀었다면 기꺼이 응했을 것이다. 한스는 수줍음을 많이 타는 소녀처럼 가만히 앉아서 자기보다 더 강하고 용감한 아이가 나타나 자신을 확 잡아당겨 주기를 기다렸다. 그러면 정말 행복할 것 같았다.

수업은 공부할 게 무척 많았다. 특히 히브리어 수업이 그랬다. 그래서 신학교의 첫 학기는 시간이 무척 빨리 지나갔다. 마울브론 주변의 수많은 작은 호수와 연못에 늦가을의 하늘이 비치고, 물푸레나무와 자작나무와 떡갈나무의 시들어 가는 모습도 수면에 어른거렸다. 황혼이 긴 그림자를 드리웠고, 초겨울 숲에 불어온 세찬 바람이 신음하고 환호하며 미친 듯이 마지막 춤을 추었다. 벌써 서리도 몇 차례 내렸다.

감성이 풍부한 헤르만 하일너는 성향이 비슷한 친구를 찾으려 했으나 실패하자 매일 외출 시간이면 혼자 고독하게 숲속을 거닐었다. 그가 특히 좋아하는 곳은 갈대숲에 둘러싸인 숲속 작은 호수였다. 우울한 분위기를 자아내는 갈색 연못 위로 잎이 다 말라 버린 고목의 가지들이 늘어져 있었다. 몽상가 하일너는 숲속 외진 곳의 애수가 깃든 아름다움에 마음을 완전히 빼앗겼다. 그는 나뭇가지로 잔잔한 수면에 동그라미를 그려 보기도 하고, 레나우의 「갈대의 노래」를 읽기도 했다. 호숫가에 있는 키 작은 갈대 위에 누워 가을의 주제라 할 수 있는 죽음과 소멸에 대해서도 생각했다. 낙엽 떨어지는 소리와 앙상한 나뭇가지들이 바람에 흔들리는 소리가 어우러져 우울한 분위기를 자아내면 하일너는 주머니에서 작은 검정색 수첩을 꺼내 연필로 시를 한두 줄 끄적거리기도 했다.

10월의 어느 흐린 날, 한스 기벤라트는 점심시간에 혼자 산책하다 우연히 그 호숫가에 이르렀다. 그날도 하일너는 거기서 시를 쓰고 있었다. 한스는 작은 수문에 가로놓인 판자 다리 위에 앉아 있는 하일너를 발견했다. 이 젊은 시인은 수첩을 무릎에 올려놓고 뾰족하게 깎은 연필을 입에 문 채 사색에 잠겨 있었다. 한스는 천천히 그에게 다가갔다.

「안녕, 하일너! 여기서 뭐 하고 있어?」

「호메로스를 읽고 있어. 기벤라트, 너는 어쩐 일이야?」

「거짓말하지 마. 나는 네가 뭘 하고 있는지 알아.」

「그래?」

「응. 시 쓰고 있었던 거지?」

「그렇게 생각해?」

「그래.」

「여기 와서 앉아 봐!」

한스는 하일너 옆, 판자 다리 위에 앉아 다리를 물 위로 내려뜨리고는, 다리를 흔들면서 낙엽들이 고요하고 서늘한 허공을 가르며 갈색 수면 위로 소리 없이 떨어지는 것을 바라보았다.

「여긴 분위기가 꽤 쓸쓸하네.」 한스가 말했다.

「맞아, 그렇지.」

두 소년은 나란히 땅바닥에 드러누웠다. 가을 정취가 물씬한 나뭇가지들 대신 구름이 섬처럼 조용히 떠다니는 연한 푸른색 하늘이 시야에 들어왔다.

「구름 정말 예쁘다!」 한스가 편안하게 하늘을 올려다보면서 말했다.

「그러네. 아, 우리도 저 구름처럼 될 수 있으면 얼마나 좋을까!」 하일너가 한숨을 내쉬며 말했다.

「구름이 되면 뭐가 좋은데?」

「그럼 저 위에서 예쁜 돛단배처럼 항해할 수 있지. 숲과 마을을 지나고 작은 도시들도 지나서 주 경계선을 넘어가는 거야. 너 배 본 적 없지?」

「응, 없어. 하일너 너는 본 적 있어?」

「당연하지. 맙소사, 넌 그런 것에 대해서는 아는 게 전혀 없구나. 달달 외우는 공부밖에 할 줄 아는 게 없는 거야!」

「지금 내가 바보라는 거야?」

「그렇게 말하지는 않았어.」

「나는 네가 생각하는 것만큼 바보는 아니야. 아무튼 배 이야기나 계속해 봐.」

하일너는 돌아눕다가 자칫 물에 빠질 뻔했다. 그는 배를 깔고 엎드린 다음 팔꿈치를 세워 두 손으로 턱을 받쳤다.

그리고 말을 이었다. 「방학 때 라인강에서 그런 배를 본 적 있어. 일요일에는 배에서 음악도 연주해. 오색 등불을 밝혀 놓고. 그럼 불빛이 강물에 반사되지. 승객들은 강을 따라 내려가는 배에서 음악을 들으며 라인 포도주를 마셨어. 아가씨들은 하얀 옷을 입고 있었고.」

한스는 귀 기울여 들을 뿐 아무 대꾸도 하지 않았다. 하지만 눈을 감고서 음악이 흐르는 가운데 붉은 등불을 밝혀 놓고 하얀 옷을 입은 아가씨들을 태우고 여름밤을 가르며 항해하는 유람선을 떠올려 보았다. 하일너가 말을 이었다.

「맞아. 지금 이곳하고는 분위기가 완전히 달랐어. 여기 온 애들 중에 그걸 아는 아이가 있을까? 여긴 죄다 따분하고 위선적인 녀석들뿐이야! 지쳐 쓰러질 때까지 제 몸을 혹사하며 공부에만 매달리고 히브리어 알파벳이 세상에서 제일 고귀한 줄 아는 녀석들. 너도 그들과 다르지 않아.」

한스는 아무 대꾸도 안 했다. 하일너는 정말 별난 아이였다. 그는 몽상가이자 시인이었다. 한스는 벌써 그를 보고 여러 번 놀랐다. 모두 알다시피, 그는 별로 공부를 하지 않는데도 아는 게 정말 많아서 질문을 받으면 척척 대답했다. 그러면서 또 그런 지식을 경멸했다.

「우린 호메로스의 작품을 읽지만『오디세이아』를 무슨 요리책처럼 읽고 있어.」하일너가 다시 경멸조로 말을 이었다. 「한 시간 내내 고작 시 두 구절을 읽고 단어를 하나씩 뜯어서 되새기면서 구역질이 날 정도로 분석해. 그래 놓고는 수업이 끝나면 늘 이렇게 말하지. 〈호메로스의 표현력이 얼마나 탁월한지 이제 알겠죠? 여러분은 지금 호메로스의 창작의 비밀을 들여다본 거예요!〉하지만 그건 우리가 불변화사와 단순 과거형에 질식하지 말라고 뿌려 놓은 일종의 소스 같은 거야. 그런 식의 접근법으로는 절대 호메로스에 흥미를 느낄 수 없어. 대체 고대 그리스의 시 나부랭이가 우리하고 무슨 상관이 있는데? 만약 진짜로 누군가 그리스식으로 살아가려고 하면 당장 학교에서 쫓겨날걸. 그런데도 우리 방 이름은 헬라스라니, 정말 기가 막힐 일이지! 방 이름을 〈쓰레기통〉이나 〈노예 우리〉, 아니면 〈실크해트〉라고 지으면 안 될 이유가 있어? 고전이니 뭐니 하는 건 몽땅 사기야.」

하일너는 공중을 향해 침을 퉤 뱉었다.

「너, 아까 시 쓰고 있던 거 맞지?」한스가 물었다.

「그래.」

「뭐에 대해 쓴 거야?」

「여기 있는 연못과 가을에 대해서.」

「보여 줘!」

「안 돼. 아직 완성 못 했어.」

「그럼 완성되면 보여 줄래?」

「좋아, 보여 줄게.」

두 소년은 자리에서 일어나 천천히 수도원으로 돌아왔다.

〈낙원〉 옆을 지나갈 때 하일너가 말했다. 「저기 말이야. 너, 저렇게 아름다운 곳 본 적 있어? 고딕과 로마네스크 양식으로 지어진 강당과 아치형 창문, 회랑, 식당 같은 이 모든 건축물들은 위대한 예술가들의 손길이 닿아 있는 예술 작품이야. 그런데 고작 목사가 되려는 서른여섯 명의 불쌍한 소년들이 저 훌륭한 건축물을 독점하고 있다는 게 말이 돼? 뭐, 국가에 돈이 남아도는 모양이야.」

오후 내내 한스의 머리에서 하일너 생각이 떠나지 않았다. 그는 대체 어떤 아이일까? 한스가 가진 고민이나 야망 같은 건 하일너한테는 아예 존재하지 않았다. 그는 저만의 사고방식과 언어를 갖고 있었고, 남들보다 더 열정적이고 더 자유롭게 살았다. 그는 남들과는 다른 고민에 빠져 주변의 모든 것을 경멸했다. 그는 오래된 기둥과 담장의 아름다움을 이해하고 있었으며, 제 영혼을 시로 표현하고 상상 속에서 허구의 세계를 창조할 수 있는 비밀스럽고도 특별한 재능을 갖고 있었다. 자유분방한 정신의 소유자로 구속을 싫어했으며, 한스가 1년 동안 할 법한 농담을 하루에 다 했다. 또한 우울한 가운데서도 자신의 슬픔을 처음 본 진기하고 귀한 보물처럼 즐겁게 받아들였다.

그날 저녁, 하일너는 같은 방 아이들에게 변덕스럽고 괴팍한 자신의 성격을 제대로 보여 주었다. 허풍이 심하고 속도 좁은 오토 벵거라는 아이가 그에게 시비를 건 것이다. 처음에는 농담도 하며 조용하고 침착하게 대응하던 하일너가 느닷없이 벵거의 뺨을 때렸고, 두 아이는 곧바로 뒤엉켜 싸우기 시작했다. 몸싸움은 몹시 격렬했다. 서로 엉겨 붙은 아이들은 마치 조종간을 놓친 배처럼 벽에 부딪쳤다가 의자도 쓰러뜨렸다가 하면서 계속 엎치락뒤치락했다. 헬라스 방은 완전히 난장판으로 변했다. 둘 다 숨을 헐떡거리며 입에 게거품을 물었을 뿐, 아무 말도 하지 않았다. 아이들은 한 덩어리가 되어 구르는 두 아이한테 부딪칠세라 옆으로 비켜섰다. 그리고 책상과 램프를 치우면서 싸움이 어떻게 끝날지 긴장하며 지켜보았다. 몇 분 후 하일너가 벵거를 뿌리치며 비틀비틀 자리에서 일어나더니 싸움을 멈추고 가만히 그 자리에 서서 숨을 헐떡거렸다. 꼴이 말이 아니었다. 눈은 시뻘겋게 충혈되었고, 셔츠 깃은 찢어졌고, 바지 무릎에는 구멍이 나 있었다. 벵거가 다시 덤벼들려고 하자 그는 팔짱을 낀 채 그대로 서서 오만하게 말했다. 「나는 이제 그만할 거야. 자, 더 싸우고 싶으면 그냥 나를 쳐.」

오토 벵거는 욕설을 내뱉으며 방에서 나가 버렸다. 하일너는 자신의 책상에 기대 램프를 돌려놓고는 두 손을 바지 주머니에 찔러 넣었다. 뭔가 생각하는 것처럼 보였는데, 갑자기 그의 눈에서 눈물이 한두 방울 떨어지더니 이내 주르륵 흘러내렸다. 일찍이 이런 일은 없었다. 눈물을 보이는 것은 신학교 학생에게 가장 수치스러운 일로 간주되었기 때문이다. 심지어 하일너는 눈물을 감추려고도 하지 않았다. 그는 방을 나가지 않고 창백한 얼굴을 램프 쪽으로 돌린 채 가만히 서 있었다. 눈물을 닦지 않았을 뿐만 아니라 주머니에서 손을 빼지도 않았다. 다른 아이들은 빙 둘러서서 호기심과 경멸이 뒤섞인 표정으로 그를 쳐다보았다. 마침내 하르트너가 그의 앞으로 다가서며 말했다. 「하일너, 넌 창피하지도 않니?」

울고 있던 하일너는 마치 깊은 잠에서 막 깨어난 사람처럼 천천히 주위를 둘러보았다.

그리고 경멸스럽다는 듯 큰 소리로 말했다. 「창피하지 않으냐고? 너희들한테? 아니, 그럴 리가.」

하일너는 눈물을 닦은 뒤 화가 난 듯 입가에 조소를 머금으며 램프를 끄고 방을 나갔다.

일이 벌어지는 동안 한스 기벤라트는 당혹스럽고 놀란 마음으로 하일너 쪽을 힐끔힐끔 쳐다보았을 뿐 내내 제자리를 지켰다. 15분쯤 지났을 때 그는 용기를 내서 사라진 친구를 찾아 나섰다. 하일너는 춥고 어두컴컴한 복도의 낮은 창문턱에 걸터앉아 가만히 회랑을 내려다보고 있었다. 뒤에서 보니 윤곽이 뚜렷하고 갸름한 뒤통수와 어깨가 소년답지 않게 아주 진지해 보였다. 한스가 가까이 다가가 창가에 섰는데도 하일너는 돌아보지 않았다. 잠시 후 그가 고개를 돌리지도 않고 잠긴 목소리로 물었다.

「누구야?」

「나야.」 한스가 어색하게 대답했다.

「왜 왔어?」

「그냥.」

「그래? 그럼 그냥 돌아가.」

기분이 상한 한스가 정말 돌아가려 했다. 그러자 하일너가 그를 붙잡았다.

「가지 마. 진짜 가라는 뜻은 아니었어.」 하일너가 애써 장난스러운 목소리로 말했다.

두 아이는 그제야 얼굴을 마주 보았다. 진지하게 상대의 얼굴을 들여다본 것은 아마 그때가 처음이었을 것이다. 서로의 소년다운 매끈한 얼굴 뒤에 각자의 고유한 특징과 개성을 지닌 삶과 영혼이 살고 있을 거라는 생각이 들었다.

헤르만 하일너가 천천히 팔을 뻗어 한스의 어깨를 붙잡아 앞으로 잡아당겼다. 두 사람의 얼굴이 닿을락 말락 할 정도로 가까워졌다. 갑자기 하일너의 입술이 제 입술에 닿는 것을 느끼고 한스는 소스라치게 놀랐다.

생전 처음 느껴 보는 긴장감에 한스는 가슴이 쿵쿵 뛰었다. 어두컴컴한 복도에서 갑자기 입을 맞추는 것은 난생처음 해보는 모험이었다. 어쩌면 위험할 수도 있는 모험. 불현듯 이 장면을 들켰다가는 정말 끔찍한 일이 벌어질 수도 있겠다는 생각이 머리를 스쳤다. 아이들 눈에는 아까 하일너가 눈물을 보인 것보다 이 키스가 더 우스꽝스럽고 치욕스러운 일로 보일 게 확실했다. 한스는 아무 말도 할 수 없었다. 피가 거꾸로 치솟는 느낌이었다. 얼른 이 자리에서 벗어나고 싶은 마음뿐이었다.

만약 누군가 어른이 그 장면을 보았더라면 일종의 수줍은 우정 표현이라 생각하고 그냥 넘겼을 것이다. 애정 표현에 서투른 두 소년의 진지하고 여윈 얼굴에서 어쩌면 은밀한 기쁨을 맛보았을 수도 있다. 앞날이 창창해 보이는 두 아이의 귀여운 얼굴에는 소년의 분위기가 절반쯤 남아 있으면서도 이미 소심하면서도 아름다운 청년의 고집이 엿보였다.

아이들은 점차 공동생활에 적응해 나갔다. 또한 서로에 대해 알게 되고 각자의 개성과 생각을 확실히 파악하면서 수많은 우정을 맺었다. 함께 히브리어 단어를 공부하는 친구들도 생기고, 함께 그림을 그리거나 산책을 하거나 실러의 작품을 읽는 친구들도 생겼다. 라틴어는 잘하지만 수학을 못하는 아이와 라틴어는 못하지만 수학을 잘하는 아이가 함께 공부해 좋은 결실을 맺는 경우도 생겼다. 계약과 재산 공유를 토대로 맺어진 우정도 있었다. 햄을 덩어리째 가져와 아이들의 부러움을 샀던 아이는 슈탐하임 출신의 과수원집 아들이 자신을 보완해 주는 진정한 반쪽임을 알게 되었다. 과수원집 아들의 상자에 맛있는 사과가 가득했기 때문이다. 어느 날 햄을 먹다가 갈증을 느낀 아이가 사과와 햄을 교환하자고 제안했고, 둘이 나란히 앉아 조심스레 대화를 나누었다. 그 결과 햄을 가져온 아이는 햄이 떨어지면 집에서 곧바로 다시 햄을 보내 주고, 사과를 가진 아이 역시 봄까지는 아버지가 저장해 둔 사과를 먹을 수 있다는 사실이 드러나자 두 아이는 굳건한 동맹을 맺었다. 그들의 동맹은 이상과 열정을 매개로 맺어진 그 어떤 동맹보다 오래 지속되었다.

끝까지 외톨이로 남은 아이는 극소수였다. 루치우스가 그 중 하나였다. 예술에 대한 그의 탐욕과 집착은 그때가 한창 절정기였다.

서로 어울리지 않는 아이들도 있었다. 그중 헤르만 하일너와 한스 기벤라트가 제일 심했다. 경박한 소년과 진중한 소년, 시인과 공부벌레. 둘 다 아이들 사이에서 제일 똑똑하고 재능이 뛰어난 소년으로 통했지만, 하일너는 반쯤 조롱하는 의미로 천재라는 명성을 누린 반면 한스는 모범생이라는 평판을 들었다. 하지만 그들을 성가시게 하는 아이들은 거의 없었다. 저마다 자신들의 우정을 쌓기 바빴고 그것으로 만족했기 때문이다.

아이들은 개인적인 관심과 관계 때문에 학교 수업을 소홀히 하지는 않았다. 오히려 수업은 신학교 생활에서 가장 중요한 악장(樂章)이자 선율이었다. 루치우스의 음악과 하일너의 습작 시, 굳건한 우정의 동맹과 거래, 이따금 벌어지는 싸움은 학교 수업에 비하면 사소하고 즐거운 여담에 불과했다. 제일 공부할 게 많은 과목은 히브리어였다. 여호와를 찬양하는 이 이상한 태곳적 언어는 건드리기만 해도 톡 부러질 정도로 바짝 메말랐음에도 불구하고 신비하게도 아직 살아 있는 나무처럼, 젊은이들의 눈앞에서 수많은 수수께끼를 간직한 아름드리나무로 무럭무럭 자라났다. 그 나무는 기이하게 생긴 가지로 아이들의 눈길을 사로잡았고, 특이한 향과 색깔을 가진 아름다운 꽃을 피워 아이들의 경탄을 자아냈다. 이 아름드리나무의 가지와 움푹 파인 구멍과 뿌리에는 수천 년 동안 무시무시한 정령들과 다정한 정령들이 함께 어우러져 살았다. 예를 들어, 소름 끼치게 무서운 용, 천진난만하고 사랑스러운 동화, 진지하고 각박한 주름투성이 백발노

인, 아름다운 소년, 눈빛이 고요한 소녀, 시비 걸기 좋아하는
여자 등등. 루터가 번역한 성경에서는 꿈결처럼 아득하고 멀
게 느껴졌던 이야기들이 거칠면서도 순수한 이 언어에 의해
피와 목소리를 되찾고, 비록 노쇠하고 무겁지만 끈질긴 생명
력으로 되살아났다. 적어도 하일너는 그렇게 생각했다. 하일
너는 비록 모세 5경을 공부할 때마다 계속 투덜거렸지만, 단
어를 전부 알고 막힘없이 술술 읽어 내려가는 끈기 있는 다
른 많은 아이들보다 그 속에서 더 많은 영혼과 생명력을 발
견하고 그것을 흠뻑 들이마셨다.

반면에 신약 성서는 한결 쉽고 밝고 깊이가 있었다. 신약
에 사용된 언어는 구약만큼 오래되지 않았고 표현이 심오하
거나 풍부하지도 않았지만, 거기에는 젊고 열정적이고 몽환
적인 정신이 가득했다.

또 『오디세이아』도 있었다. 듣기 좋은 힘찬 울림으로 세차
게 흘러가는 균형 잡힌 그 시구들을 읽고 있노라면, 마치 물
의 요정의 희고 포동포동한 팔이 수면 위로 쑥 떠오르는 것
처럼 지금은 사라진 명료하고 행복한 삶이 무엇인지 예감할
수 있었다. 그 예감은 때로는 손에 잡힐 듯 선명하고 강렬하
고 구체적으로 나타났고, 때로는 몇 마디 단어나 시구를 통
해 꿈결처럼 어슴푸레하고 아름답게 나타났다.

이제 크세노폰과 리비우스 같은 역사가는 사라졌거나 거
의 반짝거리지도 않는 희미한 빛 정도로 위상이 낮아졌다.

그런데 친구 하일너한테는 모든 것이 자신과는 완전히 다
르게 보인다는 사실을 알고 한스는 적잖이 놀랐다. 하일너

한테는 추상적인 것이 존재하지 않았다. 그가 상상할 수 없 거나 가공의 색깔로 채색할 수 없는 것은 세상에 존재하지 않았다. 만약 그런 게 제 뜻대로 되지 않으면 그는 흥미를 잃고 그냥 손을 놓아 버렸다. 하일너한테 수학은 스핑크스나 마찬가지였다. 음흉한 수수께끼를 잔뜩 품고서 서늘하고 사악한 눈빛으로 희생양을 끌어들이는 괴물 말이다. 그는 그 괴물을 피해 멀리 달아났다.

두 소년의 우정은 기묘했다. 하일너에게 한스와의 우정은 오락이자 사치였고 편안하게 변덕을 부릴 수 있는 관계였다. 반면 한스에게 하일너와의 우정은 때로는 자랑스러운 보물이었고 때로는 감당하기 힘든 짐이었다. 하일너와 어울리기 전까지 한스는 저녁 시간을 공부하면서 보냈다. 그런데 이제는 거의 매일 공부에 싫증난 하일너가 한스에게 다가와 책을 빼앗고 같이 놀기를 원했다. 한스는 하일너를 몹시 좋아하면서도, 나중에는 매일 저녁마다 혹시 친구가 다가올까 봐 겁을 내곤 했다. 그 어떤 것도 소홀히 하지 않기 위해 한스는 자습 시간에 배로 열심히 공부했다. 하일너가 그런 한스의 노력을 비웃기 시작한 건 더 큰 괴로움이었다.

이를테면 이런 식이었다. 「그건 날품팔이꾼이나 하는 짓이야. 너는 좋아서 자발적으로 공부하는 게 아니야. 선생님이나 네 아버지가 무서워서 공부하는 거지. 도대체 1등이나 2등을 하는 게 무슨 소용이야? 나는 20등이지만 너희 공부벌레들처럼 멍청하지 않아.」

하일너가 교과서를 어떻게 다루는지 처음 알게 되었을 때도 한스는 깜짝 놀랐다. 어느 날 교과서를 강의실에 놓고 온 한스는 다음 수업인 지리 과목을 예습하기 위해 하일너의 지도책을 빌렸다. 지도책에는 페이지마다 온통 연필로 낙서가 되어 있었다. 피레네반도의 서부 해안은 사람의 괴상한 옆얼굴로 변해 있었다. 코는 포르투에서 리스본에 이르고, 스페인의 피니스테레곶 주변은 구불구불한 곱슬머리로 바뀌었고, 세인트 빈센트곶은 덥수룩한 수염을 멋들어지게 꼬아 뾰족하게 만들어 놓았다. 모든 페이지가 그런 식이었다. 지도의 하얀 뒷면에는 캐리커처를 그린 다음 밑에 대담하고 익살스러운 시구를 적어 놓았다. 군데군데 잉크 얼룩도 묻어 있었다. 지금까지 책을 신성한 유물이나 보물처럼 소중하게 다루어 온 한스는 하일너의 대담한 행동이 한편으로는 신성 모독이나 범죄 행위로 여겨졌지만 다른 한편으로는 영웅적인 행동으로 보이기도 했다.

하일너한테 착한 기벤라트는 쉽게 다룰 수 있는 장난감이나 애완용 고양이처럼 보였을지도 모른다. 한스 자신도 가끔 그런 생각이 들었다. 하지만 하일너는 한스에게 매달렸다. 속마음을 털어놓을 수 있고 자신의 말을 열심히 귀담아듣고 경탄해 줄 사람, 학교와 인생에 관해 혁신적인 연설을 할 때 깊은 관심을 갖고 경청해 줄 사람이 필요했기 때문이다. 기분이 울적할 때 머리를 기대라며 무릎을 내주고 위로해 줄 사람도 필요했다. 그런 성향을 가진 이들이 으레 그렇듯, 이 젊은 시인도 자신을 좀 봐달라는 듯 발작적 우울증에 시달렸다. 우울증의 원인은 여러 가지였다. 일부는 소년의 영혼과 조용히 작별하는 시기였기 때문이고, 일부는 뚜렷한 목표 없이 넘쳐 나는 에너지와 예감과 욕망 때문이었고, 일부는 불가사의한 어두운 충동 때문이었다. 그럴 때마다 하일너는 동정받고 싶고 어리광 부리고 싶은 병적 욕구에 사로잡혔다. 예전에는 어머니의 사랑으로 갈증을 해소했으나 아직 여자와 사랑을 나눌 만큼 성숙하지는 않았기 때문에 지금 그를 위로해 줄 사람은 온순하고 착한 친구밖에 없었다.

하일너는 저녁때 종종 더없이 불행한 얼굴로 한스를 찾아와 공부를 그만하고 같이 복도로 나가자고 졸랐다. 그들은 추운 강당이나 황혼이 물든 천장 높은 예배당을 왔다 갔다 하거나 덜덜 떨면서 창가에 앉아 있곤 했다. 그럴 때면 하일너는 하이네 시를 읽는 정서가 풍부한 젊은이답게 감상적인 슬픔에 젖어 온갖 탄식을 늘어놓았다. 한스는 하일너의 슬픔을 제대로 이해하지 못했지만 아무튼 강렬한 인상을 받았고, 가끔은 그의 기분에 전염되기도 했다. 감수성이 예민한 이 문예 애호가는 주로 날씨가 우중충할 때 발작이 일어났다. 비구름이 하늘을 시커멓게 뒤덮고 있는 가운데 옅은 구름의 갈라진 틈새로 달이 지나가고 있는 것이 언뜻언뜻 보이는 늦가을 저녁에 하일너의 탄식과 신음 소리는 절정에 달했다. 그럴 때면 그는 시인 오시안[8]이라도 된 것처럼 몽롱한 비애에 빠져들어 아무 죄 없는 한스에게 한숨을 내쉬며 온갖 말과 시구를 쏟아부었다.

8 Ossian(?~?). 3세기경 고대 켈트족의 전설적인 시인이자 용사. 18세기 후반의 낭만파 시인들에게 큰 영향을 끼쳤다.

하일너의 고뇌에 휩쓸려 시달린 날이면 한스는 마음이 다급해져 남은 시간을 온통 공부에 쏟았다. 하지만 갈수록 공부하는 것이 힘들어졌다. 예전의 두통이 재발한 것은 놀랄 일도 아니었다. 몸이 피곤해 아무것도 하지 못할 때가 많았고, 꼭 해야 할 일조차 스스로를 몰아붙여야만 겨우 할 수 있었다. 걱정스러운 일이 아닐 수 없었다. 유별난 친구와의 우정이 그를 지치게 만들고, 지금까지 순수하게 지켜 온 그의 내면을 병들게 했다는 것을 어렴풋이 느꼈다. 하지만 하일너의 우울증과 투정이 심해질수록 안타까운 마음에 그를 더욱 다정하게 대했다. 게다가 자신이 그에게 꼭 필요한 존재라는 사실에 기분이 우쭐해지기도 했다.

한스는 하일너의 병적으로 심한 비애감은 주체할 수 없는 불건전한 충동의 분출일 뿐, 그가 감탄하고 있는 하일너의 본성이 아니라는 사실을 감지하고 있었다. 자작시를 낭송하거나 이상적인 시인의 모습에 대해 이야기할 때면, 혹은 실러와 셰익스피어 작품에 나오는 독백을 몸짓까지 섞어 가며 열정적으로 읊을 때면, 한스는 하일너가 그에게는 없는 마법 같은 재능으로 허공 속을 거닐고, 신이 가진 자유와 열정으로 자유자재로 움직이고, 호메로스의 천사처럼 날개 돋친 발로 자신과 다른 아이들을 떠나 훨훨 날아가 버릴 것 같은 기분을 느꼈다. 얼마 전까지만 해도 시인의 세계를 잘 모를 뿐만 아니라 중요하게 여기지도 않았던 한스는 이제 난생처음으로 아름답게 흐르는 언어, 사람을 미혹시키는 비유, 마음을 어루만져 주는 운율의 엄청난 힘을 깨닫고 거부감 없이 받아들였다. 그에게 새롭게 열린 이 세계를 존경하는 마음이 친구에 대한 감탄과 어우러져 독특한 감정으로 자라났다.

그러는 사이에 폭풍이 몰아치는 음울한 11월이 되었다. 램프를 켜지 않고 공부할 수 있는 시간이 갈수록 줄어들었다. 칠흑같이 어두운 밤이면 시커먼 하늘에서 세찬 바람이 산더미 같은 구름을 이리저리 몰고 다녔고, 오래되고 견고한 수도원 건물 주위를 흡사 싸움하듯 휘몰아치면서 신음을 토했다. 나무들은 잎사귀가 거의 다 떨어졌다. 다만 숲이 울창한 이 지역에서 마디마다 힘센 가지가 쭉쭉 뻗어 있어 나무의 제왕이라 불리는 커다란 떡갈나무들은 메마른 나뭇잎들이 아직 매달려 있는 우듬지를 귀찮다는 듯 요란스레 흔들어 댔다. 하일너는 요즘 완전히 침울해져 한스도 찾지 않고 혼자 외진 연습실에서 미친 듯이 바이올린을 켰다. 그러지 않을 때에는 친구들한테 시비를 걸었다.

어느 날 저녁 하일너가 연습실에 갔는데 야심가 루치우스가 그의 자리를 차지하고 보면대 앞에서 바이올린을 연습하고 있었다. 하일너는 화가 나서 연습실을 나왔다. 30분 후에 다시 가봤더니 루치우스는 그때까지도 연습 중이었다.

결국 하일너는 참지 못하고 화를 냈다. 「이제 그만해도 되잖아. 다른 사람도 연습 좀 해야지. 안 그래도 끽끽거리는 네 연주 소리는 도저히 들어 주기 힘든 재앙인데 말이야.」

그렇게 말했는데도 자리를 비워 주지 않자 심통이 난 하일너는 루치우스가 뻔뻔하게 다시 악기를 집어 드는 순간 보면대를 발로 차서 넘어뜨렸다. 악보가 사방에 흩어지고,

넘어지던 보면대가 루치우스의 얼굴을 쳤다. 루치우스는 악보를 줍기 위해 허리를 굽혔다.

「교장 선생님한테 이를 거야.」 루치우스가 단호한 어조로 말했다.

「마음대로 해. 이르는 김에 내가 네 엉덩이도 걷어찼다고 말해.」 화가 폭발한 하일너는 자기가 한 말을 곧바로 실행에 옮기려 했다.

루치우스는 풀쩍 옆으로 비켜선 뒤 문을 향해 도망쳤다. 우당탕 한바탕 소동이 벌어졌다. 복도와 강당을 가로지르고 계단과 현관을 지나 수도원에서 제일 멀리 떨어져 있는 측랑까지 일대 추격전이 벌어진 것이다. 조용하고 품격 있는 그 건물에는 교장 사택이 있었다. 하일너는 교장의 서재 바로 앞에서 도망자를 간신히 붙잡았다. 그리고 마지막 순간 약속대로 이미 노크를 하고 열린 문 앞에 서 있던 루치우스의 엉덩이를 뻥 걷어찼다. 미처 문을 닫을 새도 없이 루치우스는 폭탄이 날아가듯 신성한 교장의 방으로 뛰어들었다.

그것은 유례없는 사건이었다. 다음 날 아침 교장은 청소년의 일탈에 대해 일장 훈시를 했다. 루치우스는 깊은 생각에 잠겨 지당한 말씀이라는 듯 귀를 기울였고, 하일너한테는 무거운 감금형의 처분이 내려졌다.

교장은 호통치듯 말했다. 「하일너 학생, 지난 몇 년 동안 우리 학교에서 이런 처벌을 받은 사람은 없었습니다. 나는 학생이 10년 후에도 이 일을 잊지 못하도록 해주겠습니다. 다른 학생들은 하일너를 무서운 반면교사로 삼아야 할 것입니다.」

학생들은 겁에 질려 하일너를 힐끔거렸다. 하일너는 얼굴은 창백했지만 반항하듯 꼿꼿한 자세로 교장의 눈길을 피하지 않았다. 내심 하일너의 그런 태도에 감탄하는 아이들이 많았다. 하지만 훈계가 끝나고 모두 웅성거리며 복도로 나갔을 때 아이들은 마치 나병 환자 보듯 하일너한테서 멀찍이 떨어졌다. 이제 그의 편에 서려면 용기가 필요했다.

한스 기벤라트는 하일너의 편에 서는 것이 의무라고 느꼈지만 그러지 못했다. 그는 비겁한 자신의 모습에 몹시 괴로워했다. 그는 슬픔과 수치심에 감히 고개도 못 들고 슬그머니 창가로 도망쳤다. 친구한테 가보고 싶은 마음은 간절했다. 들키지 않고 찾아갈 수만 있다면 무슨 수를 써서라도 그렇게 했을 것이다. 하지만 무거운 감금형을 받은 아이는 상당 기간 낙인이 찍힌 것이나 마찬가지라서 특별한 주목의 대상이었다. 그런 아이와 어울리는 것은 위험한 짓이며 평판이 나빠지는 것을 감수해야 했다. 입학식 환영사에서 분명히 언급된 바와 같이, 국가가 베푸는 혜택에는 엄격한 규율이 수반되는 법이다. 그것을 잘 알고 있는 한스는 우정과 야망사이에서 갈등했다. 지금까지 그의 목표는 앞으로 나아가고, 시험에서 좋은 성적을 거두고, 주어진 역할을 제대로 수행하는 것이었지, 낭만적이고 위험한 일을 하는 것이 아니었다. 그는 불안한 마음으로 구석에 틀어박혀 있었다. 지금 당장 거기서 뛰쳐나와 용기를 보여 줘야 했지만 시간이 지체될수록 그러기가 점점 더 힘들어졌다. 망설이는 동안 그의 배신은 어느새 기정사실로 굳어졌다.

하일너는 이미 눈치채고 있었다. 이 열정적인 소년은 다른 아이들이 자신을 기피한다는 것을 느낌으로 알고 있었고, 그럴 수도 있다고 생각했다. 하지만 한스만은 그러지 않을 거라고 굳게 믿었는데 배신당한 것이다. 그가 지금 느끼는 아픔과 분노에 비하면 여태까지 그가 느낀 비애는 우스울 만큼 하찮았다. 하일너가 잠시 기벤라트 옆으로 다가서더니 창백하고 오만한 표정으로 나직하게 말했다. 「기벤라트, 너는 비열한 겁쟁이야. 빌어먹을!」 그 말을 남긴 다음 하일너는 나직하게 휘파람을 불며 바지 주머니에 두 손을 찔러 넣은 채 사라졌다.

젊은이들에게 생각하고 몰두할 다른 일이 있다는 것은 다행이 아닐 수 없다. 그 사건이 일어나고 며칠 뒤 갑자기 눈이 쏟아졌다. 드디어 추운 겨울이 시작된 것이다. 아이들은 눈싸움도 하고 스케이트도 탔다. 문득 크리스마스와 방학이 얼마 안 남았다는 것을 깨닫고 이야기꽃을 피우기도 했다. 이제 하일너 일은 거의 관심 밖으로 밀려났다. 그는 아무하고도 말을 섞지 않고 오만하게 고개를 빳빳이 치켜들고 조용히 돌아다녔다. 종종 노트에 시를 끄적거리기도 했다. 방수포로 된 까만색 노트 표지에는 〈어느 수도사의 노래〉라는 제목이 적혀 있었다.

떡갈나무와 오리나무, 너도밤나무와 버드나무에 내린 서리와 눈송이가 꽁꽁 얼어붙어 환상적인 광경을 연출했다. 호수에서는 매서운 추위에 투명한 얼음이 얼어붙는 소리가 들렸고, 회랑 안뜰은 마치 고요한 대리석 정원처럼 변했다. 크리스마스가 가까워 오자 기대감으로 분위기가 들썩들썩했다. 더할 나위 없이 근엄하고 진중한 교수님 두 분까지 크리스마스에 대한 기대로 표정이 부드러워지고 약간 들떠 보였다. 교사와 학생을 통틀어 크리스마스에 관심이 없는 사람은 아무도 없었다. 늘 우울하게 얼굴을 찌푸리고 다니던 하일너조차 표정이 약간 밝아졌다. 루치우스는 방학 때 어떤 책과 신발을 가져가야 할지 고민했다. 집에서 오는 편지에는 가슴 설레는 기쁜 소식들이 가득했다. 무슨 선물을 받고 싶으냐고 물었고, 빵 굽는 날짜를 알려 주었으며, 깜짝 놀랄 일이 기다리고 있음을 슬며시 암시했다. 다시 만날 날을 손꼽아 기다리고 있다는 말도 잊지 않았다.

방학을 맞아 집으로 떠나기 전, 학생들은 유쾌한 작은 사건을 하나 더 경험했다. 특히 헬라스 방 아이들한테 더 기억에 남을 일이었다. 아이들은 가장 큰 헬라스 방에서 열기로 한 크리스마스 파티에 교사들을 초대하기로 결정했다. 축사를 비롯해 시 낭송 두 개, 플루트 독주와 바이올린 이중주를 프로그램으로 준비했는데 익살스러운 순서도 꼭 하나 포함시켜야 했다. 의논과 협의를 계속하면서 여러 가지 제안이 나왔지만 좀처럼 합의에 이르지 못했다. 그때 카를 하멜이 슬쩍 재미있는 것이라면 에밀 루치우스의 바이올린 독주만 한 것이 없다고 말을 던지자 다들 공감했다. 아이들은 부탁과 약속과 협박을 거듭한 끝에 결국 그 불쌍한 음악가의 동의를 받아 냈다. 정중한 초대의 글과 함께 교사들에게 보낸 초대장에는 〈고요한 밤, 바이올린을 위한 가곡. 실내악의 거장 에밀 루치우스 연주〉라는 특별 순서가 들어가 있었다. 〈실내악의 거장〉은 외진 곳에 있는 음악실에서 혼신을 다해 연습한 덕분에 얻은 호칭이었다.

교장을 비롯해 교수와 교사, 보조 교사, 음악 교사, 수석 조교까지 모두 파티에 참석했다. 하르트너한테 빌려 깨끗이 다림질한 검은 연미복을 입고 단정하게 머리를 빗은 루치우스가 온화하고 겸손한 미소를 지으며 무대에 등장하자 음악 교사의 이마에 진땀이 흐르기 시작했다. 루치우스가 허리를 숙여 인사할 때부터 벌써 청중들 사이에서 폭소가 터져 나왔다. 루치우스의 손가락 아래에서 가곡 〈고요한 밤〉은 애절한 탄식이 되고 고통스러운 고뇌의 신음이 되었다. 루치우스는 두 번이나 연주를 다시 시작했고, 멜로디를 잘게 끊어 버렸으며, 발을 구르며 박자를 맞췄다. 그리고 혹한의 날씨임에도 마치 숲속에서 나무를 베는 나무꾼처럼 진땀을 흘렸다.

교장은 화가 나서 창백해진 얼굴로 어쩔 줄 몰라 하는 음악 교사를 향해 재미있다는 듯 고개를 끄덕였다.

세 번째로 연주를 다시 시작했지만 이번에도 도중에 막혀 버리자 루치우스는 바이올린을 내리고 청중을 향해 변명을 늘어놓았다. 「연주가 잘 안되네요. 제가 바이올린을 배운 지 얼마 안 돼서 그래요. 사실 바이올린을 지난가을에 처음 잡아 봤거든요.」

교장이 크게 외쳤다. 「괜찮아요, 루치우스. 학생의 노력에 찬사를 보냅니다. 계속 그렇게 정진하세요. *Per aspera ad astra*(역경을 헤치고 별을 향하여)!」

12월 24일이 되자 새벽 3시부터 모든 방이 시끌벅적했다. 창문 유리창에 예쁜 나뭇잎 모양으로 성에가 두껍게 끼어 있었다. 세면장은 물이 꽁꽁 얼어붙었고 수도원 안뜰에는 살을 에는 찬바람이 휘몰아쳤다. 하지만 아무도 그런 것에 신경 쓰지 않았다. 식당에서는 커피를 끓이는 커다란 통에서 뜨거운 김이 폴폴 피어올랐다. 잠시 후 검은 코트와 목도리로 몸을 단단히 감싼 아이들이 무리 지어 밖으로 나왔다. 그들은 어슴푸레 빛나는 하얀 들판을 지나고 고요한 숲을 가로질러 멀리 떨어진 기차역을 향해 걸어갔다. 가는 길에 수다도 떨고 농담도 하고 크게 웃기도 했지만 각자의 가슴속에는 말하지 않은 소망과 기쁨과 기대가 가득했다. 도시와 시골, 한적한 농가를 가릴 것 없이 슈바벤 지방 전역에서 부모와 형제자매들이 따뜻한 방에 크리스마스 장식을 해놓고 그들을 기다리고 있었다. 대부분의 아이들에게 이번 크리스마스는 고향을 떠났다가 돌아가 맞는 첫 번째 크리스마스였다. 그들은 가족들이 대견한 마음과 사랑으로 자신을 기다리고 있다는 것을 잘 알고 있었다.

아이들은 눈 덮인 숲 한가운데에 있는 작은 기차역에서 추위에 덜덜 떨며 기차를 기다렸다. 모두가 한마음이 되어 평화롭고 즐겁게 어울린 것은 이번이 처음이었다. 딱 한 사람, 하일너는 예외였다. 그는 아무 말 없이 서 있었다. 그리고 기차가 도착한 후 다른 아이들이 다 탈 때까지 기다렸다가 혼자 다른 칸에 탔다. 한스는 다음 역에서 기차를 갈아탔는데, 그때 다시 한번 그를 보았다. 언뜻 부끄러움과 후회가 밀려왔지만 고향에 간다는 흥분과 설렘에 금세 밀려났다.

집에 도착하니 아버지가 흐뭇한 미소로 한스를 맞이했다. 탁자 위에는 선물이 잔뜩 놓여 있었다. 물론 기벤라트의 집에 진짜 크리스마스 파티는 없었다. 노래도 없고, 감격스러운 파티도 없고, 어머니도 없고, 전나무도 없었다. 기벤라트 씨는 축제를 즐기는 법을 알지 못했다. 하지만 아들이 몹시 자랑스러웠기에 이번에는 선물 사는 데 돈을 아끼지 않았다. 한스의 크리스마스는 늘 이런 식이었기 때문에 이번에도 그는 아쉬움을 전혀 못 느꼈다.

한스를 만난 사람들은 하나같이 안색이 너무 안 좋다며 걱정했다. 살이 많이 빠지고 얼굴도 창백한데, 혹시 신학교의 식사가 너무 부실해서 그런 게 아니냐고 물었다. 한스는 아니라고 극구 부인했다. 그가 자주 머리가 아픈 것 말고는 아무 문제 없다고 하자 목사가 자신도 젊었을 때 두통에 시달렸다고 위로했다. 그것으로 모든 문제는 해결되었다.

크리스마스 연휴에는 꽁꽁 얼어붙은 강에 스케이트를 타러 나온 사람들로 붐볐다. 한스는 새 옷에다 신학교 학생의 상징인 초록색 모자를 쓰고 거의 온종일 밖으로 돌아다녔다. 그는 이제 예전에 함께 공부했던 친구들이 감히 넘볼 수조차 없는, 누구나 부러워하는 훨씬 높은 세계로 올라간 것이다.

# 제4장

신학교 학생들은 통상적으로 4년 동안 수도원에서 지내게 되는데, 매년 낙오자가 한두 명씩은 나온다. 가끔은 죽는 학생도 있어, 찬송가가 울리는 가운데 땅에 묻히거나 친구들의 전송을 받으며 시신이 되어 고향으로 돌아간다. 신학교에서 도망치거나 죄를 저지르고 퇴학당하는 경우도 왕왕 있다. 아주 드물게 고학년에서만 일어나는 일도 있는데, 청춘의 고뇌에 빠져 길을 잃은 젊은이가 권총의 방아쇠를 당기거나 물에 뛰어드는 방식으로 짧고 어두운 생을 마감하는 경우이다.

한스 기벤라트의 동급생들 중에서도 몇 명의 친구가 사라졌다. 그런데 공교롭게도 모두 헬라스 방 아이들이었다.

그중 하나가 체구가 작고 얌전한 금발 소년 힌딩거였다. 〈힌두〉라는 애칭을 가진 그 아이는 알고이 지방 출신의 재단사 아들이었다. 평소에 어찌나 조용했는지 사라지고 나서야 비로소 아이들의 화제에 올랐는데, 그마저도 오래가지 않았다. 구두쇠인 실내악의 거장 루치우스의 옆자리여서 루치우스와 조금 더 가까이 지냈을 뿐, 딱히 친한 친구가 없었다. 힌딩거가 사라지고 나서야 헬라스 방 아이들은 그가 정말 좋은 사람이었다는 것을 깨달았다. 힌딩거는 자칫 갈등이 일어나기 쉬운 공동생활에서 불평하지 않는 착한 이웃이자 쉼표 같은 친구였다.

1월의 어느 날, 힌딩거는 로스바이어 연못에 스케이트를 타러 가는 아이들을 따라나섰다. 스케이트화는 없었지만 그냥 구경 삼아 따라나선 것이다. 하지만 날이 너무 추워 금세 몸이 얼어붙는 바람에 몸에 열을 좀 내려고 발을 동동 구르며 연못가를 걸었다. 그러다 어느 순간부터 달리기 시작했는데 들판에서 그만 길을 잃고 말았다. 그는 들판을 지나 다른 조그만 연못가에 이르렀다. 그 연못은 밑바닥에서 따뜻한 물이 세차게 솟아 나오고 있어 표면에만 얼음이 살짝 얼어 있었다. 힌딩거는 그것도 모르고 연못을 가로질러 가려고 갈대를 헤치며 안으로 들어갔다. 비록 몸집이 작고 가벼웠지만 연못 가장자리의 얼음이 깨지면서 힌딩거는 그만 물에 빠지고 말았다. 살려 달라고 고함을 지르며 허우적거렸지만 아무도 그 소리를 듣지 못했다. 잠시 후 그는 결국 차가운 물 속으로 가라앉고 말았다.

정각 2시, 오후 첫 수업이 시작되었을 때에야 비로소 힌딩거가 없어진 사실이 드러났다.

「힌딩거 학생은 어디 갔어요?」 교사가 물었다.

아는 사람이 아무도 없었다.

「헬라스 방에 가서 한번 찾아보세요.」

하지만 그곳에도 힌딩거의 흔적은 없었다.

「지각하나 보네요. 그냥 수업 시작합니다. 74쪽 제7절이에요. 다시는 이런 일이 없기 바랍니다. 앞으로는 시간 꼭 엄수해 주세요!」

3시를 알리는 종이 울렸는데도 힌딩거가 나타나지 않자 불안해진 교사가 교장에게 상황을 알렸다. 교장은 곧바로 교실로 달려와 몇 가지 중요한 사항에 대해 물어본 다음, 조교와 교사에게 학생 열 명을 데리고 나가 힌딩거를 찾아보라고 지시했다. 남은 학생들은 받아쓰기 연습을 했다.

4시에 교사가 노크도 없이 교실 문을 벌컥 열고 들어와 교장에게 귓속말로 뭔가 보고했다.

「조용히 하세요!」 교장의 외침에 학생들은 바짝 긴장한 채 교장을 쳐다보았다.

교장이 나직한 목소리로 말을 이었다. 「여러분의 친구 힌딩거는 아무래도 연못에 빠진 것 같습니다. 여러분도 힌딩거 찾는 일을 도와줘야겠어요. 마이어 교수님이 여러분을 인솔할 테니 그분의 지시를 정확히 따르도록 하세요. 절대 개별 행동을 해서는 안 됩니다!」

아이들은 겁을 먹고 웅성거리며 앞장선 교수를 따라갔다. 마을 남자 서너 명이 밧줄과 기다란 판자, 막대기를 들고서 수색대에 합류했다. 날이 몹시 추웠고 해는 이미 산등성이를 넘어가고 있었다.

마침내 뻣뻣하게 굳은 작은 소년의 시체를 발견했다. 눈 덮인 갈대숲에 놓인 들것에 시체를 뉘었을 때는 이미 땅거미가 완전히 내려앉은 뒤였다. 아이들은 겁 많은 새처럼 불안한 모습으로 들것을 빙 둘러싼 채 추위에 뻣뻣하게 곱은 손가락을 비비면서 시체를 내려다보았다. 이윽고 익사한 소년을 실은 들것이 먼저 출발하고 아이들은 그 뒤를 따라갔다. 눈 덮인 들판을 걸어가는데 모두 뭔가가 짓누르는 것처럼 가슴이 답답했고 갑자기 온몸에 전율이 흐르면서 소름이 쫙 끼쳤다. 어린 사슴이 적이 가까이 다가온 것을 감지한 것처럼 잔인한 죽음의 냄새를 맡았기 때문이다.

한스 기벤라트는 슬픔과 추위에 떨며 무리에 섞여 걸어가다가 우연히 옛 친구 하일너와 나란히 걷게 되었다. 두 사람은 울퉁불퉁한 들판에서 돌부리에 채어 비틀거리다 서로의 존재를 알아차렸다. 한스는 친구의 갑작스러운 죽음에 큰 충격을 받아 자신의 이기적인 삶이 허무하게 느껴지던 참에 뜻밖에도 하일너의 창백한 얼굴을 보게 되자 가슴이 찢어질 듯 아팠다. 그래서 순간 저도 모르게 하일너의 손을 붙잡았다. 하지만 하일너는 불쾌하다는 듯 그의 손을 뿌리치고는 시선을 돌려 다른 자리를 찾아 대열 맨 끝으로 사라졌다.

모범생 한스는 슬픔과 수치심으로 두방망이질하는 가슴을 진정할 수가 없었다. 얼어붙은 들판을 비틀거리며 걸어가는 동안 시퍼렇게 얼어붙은 뺨 위로 눈물이 하염없이 흘러내렸다. 그 순간, 한스는 절대로 잊을 수 없고 아무리 후회해도 돌이킬 수 없는 죄악과 실수가 있다는 사실을 깨달았다. 지금 들것에 누워 실려 가고 있는 사람은 재단사의 어린 아들이 아니라 그의 친구 하일너 같다는 생각이 들었다. 하일너가 한스의 배신으로 인한 고통과 분노를 고스란히 간직한 채 머나먼 다른 세상으로 떠나는 듯했다. 성적과 시험과 성공이 기준이 아니라 양심이 깨끗한지 더러운지에 따라 사람을 평가하는 그런 세상으로.

마침내 국도에 이르렀을 때 일행은 더욱 걸음을 재촉해 급히 수도원 안으로 들어왔다. 교장을 비롯해 교사들이 모두 나와 죽은 힌딩거를 맞이했다. 만약 힌딩거가 살아 있었다면 그런 영예로운 대접은 절대 받아 보지 못했을 것이다. 교사들은 늘 죽은 학생은 살아 있는 학생과는 다른 눈으로 바라본다. 평소에는 아무렇지도 않게 소년들의 가슴에 상처를 주면서, 막상 학생이 죽으면 잠시나마 모든 생명과 젊음은 다시는 돌아오지 않으며 그렇기에 더욱 소중하다는 사실을 뼈저리게 깨닫는 것이다.

그날 저녁부터 다음 날까지 보이지는 않지만 가까운 곳에 시체가 있다는 사실이 학생들 사이에 마법 같은 효과를 가져왔다. 말과 행동이 아주 부드럽고 온순해졌으며, 비록 잠시지만 언쟁과 분노와 소란과 웃음이 자취를 감춘 것이다. 물의 요정이 잠시 수면에서 사라지면 아무 움직임이 없는 연못이 죽은 것처럼 보이는 현상과 비슷했다. 익사한 친구에 대한 이야기를 할 때면 모두가 그의 본명을 불러 주었다. 〈힌두〉라는 애칭은 왠지 죽은 아이의 명예를 훼손시키는 느낌이 들었기 때문이다. 평소에는 아이들 사이에 파묻혀 눈에 띄지도 않고 이름을 불러 주는 사람도 없던 조용한 힌두가 지금은 자신의 이름과 죽음으로 커다란 수도원을 꽉 채우고 있었다.

　이튿날 힌딩거의 아버지가 도착했다. 그는 아들이 안치되어 있는 작은 방에서 혼자 몇 시간 머물렀다. 그런 다음 교장을 만나 차 대접을 받고 사슴 여관에서 하룻밤 묵었다.

　다음 날 장례식이 거행되었다. 관은 복도에 놓여 있었다. 알고이의 재단사는 그 옆에 서서 모든 것을 지켜보았다. 놀랄 정도로 야위었고 앙상한 모습이 영락없는 재단사였다. 그는 녹색이 감도는 까만 프록코트에 통이 좁은 허름한 바지를 입고 손에는 낡은 예식용 모자를 들고 있었다. 근심과 슬픔이 그득한 그의 작고 메마른 얼굴은 바람 앞의 촛불처럼 위태로워 보였다. 교장과 교사들 앞에서 그는 황송하고 송구한 마음에 어쩔 줄 몰라 했다.

　짐꾼들이 관을 들어 올리려 하자 그 불쌍한 작은 남자는 다시 앞으로 나와 애정이 담뿍 담긴 어색하고 안쓰러운 몸짓으로 관 뚜껑을 어루만졌다. 그러고는 잠시 눈물을 참으며 막막한 표정으로 크고 조용한 복도 한가운데에 우두커니 서 있었다. 잎이 다 떨어진 한겨울의 메마른 나무 같은 그 모습이 어찌나 고독하고 절망스럽고 쓸쓸해 보이던지 애처롭기 그지없었다. 목사가 곁으로 다가가 손을 부여잡자 그는 이상하게 휘어진 모자를 다시 쓰고 관을 따라 맨 앞에서 걷기 시작했다. 장례 행렬이 계단을 내려가 수도원 안뜰을 지나고 오래된 문을 통과한 뒤 하얀 들판을 가로질러 담장이 야트막한 교회 묘지를 향해 걸어갔다. 무덤 앞에서 아이들은 찬송가를 불렀다. 음악 교사는 대부분의 아이들이 지휘

하는 자신의 손이 아니라 외롭고 쓸쓸해 보이는 키 작은 재단사를 쳐다보고 있자 기분이 약간 상했다. 슬픔에 잠긴 재단사는 몸이 꽁꽁 얼어붙은 채 눈밭에 서서 고개를 푹 숙이고 목사와 교장과 반장의 추도사에 귀를 기울였다. 또한 찬송가를 부르는 학생들에게 멍한 표정으로 고개를 끄덕여 주었다. 가끔 왼손으로 옷자락에 숨겨 둔 손수건을 만지작거렸으나 실제로 꺼내지는 않았다.

「만약 그 자리에 우리 아버지가 서 있었으면 어땠을까 생각하니 눈앞이 아찔해지더라.」 장례식이 끝난 후 오토 하르트너가 그렇게 말하자 모두 공감했다. 「맞아, 나도 똑같은 생각을 했어.」

교장이 힌딩거의 아버지를 모시고 헬라스 방을 찾아와 학생들을 둘러보며 물었다. 「여러분 중에 힌딩거와 특별히 친했던 학생이 누구죠?」 처음에는 아무도 나서지 않았다. 힌두의 아버지가 불안하고 참담한 표정으로 아이들의 얼굴을 둘러보자 루치우스가 앞으로 나섰다. 힌딩거 씨는 잠시 루치우스의 손을 꼭 붙잡고 있다가 그저 고개만 끄덕이고 아무 말 없이 밖으로 나갔다. 그리고 기차를 타고 떠났다. 온종일 눈에 덮여 하얀 겨울 풍경 속을 달리는 동안 그는 집에 도착해 아내에게 아들 카를 힌딩거 이야기를 어떻게 전해 줘야 할지 고민했다.

수도원에 걸렸던 마법의 주문은 금세 풀려 버렸다. 교사들은 다시 학생들을 야단치기 시작했고, 아이들은 문을 시끄럽게 쾅쾅 여닫았다. 헬라스 방에서 사라진 친구에 대한 기억도 점차 잊혀 갔다. 비극의 현장인 연못가에 너무 오래 서 있는 바람에 감기에 걸린 아이들도 여럿 나왔다. 몇 명은 양호실에 누워 있었지만 대부분은 그냥 털 슬리퍼를 신고 목도리를 칭칭 감은 채 생활했다. 한스 기벤라트의 목과 발은 말짱했다. 하지만 그 불행한 사건 이후 그는 더 진지해지고 더 성숙해졌다. 내면에서 뭔가 변화가 생긴 것이다. 소년에서 청년이 되었고, 그의 영혼도 다른 세상으로 옮겨간 듯했다. 하지만 그의 영혼은 아직 낯선 그곳에서 편히 쉴 곳을 찾지 못한 채 불안한 날개를 파닥이며 헤매고 있었다. 죽음에 대한 공포나 착한 힌두를 잃은 슬픔 때문이 아니라 불현듯 깨달은 하일너에 대한 죄책감 때문이었다.

하일너는 다른 두 아이와 함께 양호실에 누워 뜨거운 차를 마셔야 했다. 그 덕에 힌딩거의 죽음에서 받은 인상들을 되새기고 나중에 시를 지을 때 활용할 수 있도록 정리하는 시간을 가질 수 있었다. 하지만 그 일에도 그다지 열의를 보이지는 않았다. 그는 자신의 처지를 몹시 힘들어하는 듯 보였다. 양호실에 함께 누워 있는 아이들과는 한마디도 하지 않았다. 감금형 처벌을 받은 후 한창 친구가 필요한 시기에 어쩔 수 없이 혼자 지내다 보니 안 그래도 예민한 마음에 상처를 입은 것이다. 교사들은 그를 불만이 많은 혁명적 인물로 간주해 엄격하게 감시했고, 학생들은 그를 피했다. 조교는 친절하지만 조롱하듯 그를 대했다. 하지만 하일너의 친구라 할 수 있는 셰익스피어와 실러와 레나우는 그를 모욕하고 억압하는 세상과는 다른, 더 위대하고 멋진 세상을 보여주었다. 하일너의 시 「어느 수도사의 노래」는 처음에는 세상을 등진 은자의 노래처럼 우울한 분위기를 띠고 있었는데, 점차 수도원과 교사들과 동급생들에 대한 증오에 불타는 신랄한 비판으로 변했다. 하일너는 고립 속에서 박해받는 순교자의 행복을 맛보았으며, 이해받지 못하는 자신의 현실에 만족했다. 수도사의 시에 세상에 대한 경멸을 마음껏 쏟아부으면서 그는 자신이 마치 어린 유베날리스[9] 같다고 생각했다.

장례식이 끝나고 일주일이 지나자 같이 누워 있던 두 아이는 완쾌되어 나가고 양호실에는 하일너 혼자만 남았다. 그때 한스가 양호실로 찾아왔다. 어색한 인사를 건넨 뒤 한스가 의자를 침대 가까이로 가져다 앉고서 환자의 손을 붙잡았다. 하일너는 불쾌하니 말도 붙이지 말라는 듯 벽을 향해 돌아누웠지만 한스는 물러서지 않았다. 그는 붙잡고 있는 친구의 손을 더 단단히 움켜쥐며 옛 친구의 몸을 자기 쪽으로 돌리려 애썼다. 하일너는 짜증 난다는 듯 입을 비죽거리며 말했다.

「도대체 이러는 이유가 뭐야?」

한스는 그의 손을 놓지 않고 말했다.

「제발 내 말 좀 들어 줘. 그때는 겁이 나서 곤경에 빠진 너를 모른 척했어. 하지만 너는 내가 어떤 아이인지 알잖아. 신학교에서 상위권 성적을 유지하고 가능하면 1등이 되겠다고

9 Decimus Junius Juvenalis(50?~130?). 고대 로마의 시인. 당시의 부패한 사회상을 통렬하게 비판한 풍자시로 유명하다.

단단히 마음먹었던 거. 너는 그런 나를 공부벌레라고 비웃었지. 맞는 말이야. 하지만 그게 내 인생 목표였어. 그것보다 더 나은 것을 몰랐으니까.」

하일너는 눈을 감았다. 한스가 나지막한 목소리로 말을 이었다. 「정말 미안해. 네가 다시 내 친구가 되어 줄지는 모르겠지만, 제발 나를 용서해 줘.」

하일너는 눈을 감은 채 계속 듣기만 했다. 마음속으로는 이미 화가 다 풀려서 자꾸 입꼬리가 올라가려 했지만 어느새 무뚝뚝하고 고독한 역할에 익숙해진 터라 가면이 얼굴에서 쉽게 벗겨지지 않았다. 그래도 한스는 포기하지 않았다.

「제발 용서해 줘, 하일너! 앞으로도 계속 이렇게 너와 소원하게 지내느니 차라리 꼴찌를 하는 게 낫겠어. 너만 허락해 준다면 우리 다시 친구가 되자. 그래서 우리한테 다른 친구는 없어도 된다는 것을 보여 주자.」

그제야 하일너는 잡힌 손에 힘을 주면서 눈을 떴다.

며칠 뒤 하일너도 양호실을 나왔다. 두 사람의 새로운 우정은 수도원에 적잖은 파문을 일으켰다. 하지만 두 아이한테는 하루하루가 꿈같은 나날이었다. 딱히 특별한 일은 없었지만 단짝 친구가 생긴 데서 오는 묘한 행복감과 이심전심으로 통하는 일체감 덕분이었다. 예전과는 달랐다. 몇 주 떨어져 지내는 동안 두 아이 모두 성장한 것이다. 한스는 더 다정하고 따뜻하고 열정적으로 변했고, 하일너는 더 강하고 남자답게 변했다. 그 동안 두 사람 다 서로를 몹시 그리워했기에 되살아난 우정은 그들에게 큰 경험이자 소중한 선물이었다.

조숙한 두 소년은 우정을 나누며 자신들도 모르게 은밀하고 수줍은 첫사랑의 달콤한 비밀을 미리 살짝 맛보고 있었다. 게다가 그들의 우정은 성숙한 남성의 강인한 매력도 지니고 있었다. 여기에는 다른 학생들에 대한 반감이 양념 역할을 톡톡히 했다. 그들은 하일너는 기분 나쁜 아이, 한스는 이해할 수 없는 아이로 간주했다. 두 아이의 우정에 비하면 다른 아이들의 수많은 우정은 아직 소년티를 벗어나지 못한 순진한 놀이에 불과했다.

한스는 친구와의 우정이 깊어지고 행복해질수록 학교와 조금씩 멀어졌다. 마치 갓 담근 포도주가 발효하듯 한스의 몸과 마음에 새로운 행복이 마구 샘솟자 리비우스와 호메로스는 빛을 잃고 시시해졌다. 모범생 중의 모범생이었던 기벤라트가 반항아 하일너의 영향을 받아 문제아로 변하자 교사들은 놀라움을 감추지 못했다. 교사들이 가장 두려워하는 것은 청년기로 접어드는 위험한 시기에 조숙한 소년이 보여주는 이상한 모습이었다. 안 그래도 교사들은 일찍부터 하일너의 천재적인 기질을 위험하다고 생각했다. 예로부터 천재와 교사들 사이에는 깊은 심연이 가로놓여 있었고, 그런 아이는 학교에 나타나는 순간부터 으레 교사들의 혐오의 대상이 되었다. 교사를 존경하지 않는 것은 기본이고, 열네 살만 되면 담배를 피우고 열다섯 살이 되면 사랑에 빠지고 열여섯 살이 되면 술집에 드나들며 금서를 읽고 도발적인 글을 쓰기 때문이다. 또한 그들은 시시때때로 교사를 조롱하듯 쏘아보기에 교사의 수첩에 선동가이자 감금형을 받을 유력한 후보자로 기록되었다. 교사는 자신의 교실에 천재 한 명보다는 바보 멍청이 여러 명이 들어오는 게 낫다고 생각한다. 가만히 생각해 보면 그가 옳을 수도 있다. 교사의 임무는 탁월한 인물을 키우는 것이 아니라 라틴어와 수학을 잘하는 성실한 보통 사람을 키우는 것이기 때문이다. 그런데 교사와 학생 가운데 어느 쪽이 상대로 인해 더 큰 고통을 받을까? 교사일까? 아니면 학생일까? 어느 쪽이 더 상대를 괴롭히는 폭군일까? 또 어느 쪽이 상대의 영혼을 더 모욕하고 상처를 입혀서 삶을 망치게 만들까? 자신의 젊은 시절을 돌아보며 분노와 수치심을 느끼지 못하는 사람은 이 문제를 제대로 조사할 수 없다. 하지만 그건 지금 여기서 논할 문제가 아니다. 다만 한 가지 위로가 되는 것은 진정한 천재는 대부분 상처가 아물고 나면 학교의 예상과는 달리 훌륭한 작품을 세상에 내놓는다는 사실이다. 훗날 그가 세상을 떠나고 오랜 시간이 흘러 후광이 생길 때쯤 되면 후세대 교사들이 걸작이라고 칭송하며 인용하는 작품 말이다. 규율과 정신 간의 이러한 싸움은 학교에서 학교로 이어지며 되풀이되는데, 이때 국가와 학교는 해마다 나타나는 더 심오하고 더 가치 있는 정신의 싹을 애초에 없애 버리기 위해 부단히 애쓴다. 하지만 교사들한테 미움받고 처벌받고 학교에서 도망치고 쫓겨난 아이들이 훗날 보물이 되어 나라를 풍요롭게 만드는 일도 끊임없이 되풀이된다. 물론 묵묵히 반항하며 자신을 갉아먹다가 결국 파멸에 이르는 아이들도 많다. 그런 아이들의 숫자가 얼마나 되는지 누가 알겠는가.

전통으로 이어져 내려온 훌륭한 학칙에 따라, 두 소년의 불량한 낌새를 눈치챈 학교에서는 두 배의 사랑이 아니라 두 배의 엄격한 훈육으로 반응했다. 다만 히브리어를 가장 열심히 공부하는 한스를 자랑스러워하던 교장이 혼자 어설픈 구출 작전에 나섰다. 그는 한스를 교장실로 불렀다. 오래전 수도원장의 거처였던 그림처럼 아름다운 그 구석방에는 전설이 하나 전해 내려 왔는데, 이웃 마을 크니틀링겐 출신의 파우스트 박사가 종종 그곳에 들러 엘핑거 포도주를 마셨다고 했다. 교장은 유능한 인물이었다. 통찰력과 실무 능력을 겸비했고, 때때로 격의 없이 말을 놓으며 학생들하고도 사이좋게 지냈다. 하지만 그에게는 치명적인 약점이 하나 있었다. 바로 지나친 자만심이었다. 그것 때문에 강단에서도 종종 위태로울 정도로 허세를 부렸다. 특히 자신의 힘과 권위에 대한 아주 사소한 도전도 용납하지 못했다. 자신과 다른 의견은 절대 수용하지 않았고, 자신의 잘못을 인정할 줄도 몰랐다. 그래서 줏대 없고 소심한 학생은 교장과 사이좋게 지냈지만 강단 있고 솔직한 학생은 교장과 부딪칠 수밖에 없었다. 교장은 자신의 말에 반박하려는 기미만 보여도 버럭 화를 냈기 때문이다. 아무튼 그는 따뜻한 눈빛과 감동적인 말투로 아버지 같은 친구의 역할을 능숙하게 연기했다. 이번에도 그는 그 역할을 맡았다.

「자리에 앉도록 해요, 기벤라트 군.」 교장이 머뭇거리며 교장실로 들어선 한스의 손을 꽉 붙잡으며 말했다.

「이야기를 좀 하고 싶어서 불렀어요. 그런데 편하게 말을 놓아도 될까요?」

「그러세요, 교장 선생님.」

「기벤라트 군, 요즘 성적이 조금씩 떨어지고 있는 거, 아마 본인도 잘 알고 있을 거야. 적어도 히브리어 성적은 떨어진 게 확실해. 지금까지는 자네가 동급생들 중에 히브리어 성적이 제일 좋았는데, 갑자기 떨어지는 것을 보니 안타까운 마음이 들어서 말이야. 혹시 히브리어에 흥미를 잃은 건가?」

「아닙니다, 교장 선생님.」

「잘 생각해 보게! 정말 그게 아닌지. 혹시 다른 과목에 더 집중하고 있나?」

「아닙니다, 교장 선생님.」

「정말 아니야? 그럼 원인이 다른 데 있나 보군. 혹시 나한테 단서를 좀 줄 수 있을까?」

「잘 모르겠어요……. 숙제는 꼬박꼬박 하고 있는데…….」

「물론 그랬겠지. 그렇고말고. 하지만 같아 보여도 차이가 있는 법이야. 자네는 분명히 숙제를 했을 거야. 그게 의무니까. 하지만 예전에는 그 이상을 했어. 노력도 더 많이 하고. 공부할 때 집중도 하고. 그런데 왜 갑자기 공부에 대한 열의가 식었는지 궁금하군. 혹시 어디 몸이 안 좋은가?」

「아닙니다.」

「그럼 혹시 머리가 아픈가? 안색이 별로 안 좋은데.」

「네, 가끔 두통이 있기는 합니다.」

「혹시 공부가 힘에 부쳐서 지친 건가?」

「아니요, 전혀 그렇지 않습니다.」

「그럼 혹시 학과 공부 이외에 다른 책들을 많이 읽나? 솔직히 대답해 보게.」

「아닙니다. 책은 거의 안 읽습니다. 교장 선생님.」

「이거야 원. 그렇다면 정말 이유를 알 수 없군. 뭔가 문제가 있는 건 확실한 데 말이야. 아무튼 앞으로 더 열심히 하겠다고 약속해 줄 텐가?」

교장은 엄하면서도 다정한 눈길로 한스를 쳐다보며 오른손을 내밀었다. 한스는 권력자의 손을 붙잡았다.

「좋아. 그래야지, 친구. 그런데 제발 지치지는 말게. 안 그러면 수레바퀴 아래 깔리게 될 테니까.」

교장은 붙잡은 손을 한 번 꽉 쥐었다 놓았다. 한스가 안도의 한숨을 내쉬고 문을 향해 걸어가고 있는데 갑자기 교장이 그를 불러 세웠다.

「잠깐, 물어볼 게 하나 더 있네. 요즘 자네가 하일너와 자주 어울린다고 하던데. 사실인가?」

「네, 맞습니다. 친하게 지내고 있습니다.」

「다른 아이들보다 그 아이와 더 자주 어울리는 것 같던데, 아닌가?」

「네, 맞습니다. 하일너는 제 친구니까요.」

「대체 어쩌다 그렇게 된 거지? 자네들 두 사람은 성격도 완전히 정반대인데.」

「저도 잘 모르겠어요. 그냥 친해졌습니다.」

「알다시피 나는 하일너를 별로 좋아하지 않네. 반항적인 데다가 정서적으로도 많이 불안정하거든. 재능은 뛰어날지 모르지만 노력은 전혀 안 해. 게다가 자네한테도 나쁜 영향을 끼치고 있어. 나는 가능하면 자네가 하일너와 가깝게 지내지 않았으면 하는데, 자네 생각은 어떤가?」

「그럴 수는 없습니다, 교장 선생님.」

「그럴 수 없다고? 이유가 뭐지?」

「친구니까요. 곤경에 빠진 친구를 외면할 수는 없습니다.」

「흠. 하지만 다른 아이들하고 좀 더 가까이 지낼 수는 있잖나? 하일너와 친하게 지내면서 나쁜 영향을 받고 있는 사람은 자네뿐이야. 그 결과가 어떨지는 불 보듯 뻔해. 대체 그 아이의 어떤 점이 그렇게 좋은 거지?」

「저도 잘 모르겠습니다. 하지만 저희는 서로에게 호감을 갖고 있습니다. 친구를 저버리는 것은 비겁한 짓이라고 생각합니다.」

「그래, 좋아. 아무튼 강요하지는 않겠네. 하지만 차츰 그 아이와 거리를 뒀으면 하네. 그래 주면 기쁘겠네. 정말 기쁘겠어.」

마지막 말을 할 때는 말투에 처음의 온화함이 조금도 남아 있지 않았다. 한스는 그제야 밖으로 나올 수 있었다.

그날 이후 한스는 다시 공부에 매달렸다. 물론 예전처럼 쉽게 진도가 나가지 않았다. 크게 뒤처지지 않을 정도로만 겨우 따라갈 수 있었다. 이렇게 된 것이 부분적으로는 하일너와의 우정 때문이라는 것을 한스도 알고 있었다. 하지만 우정이 자신에게 방해가 되거나 손해를 가져온다고 생각하지는 않았다. 손해는커녕 우정은 그동안 그가 놓친 많은 것을 보상해 주는 귀한 보물이었다. 의무에만 초점을 맞추었던 예전의 무미건조한 삶과는 비교할 수도 없을 만큼 고귀하고 따뜻한 삶을 알게 해주었기 때문이다. 한스는 마치 사랑에 빠진 젊은이처럼 마음이 들떴고, 위대하고 영웅적인 행위는 할 수 있지만 지루하고 소소한 일상적인 일은 할 수 없을 것 같은 기분이었다. 그래서 계속 절망의 한숨을 내쉬면서 마음의 고삐를 조여야 했다. 한스한테는 하일너처럼 설렁설렁 공부하는데도 꼭 필요한 것은 어떻게든 신속하게 제 것으로 만들어 버리는 재능이 없었다. 하일너가 거의 매일 저녁 한스를 찾아와 공부 시간을 빼앗는 바람에 한스는 새벽에 한 시간 일찍 일어나 전투하듯 히브리어 문법을 공부했다. 이제 한스의 흥미를 끄는 수업은 호메로스와 역사뿐이었다. 그는 마치 깜깜한 어둠 속을 더듬더듬 헤쳐 나가는 기분으로 호메로스의 세계에 다가갔다. 역사 속 영웅들 또한 그저 이름이나 숫자에 머무르지 않고 가까이 다가와 이글거리는 눈빛으로 한스를 쳐다보았다. 그들은 마치 살아 있는 사람처럼 입술에 붉은 혈색이 돌았고, 얼굴과 손 모양도 제각각이었다. 어떤 사람의 손은 붉고 두껍고 거칠었고, 어떤 사람의 손은 차분하고 차갑고 돌멩이처럼 딱딱했다. 또 어떤 사람의 손은 실핏줄이 불거져 있고 갸름하고 뜨거웠다.

한스는 그리스어로 된 복음서를 읽을 때에도 종종 책 속의 인물들이 너무 가깝고 선명하게 보여 소스라치게 놀라곤 했다. 아니, 그 정도가 아니라 그 인물들에 거의 압도당할 지경이었다. 특히 마가복음 6장에서 예수가 제자들과 같이 배에서 내리는 장면을 읽을 때 그런 경험을 했다. 〈εὐθὺς ἐπιγνόντες αὐτὸν περιέδραμον(사람들은 곧 예수를 알아보고, 그쪽으로 달려왔다).〉 그 대목을 읽을 때 한스의 눈앞에 사람의 아들 예수가 배에서 내리는 장면이 선명히 떠올랐다. 한스는 예수를 금세 알아보았다. 겉모습이나 얼굴로 알아본 게 아니라, 사랑이 충만한 반짝거리는 크고 깊은 눈과 사람들을 향해 어서 다가오라는 듯, 환영한다는 듯 가볍게 흔들고 있는 가늘고 아름다운 갈색 손으로 알아보았다. 섬세하지만 강한 영혼이 빚어낸 듯한, 또 그 영혼이 깃들어 있는 듯한 손이었다. 파도가 출렁거리는 물가와 돛단배의 육중한 뱃머리가 잠시 눈앞에 선명히 떠올랐다가 추운 겨울날 내뿜은 입김처럼 홀연히 사라졌다.

살아 있는 사람의 눈에 자신의 모습을 보여 주고 싶은 마음이 너무나 간절해 이야기 속에서 빠져나온 것처럼, 책에 등장하는 인물이나 이야기의 어떤 장면이 불쑥 눈앞에 떠올랐다 사라지는 일이 갈수록 빈번해졌다. 한스는 경탄하며 그것을 그냥 받아들였다. 이렇게 홀연히 나타났다가 붙잡을 새도 없이 사라지는 현상을 반복적으로 겪으면서 한스는 자신이 심오하고 이상하게 변하고 있음을 느꼈다. 검은 대지를 투명한 유리처럼 들여다보는 능력이 생긴 것 같기도 하고, 신이 자신을 바라보고 있는 것 같기도 했다. 그런 귀한 순간들은, 낯설고 성스러운 분위기 때문에 말을 붙이거나 억지로 붙잡아 둘 수 없는 순례자나 다정한 손님처럼 불쑥 찾아왔다가 이별을 아쉬워할 사이도 없이 홀연히 사라졌다.

한스는 그런 경험을 혼자서만 간직하고 하일너한테도 말하지 않았다. 예전의 우울증이 더 심해진 하일너는 늘 신경이 곤두서 있고 마음이 불안정했다. 그래서인지 수도원과 교사들은 물론이고 동급생들, 날씨, 인생, 심지어 신의 실존까지 무차별적으로 비판했다. 또 툭하면 시비를 걸고 어리석은 짓을 저질렀다. 일단 고립되어 다른 아이들과 대립하게 되자 어설픈 자존심 때문에 아이들과의 관계를 더 도발적이고 적대적으로 몰아간 것이다. 기벤라트까지 그걸 말리기는커녕 오히려 합세하는 바람에 두 소년은 아이들 사이에서 다가가기 싫은 기이한 섬처럼 완전히 고립되어 버렸다. 시간이 갈수록 한스는 그런 상황에 익숙해졌다. 다만, 여전히 막연한 두려움의 대상인 교장은 없어졌으면 좋겠다고 생각했다. 교장은 한때 아꼈던 제자 한스를 이제 대놓고 무시하고 경멸했다. 한스는 특히 교장의 전공인 히브리어에 점점 더 흥미를 잃어 갔다.

예외가 아주 없지는 않았지만, 불과 몇 달 사이에 마흔 명의 신학교 학생들은 몸도 마음도 부쩍 자랐다. 그것을 지켜보는 것은 기분 좋은 일이었다. 일단 대부분의 아이들이 몸집에 어울리지 않게 키가 부쩍 커졌다. 그래서 같이 자라지 못한 옷소매와 바지 끝단 밖으로 팔다리가 희망에 넘쳐 길게 삐져나왔다. 얼굴 역시 어린아이의 모습이 서서히 사라지고 남성미를 조금씩 뿜내기 시작했다. 사춘기 소년 특유의 마른 체형이 아닌 아이도 모세의 성서를 공부해서인지 일시

적이나마 반듯한 이마에 어른의 의젓함이 감돌았다. 이제 뺨이 포동포동한 아이는 거의 찾아볼 수 없었다.

한스 또한 변했다. 키와 마른 체형은 하일너와 비슷했지만 나이는 한스가 더 들어 보였다. 예전에는 투명할 정도로 빛났던 이마 가장자리의 윤곽이 뚜렷해졌고, 눈은 움푹 꺼지고 안색도 좋지 않았다. 팔다리와 어깨는 어찌나 야위었는지 뼈가 앙상했다.

한스는 학교 성적이 갈수록 떨어졌다. 하일너의 영향을 받아 아이들하고도 점점 멀어졌다. 이제 모범생도, 1등 후보도 아닌 한스는 더 이상 다른 아이들을 아래로 굽어볼 수 없게 되자 자존심이 몹시 상했다. 누군가 그의 앞에서 그것을 내색하거나 스스로 그 사실을 깨달을 때면 한스는 괴로워서 미칠 것 같았다. 그것 때문에 완벽한 모범생 하르트너와 건방진 아이 오토 벵거와 몇 차례 싸우기도 했다. 어느 날 오토 벵거가 다시 조롱하며 약을 올리자 한스는 분을 못 참고 주먹을 날렸고, 말다툼은 금세 격렬한 주먹다짐으로 이어졌다. 벵거는 겁쟁이였지만 상대가 자신보다 약할 때는 절대 물러서지 않았다. 그는 한스를 무자비하게 때렸다. 마침 하일너는 그 자리에 없었고, 다른 아이들은 고소하다는 듯 한스가 매타작당하는 모습을 느긋하게 지켜보았다. 흠씬 두들겨 맞은 한스는 코피가 터졌고, 갈비뼈 마디마디가 전부 욱신거렸다. 그는 수치심과 통증과 분노로 밤새 잠을 이루지 못했다. 하일너한테는 이 일에 대해 말하지 않았다. 하지만 그때부터 같은 방 아이들을 철저히 멀리하면서 거의 말을 섞지 않았다.

봄이 되자 점심시간이나 일요일에 비가 내릴 때가 많았고 해도 길어졌다. 수도원 생활에도 새로운 조직과 움직임이 등장했다. 피아노를 잘 치는 아이 하나와 플루트를 잘 부는 아이 둘이 있는 아크로폴리스 방은 정기적으로 두 개의 음악의 밤 행사를 열었다. 게르마니아 방은 희곡 작품 독서 모임을 만들었고, 경건주의자 청년 몇 명은 성경 모임을 만들어 매일 밤 칼프 출판사에서 펴낸 주석 달린 성서를 한 장씩 읽었다.

하일너는 게르마니아 방에서 만든 독서 모임에 들어가려 했지만 거절당하자, 펄쩍 뛰며 복수심에 불타 성경 모임에 들어갔다. 거기서도 아무도 반기지 않았지만 억지로 밀고 들어간 것이다. 겸손한 형제들이 만든 그 작은 모임에서 하일너는 신을 모독하는 대담한 독설과 풍자로 모임에 불화와 언쟁을 야기했다. 하일너는 이런 장난에도 금세 싫증을 냈지만 성경에 대한 비아냥거리는 말투는 한동안 계속되었다. 하지만 이번엔 그는 거의 아이들의 주목을 받지 못했다. 아이들 사이에 뭔가 새로운 시도를 해보려는 모험 정신이 확산되었기 때문이다.

아이들의 화제에 가장 많이 오른 것은 재능과 재치가 뛰어난 스파르타 방의 어느 아이였다. 그 아이는 개인적인 명성도 좀 얻고 자신이 사는 방에 활기도 좀 불어넣을 작정으로 갖가지 어리석은 장난을 벌였는데, 그게 단조로운 학교생활에 종종 기분 전환이 되어 주었다. 둔스탄이라는 별명을 갖고 있는 그 아이는 사람들의 주목을 끌어 자기 이름을 널리 알릴 수 있는 소동을 일으키는 데 탁월한 재주가 있었다.

어느 날 아침, 침실에서 나온 아이들은 세면장 문에 종이가 한 장 붙어 있는 것을 발견했다. 종이에는 〈스파르타에서 보낸 여섯 개의 경구〉라는 제목 아래, 유별난 아이 몇 명을 선정해 그들의 어리석은 행동과 장난, 우정을 2행시로 재치 있게 비꼬는 내용이 적혀 있었다. 당연히 기벤라트와 하일너도 포함되어 있었다. 작은 공동체에 엄청난 파문이 일었다. 세면장이 마치 극장 입구라도 되는 것처럼 아이들이 일제히 세면장 문 앞으로 우르르 몰려들었다. 그들은 막 공중으로 비상하는 여왕벌을 따라 날아오르는 일벌 무리처럼 마구 뒤섞여 웅성거리고 몸을 부딪치고 쑥덕거렸다.

다음 날 아침, 방문마다 경구와 풍자시가 나붙었다. 어제 나붙은 2행시에 대한 반박이나 동조, 혹은 새로운 공격이었다. 하지만 정작 소동을 야기한 장본인은 다시 거기에 끼어들 만큼 어리석지 않았다. 그는 불쏘시개 역할이라는 본래의 목적을 이미 달성했기 때문에 쾌재를 부르며 느긋하게 돌아가는 상황을 지켜보았다. 며칠 동안 거의 모든 학생이 풍자시 싸움에 뛰어들었다. 아이들은 2행시 창작에 골몰하면서 어슬렁어슬렁 돌아다녔다. 아마 이 소동에 참여하지 않고 평소처럼 공부에 매달린 아이는 루치우스뿐이었을 것이다. 마침내 한 교사가 돌아가는 상황을 눈치채고 시끌벅적한 이 불순한 놀이를 금지시켰다.

하지만 영악한 둔스탄은 이 정도 성공에 만족하지 않았

다. 그는 그사이에 이미 제2탄을 준비하고 있었다. 신문을 발행한 것이다. 그는 몇 주 전부터 자료를 모아 아주 작은 크기의 용지에 등사판으로 찍은 창간호를 발행했다. 신문 이름은 〈호저(豪豬)〉였는데, 주로 풍자하는 내용의 기사들이 실렸다. 창간호의 백미는 여호수아의 저자와 마울브론 신학교 학생이 나누는 익살스러운 대담이었다.

신문은 대성공을 거두었다. 둔스탄은 진짜 신문사의 정신없이 바쁜 편집자 겸 발행인이라도 된 것처럼 거들먹거렸다. 그는 베네치아 공화국의 유명한 시인 아레티노[10]가 누린 것과 비슷한 미묘한 명성을 수도원에서 누렸다.

놀라운 것은 헤르만 하일너가 신문 편집에 열정적으로 참여했다는 사실이다. 그는 둔스탄처럼 날카로운 풍자로 검열관 역할을 했다. 하일너는 그렇게 할 수 있는 재치와 재능이 있었다. 그 작은 신문은 거의 한 달 동안 수도원 전체를 긴장시켰다.

기벤라트는 친구가 원하는 일을 하도록 그냥 내버려 두었다. 한스 자신은 그 일을 하고 싶은 생각도 없었고 그럴 만한 재능도 없었다. 하일너가 저녁마다 스파르타 방을 찾아간다는 것도 뒤늦게 알아차렸다. 얼마 전부터 다른 일에 정신이 팔려 있었기 때문이다. 한스는 온종일 거의 넋이 나간 사람처럼 흐느적거렸을 뿐만 아니라 공부에도 흥미를 잃어버려서 수업도 가까스로 따라갔다. 그러다 어느 날 리비우

10 Pietro Aretino(1492~1556). 이탈리아의 시인. 베네치아에 정주하면서 당시의 권세가들을 신랄하게 비판하는 작품들을 많이 발표했다.

스 수업 시간에 드디어 일이 터지고 말았다.

교수가 번역을 시키기 위해 한스를 지목했는데, 그냥 자리에 앉아 있었던 것이다.

「뭐 하는 거예요? 왜 자리에서 일어나지 않는 거죠?」 교수가 화가 나서 소리쳤다.

그런데도 한스는 꼼짝도 하지 않았다. 그는 의자에 똑바로 앉아 고개를 약간 숙인 채 눈을 반쯤 감고 있었다. 교수가 그의 이름을 불렀을 때 어렴풋이 꿈에서 깨어났지만, 교수의 목소리는 아득하게 먼 곳에서 들려오는 것 같았다. 옆자리의 아이가 옆구리를 쿡쿡 찌르는 것을 느꼈지만 관심을 두지 않았다. 그는 다른 사람들에게 둘러싸여 있었다. 다른 손들이 그를 건드렸고, 다른 목소리들이 그에게 말을 걸었다. 가까이서 낮고 깊은 목소리들이 들려왔다. 실은 말소리가 아니라 단지 퐁퐁 솟아오르는 샘물의 소리처럼 깊고 부드러운 울림이었다. 많은 눈들이 그를 쳐다보고 있었다. 크고 낯선 눈들이 불안한 눈빛으로 반짝거렸다. 방금 읽은 리비우스의 작품에 나오는 로마 민중의 눈 같기도 했고, 언젠가 꿈속이나 그림 속에서 보았던 모르는 사람들의 눈 같기도 했다.

「기벤라트 학생! 지금 자고 있는 거예요?」 급기야 교수가 고함을 질렀다.

천천히 눈을 뜬 한스는 화들짝 놀라 교수를 향해 고개를 저었다.

「졸았군요! 그게 아니라면 지금 우리가 어느 문장을 공부

142

하고 있었는지 말할 수 있겠죠? 자, 어딘지 말해 봐요.」

한스는 손가락으로 책의 한 부분을 가리켰다. 그는 어디를 공부하고 있었는지 정확히 알고 있었다.

「그럼 이제 자리에서 일어날 수도 있겠네요?」 교수의 빈정대는 말에 한스는 자리에서 벌떡 일어섰다.

「자세가 그게 뭡니까? 나를 똑바로 보세요!」

한스는 교수를 쳐다보았다. 하지만 그의 눈빛이 마음에 안 들었는지 교수가 이상하다는 듯 고개를 가로저었다.

「어디 몸이 안 좋은가요, 기벤라트 학생?」

「아닙니다, 교수님.」

「다시 자리에 앉도록 해요. 그리고 수업이 끝난 뒤에 내 방으로 오세요.」

한스는 자리에 앉아 고개를 숙여 리비우스의 책을 들여다보았다. 차츰 정신이 돌아오면서 어찌된 상황인지 완전히 이해할 수 있었다. 하지만 그의 내면의 눈은 계속해서 수많은 낯선 인물들을 따라갔다. 그들은 계속 눈빛을 반짝이며 그를 빤히 쳐다보았다. 그리고 서서히 멀어지다가 아득히 먼 곳에서 안개 속으로 사라졌다. 그러자 교수의 목소리를 비롯해 번역하는 학생들의 목소리와 교실의 온갖 잡음이 점점 가까워지더니 마침내 평소와 다름없는 생생한 현실의 소리가 되었다. 의자들과 교단과 칠판도 제자리에 있었고 벽에 걸린 커다란 나무 컴퍼스와 삼각자도 그대로였다. 그의 주위에 앉아 있는 아이들이 호기심 어린 눈빛으로 대놓고 그를 힐끔거렸다. 그제야 한스는 소스라치게 놀랐다.

아차, 저 교수가 수업이 끝난 뒤 방으로 오라고 했지. 맙소사, 도대체 나한테 무슨 일이 벌어졌던 거지?

수업이 끝나자 교수는 손짓으로 한스를 앞으로 불러내 눈이 휘둥그레진 아이들을 남겨 놓고 그를 데리고 나갔다.

「자, 어디 말 좀 해봐요. 대체 어떻게 된 거예요? 졸았던 건 아니라고 했죠?」

「네.」

「그런데 왜 내가 이름을 불렀을 때 자리에서 안 일어났어요?」

「저도 모르겠습니다.」

「혹시 내 목소리를 못 들었어요? 귀가 잘 안 들리는 거예요?」

「아닙니다. 교수님 목소리를 들었습니다.」

「그런데도 안 일어났단 말인가요? 나중에는 눈빛도 이상해지고. 도대체 그때 무슨 생각을 한 거예요?」

「아무 생각도 안 했습니다. 바로 자리에서 일어나려고 했습니다.」

「그런데 왜 안 일어났어요? 혹시 어디 몸이 안 좋았던 건가요?」

「그건 아닙니다. 저도 왜 그랬는지 모르겠어요.」

「혹시 머리가 아픈가요?」

「아닙니다.」

「알았어요. 이제 그만 나가 보도록 해요.」

식사 전에 그는 다시 침실로 불려 갔다. 교장이 마을 의사를 대동하고 기다리고 있었다. 의사는 진찰도 하고 이것저것 물어보기도 했으나 특별한 이상을 발견하지는 못했다. 결국 그는 기분 좋게 웃더니 별거 아니라는 진단을 내렸다.

의사는 입가에 미소를 머금고 부드럽게 말했다. 「신경에 약간 문제가 생긴 듯합니다, 교장 선생님. 일시적인 신경 쇠약 증상이에요. 가벼운 현기증하고 비슷하다고 보면 됩니다. 날마다 바깥바람을 쐬어 주면 효과가 있을 겁니다. 두통에는 물약을 약간 처방해 주겠습니다.」

그때부터 한스는 매일같이 점심 식사 후에 한 시간씩 밖에 나가 산책하라는 지시를 받았다. 반대할 명분이 없었다. 다만 실망스럽게도 교장은 하일너가 산책에 동행하는 것을 엄격하게 금지시켰다. 하일너는 분통을 터뜨리며 욕설을 퍼부었지만 따를 수밖에 없었다. 결국 한스는 늘 혼자서 산책을 나갔는데, 거기서 나름대로 기쁨을 맛보았다. 막 봄으로 접어드는 시기라 완만한 곡선을 이루고 있는 아름다운 언덕 위로 이제 움트기 시작한 초목들이 잔물결처럼 밝게 일렁거렸다. 윤곽이 뚜렷한 갈색 그물코 같던 겨울옷을 완전히 벗어 버리고 어린 나뭇잎으로 만든 옷으로 갈아입은 나무들이 싱싱한 초록의 물결이 끝없이 일렁거리는 풍경 속으로 녹아들었다.

예전에 라틴어 학교를 다니던 시절에는 봄을 맞는 느낌이 지금과는 사뭇 달랐다. 그때 한스는 왕성한 호기심을 갖고서 열심히 봄의 세계를 관찰했다. 고향으로 돌아오는 철새를 종류별로 구별하고 나무들이 꽃을 피우는 순서도 잘 살펴보았다. 또 5월이 되면 곧바로 낚시를 하러 다녔다. 하지만 지금은 새의 종류를 구별하고픈 마음도, 꽃봉오리를 보고 무슨 나무의 꽃인지 알아보고픈 마음도 없었다. 한스는 그저 봄이 흘러가는 것을 가만히 지켜보았다. 여기저기서 온갖 색깔로 움트는 꽃들을 바라보았고, 어린 나뭇잎의 냄새를 맡아 보았다. 한층 부드럽게 피어오르는 공기를 느끼고 감탄하며 들판을 거닐었다. 그렇게 거닐다 보면 금세 피곤해졌고 그러면 또 그냥 아무 데나 드러누워 잠을 자고 싶은 기분이 들었다. 게다가 산책하는 내내 실제로 그를 둘러싸고 있는 사물들이 아닌 다른 온갖 것들이 계속 눈앞에서 어른거렸다. 그것의 정체가 정확히 뭔지 알지 못했고, 깊이 생각해 보지도 않았다. 그것은 밝고 부드럽고 기이한 꿈이었다. 꿈이 마치 어떤 인물의 초상화처럼, 혹은 이국적인 나무들이 늘어선 가로수 길처럼 그를 둘러싸고 있었다. 그 꿈은 그림처럼 가만히 쳐다볼 수만 있을 뿐, 꿈속에서는 아무 일도 일어나지 않았다. 그런데 그림을 바라보는 것만으로도 일종의 경험이 되었다. 마치 그의 몸이 다른 지역, 다른 사람들 사이로 옮겨진 것 듯했다. 낯선 곳에서 그는 부드럽고 푹신푹신한 땅을 밟고, 가볍고 섬세하고 꿈결 같은 향기가 감도는 낯선 공기를 마시며 거닐었다. 가끔은 그림이 아니라 어떤 가벼운 손길이 그의 몸을 부드럽게 어루만지는 기분이 들기도 했다. 그럴 때면 따스하고 짜릿한 흥분이 어슴푸레하게 밀려왔다.

한스는 책을 읽거나 공부할 때 정신을 집중하기가 갈수록 힘들어졌다. 그의 흥미를 끌지 못하는 내용은 그림자처럼 손가락 사이로 스르륵 빠져나갔다. 수업에 필요한 히브리어 단어를 기억하려면 수업 시작 30분 전에 공부해야 했다. 눈앞에 어떤 장면들이 생생하게 떠오르는 일이 갈수록 잦아졌다. 책을 읽고 있으면 책에 묘사된 모든 것이 불쑥 눈앞에 나타나 살아 있는 것처럼 움직였다. 주변의 실제 사물들보다 그 장면이 훨씬 더 생생하고 진짜처럼 느껴졌다. 더 이상 아무것도 받아들일 수 없게 된 그의 기억력은 갈수록 무뎌지고 흐려졌다. 그런 자신의 모습을 깨닫고 한스는 절망했다. 그런데 이상하게도 가끔 옛날 일들이 섬뜩할 만큼 뚜렷하게 기억나 그를 불안하게 했다. 수업을 듣고 있거나 책을 읽고 있는데 불현듯 아버지나 늙은 하녀 아나의 얼굴이 눈앞에 떠올라 그의 마음을 완전히 빼앗아 버리는 일이 왕왕 일어났다. 예전 학교의 선생님이나 친구들의 모습이 떠오를 때도 있었다. 슈투트가르트에 머물렀던 기억과 주 시험을 치르던 기억, 방학 때 있었던 일들도 자꾸 생각났다. 강에 낚싯대를 드리운 채 강변에 앉아 햇살이 반짝거리는 물 냄새를 맡고 있는 자신의 모습이 보일 때도 있었다. 그런데 꿈을 꾸듯 떠오르는 그런 기억들이 까마득한 옛일처럼 느껴졌다.

날이 흐리고 후덥지근한 어느 날 저녁, 한스는 하일너와 함께 복도를 거닐며 이야기를 나누었다. 고향과 아버지, 낚시, 학교 등에 대해 이야기했다. 그런데 하일너는 한스의 말에 고개만 끄덕일 뿐 생각에 잠겨 온종일 장난감처럼 갖고 노는 작은 자를 허공에다 휙휙 휘둘렀다. 한스도 점점 말이 줄어들었다. 깜깜한 밤이 되자 그들은 창문턱에 걸터앉았다.

「야, 한스.」 마침내 하일너가 입을 열었다. 목소리가 떨리고 불안정했다.

「왜?」

「아냐, 아무것도 아니야!」

「뭔데 그래? 어서 말해 봐!」

「네가 온갖 이야기를 다 하니까 말인데, 문득 그 생각이 났어.」

「무슨 생각?」

「한스, 말해 봐. 너 혹시 여자애 쫓아다닌 적 있어?」

잠시 침묵이 흘렀다. 지금까지 그런 이야기는 한 번도 해 본 적이 없었다. 한편으로는 두렵고, 한편으로는 수수께끼 같은 그 세계가 마치 동화에 나오는 정원처럼 한스의 마음을 사로잡았다. 얼굴이 달아오르고 손이 떨리는 것을 느꼈다.

한스가 속삭이듯 나직하게 말했다. 「딱 한 번 있어. 내가 아직 멍청한 소년이었을 때.」

다시 침묵이 이어졌다.

「……하일너, 너는?」

하일너가 한숨을 내쉬었다.

「관두자! 이런 이야기는 꺼내는 게 아니었어. 전부 쓸데없는 이야기야.」

「아니, 그렇지 않아.」

「……나는 좋아하는 여자애가 있어.」

「네가? 진짜야?」

「고향에. 이웃집 여자애야. 지난겨울에 그 애랑 키스도 했어.」

「키스를 했다고?」

「응. ……저녁에 깜깜해졌을 때. 얼음판 위에서 그 애가 스케이트를 벗는 것을 도와주다가 순간적으로 키스했어.」

「여자애가 뭐라고 안 했어?」

「응. 아무 말도 안 하고 그냥 달아났어.」

「그다음엔?」

「그다음은 없어! 그게 다야.」

하일너가 다시 한숨을 내쉬었다. 한스의 눈에 하일너는 금단의 정원에서 온 위대한 영웅처럼 보였다.

그때 취침 시간을 알리는 종이 울렸다. 침대에 누운 한스는 불이 꺼지고 조용해진 뒤에도 잠을 이루지 못했다. 한 시간 넘게 하일너가 여자 친구에게 한 키스가 자꾸 생각났다.

다음 날 한스는 그 일에 대해 더 자세히 물어보고 싶었지만 왠지 부끄러워 말을 못 꺼냈다. 하일너 역시 물어보지도 않는데 다시 그 이야기를 꺼내기가 쑥스러워 참았다.

한스의 학교생활은 갈수록 엉망이 되었다. 교사들은 못마땅한 표정과 눈길로 한스를 쳐다보기 시작했고, 교장은 언짢은 기색을 노골적으로 드러냈다. 아이들 역시 높은 곳에 있던 기벤라트가 추락했으며, 1등이 되려던 목표도 이미 포기했다는 것을 진즉에 눈치채고 있었다. 오직 하일너만 아무것도 알아차리지 못했다. 학교 자체를 대수롭지 않게 생각하고 있었기 때문이다. 한스 자신도 이런 상황을 별로 신경 쓰지 않고 그냥 내버려 두었다.

그러는 사이에 하일너는 신문 편집에 싫증을 느끼고 다시 완전히 친구 한스에게 돌아왔다. 그는 엄격한 금지에도 불구하고 여러 번 한스의 산책에 따라나섰다. 그들은 함께 양지바른 곳에 누워 상상의 나래를 펼치거나 시를 낭송하거나 교장의 흉을 보았다. 한스는 친구의 연애에 대해 자세히 캐묻고 싶은 마음이 굴뚝같았지만 먼저 이야기를 꺼내기가 갈수록 힘들어졌다. 한스와 하일너는 다른 아이들한테 여전히 인기가 없었다. 신문『호저(豪豬)』에 실린 하일너의 심술궂은 농담 때문에 모두의 신뢰를 잃었기 때문이다.

아무튼 그 무렵 신문이 폐간되었다. 애당초 신문은 겨울에서 초봄으로 넘어오는 지루한 시기를 겨냥하고 만들어졌다는 점을 고려하면 생각보다 오래 버틴 셈이었다. 이제 아름다운 계절이 시작되었기 때문에 즐겁게 시간을 보낼 수 있는 방법은 얼마든지 있었다. 식물 채집도 할 수 있고, 산책도 할 수 있으며, 바깥에서 놀 수도 있었다. 날마다 점심때가 되면 수도원 안뜰은 체조하고 씨름하고 달리기 시합을 하고 공을 차는 아이들의 함성 소리로 활기가 넘쳤다.

그러다 또 한 번 커다란 소동이 벌어졌다. 소동을 야기한 사람은 이번에도 역시 학교 최고의 문제아 헤르만 하일너였다.

하일너가 자신의 지시를 무시하고 거의 매일같이 기벤라트의 산책에 따라나섰다는 사실을 교장이 알게 된 것이다.

교장은 이번에는 한스는 놓아두고 사건의 주범이자 그의 오랜 숙적 하일너만 교장실로 불렀다. 교장이 처음에 말을 놓으려 하자 하일너는 곧바로 거부했다. 교장은 왜 자신의 지시를 어겼느냐며 하일너를 꾸짖었다. 하일너는 기벤라트와 친구 사이라는 점을 강조하면서 세상 그 누구도 친구 간의 교류를 금지할 권리는 없다고 반박했다. 교장과 하일너 사이에 격렬한 언쟁이 오갔다. 결국 하일너한테 몇 시간의 감금형과 함께 앞으로는 절대 기벤라트와 산책하러 나가지 말라는 엄명이 떨어졌다.

그래서 다음 날 한스는 혼자 산책을 나갔다. 그리고 2시에 산책에서 돌아와 다른 아이들과 함께 교실에 들어갔다. 수업이 시작되었을 때 하일너가 자리에 없다는 사실이 드러났다. 모든 상황이 예전에 힌두가 실종되었을 때와 똑같았다. 하지만 이번에는 하일너가 지각하는 것이라고 생각한 사람은 아무도 없었다. 3시가 되자 교사 세 명과 모든 학생이 실종자를 찾아 나섰다. 그들은 조를 짜서 큰 소리로 이름을 부르며 숲속을 수색했다. 교사 두 명을 포함해 대부분의 아이들은 하일너가 자살했을지도 모른다는 불길한 예감에 사로잡혔다.

5시에 그 지역 모든 파출소에 전보로 실종 신고가 접수되었고, 저녁에는 하일너의 아버지에게 속달 편지가 배달되었다. 하지만 저녁 늦게까지 아무런 단서도 발견되지 않았다. 침실에서는 밤새도록 아이들의 속닥거리는 소리가 끊이지 않았다. 대부분의 아이들은 하일너가 물속으로 뛰어들었을 거라고 짐작했지만 일부는 그냥 집으로 돌아갔을 거라고 생각했다. 하지만 도망자의 수중에 돈이 한 푼도 없다는 사실이 곧 확인되었다. 모두 한스는 뭔가 알고 있을 거라고 기대했지만 그렇지 않았다. 오히려 지금 가장 많이 놀라고 걱정하는 사람은 바로 한스였다. 밤에 침실에서 다른 아이들은 서로 터무니없는 추측과 말과 조롱을 주고받을 때 한스는 이불을 머리끝까지 뒤집어쓴 채 친구에 대한 걱정과 불안에 휩싸여 고통의 시간을 보냈다. 한스는 어쩌면 하일너가 돌아오지 않을지도 모른다는 불길한 예감 때문에 내내 불안과 슬픔에 시달리다가 결국 지쳐서 잠이 들었다.

같은 시각, 하일너는 수도원에서 수 킬로미터 떨어진 숲속에 누워 있었다. 날이 너무 추워 잠은 잘 수 없었지만 가슴이 뻥 뚫린 듯한 벅찬 해방감에 크게 심호흡을 하며 팔다리를 쭉 뻗었다. 좁은 새장에 갇혀 있다 드디어 탈출한 기분이었다. 그는 점심때부터 계속 달렸다. 크니틀링겐에서 구입한 빵을 가끔 한 입씩 뜯어 먹었다. 초봄이라 아직 잎이 무성하지 않은 나뭇가지 사이로 어두운 밤하늘과 별이 보였다. 구름이 빠르게 흘러갔다. 이 길이 어디로 이어지든 상관없었다. 적어도 지금 그는 진절머리 나는 수도원에서 벗어났고, 그의 의지가 교장이 내린 명령이나 금지보다 강하다는 것을 보여 주었다.

다음 날에도 하루 종일 하일너에 대한 수색이 이루어졌으나 성과가 없었다. 하일너는 두 번째 밤을 마을 근처 들판에 쌓아 둔 짚단 속에서 보내고 아침에 다시 숲으로 들어갔다.

저녁 무렵 그는 다시 마을을 찾아 나왔다가 그 지역 경찰관에게 붙잡혔다. 경찰관은 좋은 말로 그를 어르고 달래서 일단 시청으로 데려갔다. 시청에서 그는 애교와 재치 있는 입담으로 시장의 환심을 샀고, 시장은 그를 집에 데려가 햄과 달걀로 저녁을 먹인 뒤 하룻밤 재웠다. 그사이에 도착한 하일너 아버지가 다음 날 그를 수도원으로 데려왔다.

도망자가 잡혀 오자 수도원은 발칵 뒤집혔다. 하지만 고개를 빳빳이 치켜든 하일너는 자신의 짧지만 천재적이었던 여행을 후회하는 기색이 전혀 없었다. 그는 반성하고 용서를 구하라는 지시를 거부했을 뿐만 아니라 징계 위원회에 출석해서도 전혀 위축되지 않고 교사들에게 불손한 태도를 보였다. 교사들은 어떻게든 하일너를 붙잡아 보려 했으나 이미 그의 행동은 도를 지나쳤다. 결국 그는 퇴학 처분을 받았고, 저녁에 아버지와 함께 다시는 돌아올 수 없는 길을 떠났다. 친구 기벤라트와는 단지 악수로만 작별 인사를 나누었다.

교장은 유례없는 반항과 타락을 보여 준 이 사건에 대해 몹시 개탄하며 학생들에게 일장 훈시를 늘어놓았다. 하지만 슈투트가르트의 상급 관청에는 훨씬 부드럽고 객관적이고 온건한 보고서를 제출했다. 학생들한테는 학교에서 쫓겨난 괴물 하일너와 서신 교환을 하지 말라는 지시를 내렸다. 물론 그런 지시에 대해 한스 기벤라트는 그저 미소만 지었다. 그 후 몇 주 동안 아이들의 입에 가장 많이 오르내린 화제는 하일너의 탈주 사건이었다. 시간이 갈수록 사건에 대한 평가가 바뀌었다. 예전에는 하일너를 소심하게 피했던 많은 아이들이 이제는 그를 새장을 박차고 날아간 독수리로 생각했다.

헬라스 방에는 이제 빈 책상이 두 개나 있었다. 두 번째로 사라진 아이는 첫 번째 아이처럼 금세 잊히지 않았다. 두 번째 아이도 조용히 잊히기를 바라는 사람은 교장뿐이었다. 하지만 집에 돌아간 하일너는 더 이상 수도원의 평화를 해치는 일을 하지 않았다. 그의 친구 한스는 혹시라도 편지가 올까 기다리고 또 기다렸지만 끝내 아무 소식도 없었다. 말 그대로 완벽하게 사라진 것이다. 하일너와 그의 도주 사건은 점차 옛이야기가 되었고, 마지막에는 전설이 되었다. 열정이 넘치던 그 소년은 훗날 온갖 천재적인 기행과 방황을 거듭한 끝에 마침내 고뇌하는 마음을 다스릴 수 있게 되었고, 비록 위대한 영웅은 아니지만 당당한 남자가 되었다.

뒤에 남겨진 한스한테는 하일너의 도주를 미리 알고 있었을 거라는 의심의 눈길이 따라다녔다. 교사들은 한스에 대한 신뢰를 완전히 거두었다. 심지어 어떤 교사는 한스가 수업 중에 몇 가지 질문에 제대로 답변을 못 하자 이렇게까지 말했다. 「학생은 어째서 그 훌륭한 친구 하일너와 함께 떠나지 않았는지 모르겠군요.」

교장은 한스를 무시했다. 또 한스의 곁을 지나갈 때면 마치 바리새인이 세리(稅吏)를 쳐다보듯 경멸과 동정이 뒤섞인 눈길로 힐끗 쳐다보고 외면했다. 기벤라트는 이제 나병 환자처럼 더 이상 관심을 기울일 만한 가치가 없는 학생이었다.

# 제5장


한동안 한스는 먹이를 저장해 둔 햄스터처럼 예전에 익혀 둔 지식으로 근근이 버텼다. 하지만 곧 먹이가 바닥나고 궁핍한 삶이 시작되었다. 어떻게든 거기서 벗어나 보려고 잠깐씩 새로운 방법을 시도해 보았으나 곧 무기력하게 중단되었다. 한스는 가망 없는 시도에 스스로도 헛웃음만 나와 이제는 아예 시도조차 포기했다. 그는 맨 먼저 모세 5경을 포기했다. 이어서 호메로스와 크세노폰을 포기했고, 그다음에는 대수학을 포기했다. 교사들 사이에서 누렸던 좋은 평판이 단계적으로 하락하는 것도, 성적이 수에서 우로, 우에서 미로 떨어지다가 급기야 가에 이르는 것도 담담히 받아들였다. 두통은 이제 일상이 되었다. 두통이 없을 때는 헤르만 하일너를 생각하거나 가벼우면서도 놀라운 꿈을 꾸었다. 또 몇 시간씩 몽롱한 상태로 꾸벅꾸벅 졸았다. 그에 대한 교사들의 비난이 갈수록 강도가 세졌지만 한스는 그저 선량하고 비굴한 미소로만 반응했다. 한스의 절망적 미소를 안타깝게 생각하는 사람은 복습 지도를 맡고 있는 젊은 교사 비트리히뿐이었다. 그는 궤도에서 이탈한 소년에게 연민을 갖고 따뜻하게 대해 주었다. 나머지 교사들은 한스에게 화를 내고, 경멸과 무시라는 벌을 내렸다. 이따금 한스의 잠든 야망을 일깨우기 위해 자극적인 말로 빈정거리기도 했다.

「꼭 지금 주무셔야 하는 게 아니라면, 이 문장을 한 번 읽어봐 주시겠습니까?」

교장은 고상한 방식으로 한스를 모욕했다. 허영심이 강한 교장은 제 눈빛의 위력에 강한 자부심을 갖고 있었다. 하지만 아무리 위협적으로 눈을 부릅떠도 기벤라트의 얼굴에서 비굴한 미소가 사라지지 않으면 교장은 자제심을 잃고 화를 냈다. 기벤라트의 미소가 자꾸 그의 신경을 건드렸기 때문이다.

「그렇게 얼빠진 사람처럼 웃지 말아요. 지금은 통곡을 해도 시원치 않을 상황이에요.」

오히려 한스의 마음을 잠시나마 흔든 것은 아버지의 편지였다. 아버지는 교장의 편지를 받고 소스라치게 놀란 나머지 한스에게 제발 태도를 고치라고 간곡히 애원하는 편지를 보냈다. 편지에는 고지식한 남자가 구사할 수 있는 온갖 격려의 말과 도덕적 분노를 드러내는 상투적인 표현들이 가득했다. 비록 의도한 바는 아니겠지만 울먹울먹하고 비참한 아버지의 심정이 고스란히 엿보여 한스는 마음이 아팠다.

교장을 비롯해 한스의 아버지, 교수들 모두 그들의 소망을 가로막는 장애물은 한스의 마음속에 있다고 판단했다. 그래서 그들은 한스의 마음을 차지하고 있는 그 고집스럽고 게

으른 요소를 폭력을 써서라도 몰아내고 올바른 길로 되돌아오게 만드는 것이 자신들의 의무라고 생각했다. 한스에게 연민을 느끼는 복습 지도 교사를 제외하고는, 아무도 여윈 얼굴에 나타난 한스의 절망적 미소 뒤에 수렁에 빠져 고통받고 있는 영혼이 있다는 사실을 알지 못했다. 그 영혼이 두려움과 절망에 빠져 죽어 가면서 주위를 두리번거리고 있다는 것도 감지하지 못했다. 이 연약한 존재를 그렇게 만든 원흉은 바로 아버지와 몇몇 교사의 야만적인 공명심과 학교라고 생각하는 사람은 아무도 없었다. 왜 그는 감수성이 가장 예민하고 위태롭던 소년 시절에 날마다 밤늦게까지 공부해야 했을까? 왜 그들은 그에게서 토끼를 빼앗고, 왜 라틴어 학교 친구들로부터 그를 멀리 떼어 놓고, 왜 낚시와 자유로운 산책도 못 하게 했을까? 왜 하찮고 소모적인 공명심을 부추겨 그로 하여금 공허하고 세속적인 이상을 품게 만들었을까? 왜 그들은 시험이 끝난 뒤 그가 마땅히 누려야 할 방학조차 푹 쉬지 못하게 했을까?

지나치게 혹사당한 작은 말은 길에서 쓰러져 이제 쓸모가 없어진 것이다.

여름이 시작될 무렵, 의사는 다시 한번 한스를 진찰한 뒤 성장기에 흔히 나타나는 일종의 신경 쇠약 증세라고 했다. 방학 동안 잘 먹고 숲속을 자주 거닐면서 충분히 휴식을 취하면 나을 것이라고 했다.

유감스럽게도 그러지 못했다. 방학을 3주 정도 앞둔 어느 날, 한스는 오후 수업 시간에 교수로부터 심한 꾸중을 들었다. 교수가 계속 야단치고 있는데 한스는 의자에 털썩 주저 앉더니 겁에 질린 듯 몸을 부들부들 떨기 시작했다. 그리고 한참 동안 경련하듯 흐느껴 울었다. 결국 수업은 중단되었고, 한스는 반나절 동안 침대에 누워 있었다.

다음 날 수학 시간에 교사가 한스에게 칠판에 기하학 도형을 그린 다음 그것을 증명해 보라고 했다. 한스는 앞으로 나갔지만 칠판 앞에 섰을 때 갑자기 현기증이 나며 머리가 어지러웠다. 칠판에 자를 대고 선을 그리려 했으나 분필과 자가 뜻대로 움직여지지 않았고, 결국 둘 다 바닥에 떨어뜨리고 말았다. 한스는 그것을 주우려고 몸을 굽혔으나 그만 바닥에 무릎을 꿇고 다시 일어나지 못했다.

의사는 자신의 환자가 그런 증상을 보였다는 것에 몹시 화를 냈다. 그는 한스가 당장 공부를 중단하고 요양해야 한다면서, 조심스럽게 신경과 의사를 찾아가 볼 것을 권했다.

「저러다 무도병(舞蹈病)에 걸릴 수도 있어요.」 의사가 교장에게 나지막한 소리로 속삭였다. 교장은 고개를 끄덕였다. 문득 잔뜩 성을 내며 찌푸리고 있던 표정을 바꾸는 게 좋겠다는 생각이 든 교장은 순식간에 안타까워하는 아버지의 표정으로 바꾸었다. 그 표정은 그에게 썩 잘 어울렸다.

의사와 교장은 한스의 아버지에게 각각 편지를 한 통씩 써서 한스의 호주머니에 집어넣은 뒤 그를 집으로 돌려보냈다. 교장의 분노는 심각한 우려로 바뀌었다. 불과 얼마 전 하일너 사건으로 한바탕 뒤집어졌던 교육청이 과연 이 새로운 불행을 어떻게 생각할지 걱정된 것이다. 심지어 교장은 이 사건에 어울리는 훈시까지 포기해 학생들을 놀라게 했다. 그는 한스를 집으로 돌려보내기 전까지 몹시 상냥하게 대했다. 그는 요양하기 위해 떠나는 한스가 다시는 학교로 돌아오지 못하리라는 것을 잘 알고 있었다. 건강을 회복한다 해도 이미 한참 뒤처진 학생이 공부에서 손을 놓았던 몇 달의 진도를 따라잡는 것은 불가능했다. 설령 몇 주라고 해도 마찬가지였다. 물론 작별 인사를 할 때는 격려 차원에서 〈우리 또 만납시다〉라고 말했다. 하지만 그 후 헬라스 방에 들어가 빈 책상 세 개를 볼 때마다 마음이 몹시 괴로웠다. 재능이 뛰어난 학생이 두 명이나 학교를 떠난 책임의 일단이 혹시 자신에게 있는 게 아닐까 하는 죄책감이 밀려왔기 때문이다. 하지만 애써 그런 생각을 떨쳐 냈다. 그는 도덕적으로 강인하고 씩씩한 사람이었기에 결국 고민해 봤자 소용없는 어두운 의구심을 마음에서 완전히 몰아내는 데 성공했다.

작은 여행 가방을 들고 떠나는 신학교 학생 뒤로 수도원과 수도원에 딸린 교회와 문, 박공지붕과 탑들이 사라졌다. 숲과 늘어선 언덕들도 사라지고, 대신 바덴 지방 변방의 비옥한 과수원들이 모습을 드러냈다. 이어서 포르츠하임이 나타나더니 금세 슈바르츠발트의 검푸른 전나무 숲이 시작되었다. 수많은 계곡 사이로 시냇물이 흘러내리는 전나무 숲은 뜨거운 여름 태양 아래 평소보다 더 푸르고 시원해 보였으며 그늘까지 제공해 주었다. 계속 풍경이 바뀌면서 점차 고향의 모습이 짙어지자 한스는 기분이 좋아졌다. 하지만 고향이 어느새 코앞에 다가오자 아버지가 생각났다. 아버지와 상봉하는 장면을 떠올리니 괴롭고 두려운 마음에 여행의 소소한 기쁨들이 순식간에 사라졌다. 시험을 보기 위해 슈투트가르트에 가던 날과 신학교 입학을 위해 마울브론으로 가던 날 기차를 타고 가는 동안 느꼈던 긴장과 설렘, 조마조마했던 불안감이 다시 떠올랐다. 나는 도대체 무엇을 위해 그 모든 일을 했을까? 교장과 마찬가지로 한스 역시 다시는 신학교에 돌아갈 수 없다는 것을 잘 알고 있었다. 신학교와 학문과 창창한 미래는 모두 끝났다. 그런데도 슬프지 않았다. 다만 기대를 저버린 아들에게 실망할 아버지에 대한 두려움으로 마음이 무거웠다. 지금 그는 잠도 실컷 자고 마음껏 울고 마음껏 꿈도 꾸면서 그저 쉬고 싶은 마음뿐이었다. 괴롭힘이라면 진저리가 날 만큼 당했으니 이젠 사람들이 그를 가만히 내버려 두기를 바랐다. 하지만 집에 돌아가면 그런 휴식을 갖기는 힘들 것이다. 고향이 가까워지자 머리가 깨질 듯이 아팠다. 그래서 기차가 예전에 그가 신나게 뛰어놀던 언덕과 숲이 보이는 지역을 통과하는데도 창밖을 내다보지 않았다. 그러다 하마터면 고향 역에서 못 내리고 지나칠 뻔했다.

우산과 여행 가방을 들고 플랫폼에 내려서자 아버지가 기다리고 있었다. 그는 아들을 찬찬히 살펴보았다. 교장의 마지막 편지를 받은 후 실패한 아들에 대한 실망과 분노는 당혹감과 두려움으로 바뀌었다. 그는 아들이 차마 눈뜨고 볼 수 없을 정도로 초췌한 몰골로 돌아올 거라 예상했다. 하지만 살이 쏙 빠지고 쇠약해 보이기는 했지만 아직 건강했고 두 발로 걷고 있는 것을 보니 약간 위로가 되었다. 제일 나쁜 것은 의사와 교장이 편지에 언급했던 신경병에 대한 은밀한 불안과 공포였다. 그의 가문에서 지금까지 신경병을 앓았던 사람은 없었다. 그래서 그런 질병에 걸린 사람에 대해 이야기할 때면 늘 연민과 함께 조소와 경멸이 뒤따랐고, 그런 사람들을 정신병자로 취급했었다. 그런데 아들 한스가 그런 끔찍한 병에 걸려 집에 돌아온 것이다.

집에 돌아온 첫날, 한스는 아버지가 야단치지 않는 것이 기뻤다. 하지만 얼마 지나지 않아 아버지가 조바심을 내며 매우 조심스럽게 그를 대한다는 것을 깨달았다. 아버지가 북받치는 감정을 삭이느라 애를 먹고 있는 것이 눈에 보였다. 가끔은 기분 나쁜 호기심으로 탐색하듯 아들을 쳐다보기도 했다. 대화를 나눌 때면 슬쩍슬쩍 그의 기색을 살피면서 억지로 꾸민 자상한 말투로 말했다. 아버지의 그런 태도가 한스를 더욱 위축되게 만들었다. 그는 자신의 상태에 대한 막연한 불안감에 시달리기 시작했다.

한스는 날씨가 화창해지면 몇 시간씩 숲속에 누워 있곤 했는데, 그게 나름 효과가 있었다. 종종 행복했던 소년 시절의 기억이 어렴풋이 떠올라 상처 입은 그의 영혼을 어루만져 주었다. 꽃이나 풍뎅이를 보고, 새들의 지저귐에 귀 기울이고, 들짐승의 발자국을 추적하는 것은 즐거웠다. 하지만 그런 일은 늘 순간에 그쳤다. 대개는 이끼 위에 나른하게 누워서 무거운 머리로 무언가를 생각해 보려 애쓰다 포기했다.

그러면 다시 꿈들이 찾아와 그를 멀리 있는 다른 세계로 데려갔다.

한번은 친구 헤르만 하일너가 죽은 채 들것에 누워 있는 꿈을 꾸었다. 한스가 가까이 다가가려 하자 교장과 교사들이 그를 밀쳐 냈다. 그런데도 계속 다가서자 움직일 때마다 주먹으로 한스를 때렸다. 신학교 교수들과 복습 지도 교사들뿐만 아니라 라틴어 학교 교장과 슈투트가르트의 시험관들까지 전부 합세했다. 하나같이 화가 잔뜩 나서 인상을 찌푸리고 있었다. 그러다 갑자기 장면이 확 바뀌었다. 들것에 누워 있는 사람은 물에 빠져 죽은 힌두였다. 다리가 휜 그의 아버지가 높다란 실크해트를 쓰고 슬픈 얼굴로 들것 옆에 서 있었다.

도망친 하일너를 찾아 숲속을 헤매는 꿈도 꾸었다. 멀리서 나무 사이로 하일너가 걸어가고 있는 모습이 보였지만 이름을 부르려고만 하면 금세 사라져 버렸다. 마침내 하일너가 걸음을 멈추고 한스가 가까이 다가오기를 기다렸다가 이렇게 말했다. 「있잖아, 나는 좋아하는 여자애가 있어.」 그 말을 한 다음 하일너는 큰 소리로 깔깔 웃으며 숲속으로 사라졌다.

어느 날은 비쩍 마른 아름다운 남자가 배에서 내리는 모습이 보였다. 남자의 눈은 고요하고 성스러웠고, 손은 아름답고 평화로워 보였다. 한스가 그 남자를 향해 달려가자 모든 것이 다시 연기처럼 흩어져 버렸다. 이게 대체 뭘까 곰곰이 생각한 끝에 한스는 복음서의 한 구절을 다시 떠올렸다.

⟨εὐθὺς ἐπιγνόντες αὐτὸν περιέδραμον(그들은 곧 예수를 알아보고 그리로 달려왔다).⟩ 한스는 ⟨περιέδραμον(그들은 달려왔다)⟩이라는 그리스어가 어떻게 변하는 동사인지, 현재형과 부정형과 완료형과 미래형은 어떻게 되는지 생각해 보았다. 또 단수형과 양수형과 복수형으로도 변화시켜 보았는데, 생각이 막힐 때마다 진땀이 날 정도로 무서웠다. 정신을 차리고 나면 머릿속에 온통 생채기가 난 느낌이었다. 그러면 저도 모르게 얼굴이 일그러졌다. 그리고 체념과 죄책감에서 비롯된 예전의 나른한 미소가 떠올랐고 곧바로 귓가에 교장의 목소리가 들렸다. 「그 얼빠진 미소는 대체 뭐죠? 아직도 그런 식으로 웃을 여유가 있나요?」

며칠 몸이 괜찮을 때도 있었지만 전체적으로 한스의 상태는 나아질 기미가 전혀 안 보였다. 나아지기는커녕 오히려더 악화된 듯했다. 예전에 한스의 어머니를 진료하고 사망선고를 내렸으며, 종종 경미한 통풍을 앓고 있는 아버지를 왕진하러 오는 가족 주치의는 날이 갈수록 표정이 심각해지면서 정확한 진단을 내리기를 꺼렸다.

그렇게 몇 주를 보내는 동안 한스는 라틴어 학교를 다니던 마지막 2년간 그에게 단 한 명의 친구도 없었다는 사실을 처음으로 깨달았다. 당시 학교를 같이 다녔던 아이들 가운데 일부는 이곳을 떠났고 일부는 수습생이 되어 바쁘게 살고 있었다. 그들은 한스와 아무 상관없는 사람들이었다. 그가 찾아가 만나 보고 싶은 사람도 없었고, 그에게 관심을 가진 사람도 없었다. 늙은 교장이 두어 번 다정하게 말을 건넸고 라틴어 교사와 목사도 길에서 만났을 때 친절하게 고개를 끄덕여 주었지만, 사실 이제 한스는 그들의 관심 밖이었다. 더 이상 뭔가를 채울 수 있는 그릇도 아니었고 온갖 종류의 씨앗을 뿌릴 수 있는 밭도 아니었기 때문에 헛되이 그에게 시간과 공을 들일 까닭이 없었다.

목사가 좀 더 따뜻하게 한스를 감싸 주었더라면 조금 나았을지도 모른다. 하지만 대체 목사가 무엇을 해줄 수 있겠는가? 그가 줄 수 있는 것이라고는 고작 지식과 학문에 대한 열정뿐인데, 그건 이미 예전에 아낌없이 주었기 때문에 그에게서는 더 이상 기대할 게 없었다. 목사들 중에는 누가 봐도 라틴어 실력도 의심스럽고 사람들이 뻔히 아는 내용의 설교만 늘어놓지만 선한 눈빛과 다정한 말로 고통을 어루만져 주기 때문에 곤경에 처했을 때 찾아가 위로를 구하고 싶은 사람이 있다. 하지만 한스의 목사는 그런 사람이 아니었다. 아버지 기벤라트 역시 아들에 대한 실망과 분노를 삭이는 것만으로도 힘에 벅차서 친구가 되어 아들을 위로해 주지 못했다.

모두에게 외면당하고 버림받은 기분이 든 한스는 작은 정원의 양지바른 곳에 앉아 햇볕을 쬐거나 숲속에 누워 몽상에 빠졌다. 책을 보면 금세 머리와 눈이 아파서 독서는 할 수조차 없었다. 어떤 책을 펼쳐도 즉시 수도원 시절이 떠올랐고, 거기서 느꼈던 두려움이 유령이 되어 나타났다. 유령은 그를 무시무시한 꿈속으로 데려가 구석진 곳에 몰아넣고는 눈을 부릅뜬 채 옭아맸다.

고독 속에서 허우적대고 있는 이 병든 소년에게 또 다른 유령이 찾아왔다. 그 유령은 거짓 위로를 하며 점점 친숙해지더니 이제 한스에게 없어서는 안 될 존재가 되었다. 바로 자살 충동이었다. 권총을 구하거나 숲속 어딘가에 밧줄을 거는 것은 쉬운 일이었다. 거의 매일 산책할 때마다 그 생각이 한스를 따라다녔다. 그는 조용한 장소를 몇 군데 둘러본 후 아름답게 죽을 수 있는 장소를 하나 찾아냈다. 그곳을 죽음의 장소로 정한 한스는 걸핏하면 그곳을 찾아갔고, 사람들이 죽어 있는 자신을 발견하는 상상을 하며 야릇한 기쁨을 느꼈다. 밧줄을 걸 나뭇가지를 골라 놓고 자신의 몸무게를 버틸 수 있는지도 시험해 보았다. 이제 그의 계획을 가로막는 것은 아무것도 없었다. 몇 날 며칠에 걸쳐 아버지에게 보내는 짧은 편지와 헤르만 하일너에게 보내는 긴 편지를 조금씩 써나갔다. 그의 시신 옆에서 발견될 편지였다.

자살 준비라는 확실한 목표가 생기자 한스는 한결 마음이 편해졌다. 그는 운명의 나뭇가지 밑에 몇 시간씩 앉아 있었다. 그러면 그를 짓누르던 압박감은 어느덧 사라지고 오히려 쾌감이 밀려왔다.

왜 진작 이 나무에 목을 매지 않았을까? 그 이유는 한스 자신도 알지 못했다. 결심은 확고했고 죽음은 이미 정해져 있었다. 그는 기분이 좋았다. 그래서 마치 먼 여행을 앞둔 사람처럼 마지막 남은 며칠 동안 아름다운 햇살과 고독한 꿈을 마음껏 맛보기로 했다. 여행은 언제라도 떠날 수 있으니 아무 문제도 없었다. 본인의 자유의지로 친숙한 환경 속에 잠시 더 머물면서 그의 위험한 결심을 짐작조차 못 하는 사람들의 얼굴을 보고 있으면 왠지 씁쓸하면서도 묘한 기쁨을 느꼈다. 의사를 만날 때마다 그는 속으로 이렇게 생각했다. 〈자, 어디 한번 두고 보세요!〉

운명은 한스가 음울한 목표를 마음껏 즐기도록 내버려 두었다. 한스는 기쁨과 활력을 얻기 위해 날마다 죽음의 술잔에서 몇 방울의 술을 마셨다. 불구가 된 이 젊은이에게 운명 같은 것은 그리 중요하지 않았지만 주어진 길은 끝까지 가야 했다. 인생의 쓴맛 단맛을 조금 더 맛보기 전에는 무대에서 내려갈 수 없는 것이다.

벗어날 수 없을 것 같던 괴로운 상념들이 점차 줄어들었다. 한스는 될 대로 되라는 체념과 무덤덤하고 나른한 기분에 사로잡혀 아무 생각 없이 담담하게 푸른 하늘을 쳐다보며 시간을 보냈다. 그런 날이 며칠씩 이어지기도 했다. 그럴 때의 한스는 어린아이 같기도 하고 몽유병자 같기도 했다. 어느 날 한스가 나른하고 울적한 기분으로 정원의 전나무 밑에 앉아 있는데, 문득 라틴어 학교 시절에 배운 옛 시가 떠오르자 자기도 모르게 흥얼거리기 시작했다.

아, 나는 너무 피곤해.
아, 나는 너무 지쳤어.
지갑에 돈 한 푼 없는데,
배낭도 텅텅 비었네.

한스는 친숙한 멜로디에 맞춰서 아무 생각 없이 그 시를 스무 번쯤 흥얼거렸다. 마침 창가에 서 있다 그 소리를 들은 아버지는 커다란 충격을 받았다. 감성이 메마른 그로서는 아들이 이 단조로운 노래를 아무 생각 없이 기분 좋게 흥얼거리는 것을 도무지 이해할 수 없었다. 절로 한숨이 나왔다. 아들의 이런 행동은 정신병의 조짐으로밖에 생각할 수 없었다. 그때부터 아들을 바라보는 아버지의 눈길을 더욱 불안해졌다. 당연히 그걸 눈치챈 한스는 마음이 괴로웠다. 하지만 아직은 나뭇가지에 튼튼한 밧줄을 걸 때가 아니었다.

그러는 사이에 무더운 여름이 되었다. 주 시험과 그 후의 여름방학으로부터 벌써 1년이 지난 것이다. 한스는 가끔 그때를 떠올렸지만 어느새 감성이 많이 메말라 버렸는지 별다른 느낌이 없었다. 다시 낚시를 하고 싶었지만 아버지한테 말할 엄두가 나지 않았다. 하지만 강에 갈 때마다 마음이 괴로웠다. 종종 보는 사람이 아무도 없는 강가에서 한참 동안 애타는 눈길로 유유히 헤엄치는 검은 물고기들을 뒤쫓았다. 저녁때가 되면 날마다 강 위쪽으로 수영하러 갔다. 그때마다 감독관 게슬러의 집 앞을 지나갔는데, 어느 날 우연히 에마 게슬러가 집에 돌아와 있는 것을 보았다. 3년 전 짝사랑했던 여자아이에 대한 호기심으로 몇 번 지켜보았지만 예전만큼 마음이 끌리지는 않았다. 그때는 날씬하고 순진한 어린 소녀였는데 에마는 어느새 키가 쑥 자라 있었다. 게다가 걸음걸이는 뻣뻣하고 어른들의 최신 유행을 따른 머리 모양도 이상해 보였다. 기다란 원피스 역시 그녀에게 전혀 어울리지 않았다. 숙녀처럼 보이려는 시도는 완전히 실패한 듯했다. 한스는 에마의 모습이 우스꽝스럽다고 생각했지만, 한편으로는 그녀를 볼 때마다 묘하게 달콤하고 몽롱하고 따뜻했던 옛 기억이 떠올라 왠지 슬펐다. 예전에는 모든 게 달랐다. 지금보다 훨씬 아름답고 훨씬 밝고 훨씬 생동감이 넘쳤다! 오랫동안 그는 라틴어와 역사, 그리스어, 시험, 신학교, 두통밖에 모르고 살았다. 하지만 예전에는 동화책도 읽고 도둑이 나오는 이야기책도 읽었다. 작은 정원에는 그가 만든 물레방아가 돌아가고 있었고, 저녁때면 나슐트 씨네 집 문간에 모여 리제의 흥미진진한 모험담도 들었다. 가리발디라고 불리던 이웃집 그로스요한 할아버지를 살인강도라고 생각해 한동안 악몽에 시달리기도 했다. 그 시절에는 1년 내내 한 달에 한 번 꼴로 뭔가 신나는 일이 계속 기다리고 있었다. 건초 말리는 날과 토끼풀 베는 날, 첫 낚시 가는 날, 가재 잡으러 가는 날, 홉 추수하는 날, 자두 따는 날, 감자를 수확한 뒤 감자밭에 불 놓는 날, 탈곡하는 날을 설레는 마음으로 기다렸다. 또한 그 사이사이 즐거운 일요일과 명절이 끼어 있었다. 옛날에는 신비한 마법으로 그의 마음을 사로잡는 것도 정말 많았다. 집과 골목길, 계단, 헛간 바닥, 우물, 울타리, 다양한 사람들과 동물들. 그 모든 것이 좋고 친숙했으며 때로는 수수께끼처럼 유혹적이었다. 홉 수확을 거들 때에는 아가씨들이 부르는 노랫소리에 귀를 기울이며 노랫말을 익히기도 했다. 대개는 웃음이 나올 만큼 익살스러운 내용이었지만 가끔 듣고 있으면 가사가 너무 애절해 목이 멜 때도 있었다.

그 모든 일이 그가 알지 못하는 사이에 사라지고 끝이 났다. 저녁마다 리제의 집에 모여 이야기를 듣던 일이 제일 먼저 중단되었다. 그다음엔 일요일 오전에 하던 금빛 송어 낚시가 사라졌고, 이어서 동화책 읽기가 끝났다. 그렇게 차례로 하나씩 사라지더니 마지막엔 홉 수확과 정원의 물레방아까지 사라졌다. 아, 그것들은 전부 어디로 가버렸을까?

조숙한 소년은 병이 든 지금에야 비현실적인 두 번째 유년기를 겪고 있었다. 유년기를 도둑맞은 그의 마음은 막혔던 둑이 터지듯 밀려오는 그리움을 주체할 수 없었다. 그래서 어렴풋이 기억나는 아름다웠던 그 시절로 도망친 것이다. 그는 마치 마법에 걸린 것처럼 추억의 숲속을 헤매고 다녔다. 추억이 강렬하고 뚜렷하다는 것은 어쩌면 병증일 수도 있었다. 그는 예전에 실제로 그 일을 겪을 때와 거의 똑같은 온기와 열정으로 모든 것을 경험했다. 그의 내면에서 기만당하고 억압당했던 어린 시절이 마치 오랫동안 막아 놓았던 봇물이 터지듯 용솟음쳐 올랐다.

나무를 베어 내면 종종 뿌리 근처에서 새싹이 다시 움트는 것처럼, 꽃봉오리 시절에 병들고 시들어 버린 영혼 역시 종종 약속으로 가득 찬, 봄날 같은 어린 시절로 돌아간다. 그곳으로 돌아가면 새 희망이 움터 어쩌면 끊어진 삶의 끈을 다시 이을 수 있을지도 모르기 때문이다. 뿌리에서 움튼 새싹은 물이 오른 것처럼 하루가 다르게 쑥쑥 자란다. 하지만 그것은 가짜 생명이라 절대 제대로 된 나무로 자랄 수 없다.

한스 기벤라트 역시 마찬가지였다. 그러니 꿈속에서 헤매고 있는 그의 어린 시절을 조금 따라가 볼 필요가 있다.

기벤라트의 집은 오래된 돌다리 근처, 서로 완전히 다른 두 거리가 만나는 모퉁이에 자리하고 있었다. 한스의 집이 속한 거리는 게르버 거리였는데, 그 도시에서 가장 길게 쭉 뻗은 넓고 고상한 거리였다. 다른 거리는 〈매의 거리〉라고 불리는 곳으로, 길이 짧고 가파른 데다가 폭도 좁고 초라한 골목길이었다. 오래전에 문을 닫은 어느 음식점 간판에 매의 그림이 그려져 있어 그런 이름이 붙었다.

게르버 거리의 주민들은 이 도시 토박이들로, 전부 선량하고 착실한 시민들이었다. 그들은 가족 묘지와 정원이 딸린 개인 주택에 살았다. 정원은 집 뒤쪽 가파르게 산으로 이어지는 계단식 지형을 이용해 만들어졌으며, 정원 울타리는 노란 금작화로 뒤덮인 1870년대의 철둑과 맞닿아 있었다. 게르버 거리와 품격을 견줄 만한 곳은 교회와 관공서, 법원, 시청, 교구청 등이 모여 있는 광장밖에 없다. 광장은 도시풍의 깨끗하고 고상하고 품격 있는 분위기를 자아냈다. 반면에 게르버 거리에는 공공건물은 하나도 없었지만 대신 대문이 인상적인 옛 주택과 새 주택, 아름답고 고풍스러운 목조 가옥, 산뜻하고 밝은 박공지붕이 어우러져 다정하고 편안하고 밝은 인상을 주었다. 게르버 거리의 주택들은 도로 한쪽에만 쭉 늘어서 있었는데, 반대쪽에는 강이 흐르고 있어 담장을 쌓고 난간을 설치해 놓았다.

게르버 거리가 길고 폭이 넓고 밝고 공간이 널찍널찍하고 고상한 품격이 엿보인다면, 〈매의 거리〉는 정반대였다. 다 쓰러져 가는 집들은 어두침침했다. 담장은 얼룩덜룩한 데다 회칠까지 부슬부슬 떨어져 나갔고, 박공지붕은 앞으로 삐죽 튀어나와 있었다. 대문과 창문들은 여기저기 금 가고 부서져 임시방편으로 땜질해 놓았고, 굴뚝은 기울어졌고, 처마의 빗물받이 홈통은 망가져 있었다. 집들은 어떻게든 공간과 햇빛을 조금이라도 더 차지하기 위해 서로 경쟁했다. 안 그래도 좁고 기묘하게 구부러진 골목길은 낮에도 늘 어두컴컴했는데, 비가 오거나 해가 진 뒤에는 완전히 눅눅한 암흑세계로 바뀌었다. 또한 〈매의 거리〉의 모든 집 창문 앞에는 긴 장대와 빨랫줄에 엄청나게 많은 빨래가 주렁주렁 걸려 있었다. 좁고 누추한 그 골목길에는 세든 사람에게 또 세를 든 사람과 잠만 자는 하숙생 말고도 아주 많은 가구가 살고 있었기 때문이다. 금세 쓰러질 것 같은 낡은 주택의 구석구석마다 사람들이 빽빽하게 살고 있는 그곳에는 가난과 범죄와 질병이 상주하고 있었다. 어딘가에서 티푸스가 발병했다 하면 바로 그곳이었고, 어딘가에서 살인 사건이 일어났다 하면 무조건 그곳이었다. 도시에서 절도 사건이 발생하면 경찰이 맨 먼저 수색하는 곳이 바로 〈매의 거리〉였다. 떠돌이 행상들이 임시로 묵어 가는 곳도 바로 거기였다. 그런 행상들 가운데엔 연마분을 팔던 우스꽝스러운 사람 호테호테도 있었고, 가위 가는 사람 아담 히텔도 있었다. 사람들은 아담 히텔이 범죄란 범죄는 죄다 저지르고 다니는 악당이라고 수군거렸다.

한스는 학교에 입학하고 처음 몇 년 동안은 〈매의 거리〉에 자주 들락거렸다. 그곳에서 연한 금발에 남루한 옷차림을 한 수상쩍은 소년들 무리에 섞여 악명 높은 로테 프로밀러가 해주는 살인 이야기를 듣곤 했다. 그녀는 작은 여인숙 주인과 살림을 차렸다가 헤어진 뒤 5년 동안 감옥살이를 한 여자였다. 젊었을 때는 꽤 알아주는 미인이었다는데, 공장 노동자들 가운데 애인을 여러 명 두고 있어서 이따끔 그녀를 둘러싸고 추문이 돌거나 칼부림이 일어나기도 했다는 소문의 주인공이다. 지금은 혼자 살면서 공장 일이 끝나면 커피를 끓이고 사람들에게 이야기를 해주면서 저녁 시간을 보냈다. 그녀의 집은 언제나 대문이 활짝 열려 있었다. 그래서 여자들이나 젊은 노동자들 외에도 이웃집 아이들이 무시로 집에 드나들었다. 아이들은 그녀의 집 문지방에 무리 지어 앉아서 무아지경의 전율을 느끼면서 그녀의 이야기에 귀를 기울였다. 까맣게 그을린 돌화로 위에 놓인 주전자에서는 물이 펄펄 끓고 있었고, 그 옆에 켜놓은 수지(獸脂) 초가 푸른빛이 감도는 석탄불과 함께 사람이 꽉 차 있는 어두컴컴한 방을 밝혔다. 촛불이 깜빡거릴 때마다 이야기를 듣고 있는 사람들의 모습이 벽과 천장에 커다란 그림자를 던졌고, 그림자는 마치 유령처럼 흐느적거렸다.

한스는 여덟 살 때 거기서 핑켄바인 형제를 만났다. 아버지가 절대 그런 아이들과는 어울리지 말라는 엄명을 내렸지만 한스는 그들과 1년 정도 친하게 지냈다. 돌프와 에밀이라는 이름의 핑켄바인 형제는 그 골목에서 제일 영악한 아이들이었다. 그들은 과일 도둑이자 어린 밀렵꾼으로 유명했다. 잔재주와 장난이라면 핑켄바인 형제를 따라갈 자가 없었다. 그들은 새알을 비롯해 총알로 쓰는 납덩어리, 까마귀 새끼, 찌르레기, 토끼 등을 팔았으며 그 도시의 모든 집 정원을 제 집처럼 드나들었다. 울타리가 아무리 뾰족해도, 담장에 유리 조각이 아무리 촘촘히 박혀 있어도 그들을 막지 못했다.

하지만 〈매의 거리〉 아이들 가운데 한스가 제일 가깝게 지낸 친구는 헤르만 레히텐하일이었다. 고아였던 헤르만은 좀 특이한 구석이 있는 병약하고 조숙한 아이였다. 한쪽 다리가 짧아 늘 지팡이를 짚고 절뚝거리며 다녔다. 그래서 골목길에서 하는 놀이에도 끼지 못했다. 몸은 비쩍 말랐고, 창백한 얼굴은 늘 고통으로 일그러져 있었다. 입가에는 나이에 맞지 않게 씁쓸한 분위기가 감돌았고 턱은 유난히 뾰족했다.

헤르만은 손재주가 매우 뛰어났다. 그는 특히 낚시를 아주 좋아해서, 낚시에 대한 한스의 열정은 사실 그 아이한테서 물려받은 것이었다. 당시 그는 아직 낚시 면허가 없었지만, 두 아이는 아무도 모르는 장소에서 몰래 낚시를 하곤 했다. 사냥이 아무리 즐거워도 밀렵의 짜릿함을 이길 수는 없는 법이다. 절름발이 헤르만은 좋은 낚싯대를 만들 수 있는 나뭇가지 고르는 법, 말총 꼬는 법, 실 염색하는 법, 실을 꼬아 올가미 만드는 법, 낚싯바늘을 뾰족하게 다듬는 법 등 온갖 기술을 한스에게 전수해 주었다. 날씨를 예측하고, 강물을 관찰하고, 밀기울을 뿌려 물을 탁하게 만들고, 적절한 미끼를 골라 낚싯바늘에 올바르게 끼우는 법도 가르쳐 주었다. 물고기의 종류 구별하는 법, 낚시할 때 물고기의 움직임을 알아차리는 법, 낚싯줄을 적절한 깊이까지 드리우는 법도 가르쳐 주었다. 그는 말이 아니라 오로지 시범을 통해 낚싯대 다루는 법을 가르쳐 주었다. 낚싯줄을 잡아당기거나 늦추는 순간을 포착하는 섬세한 감각도 그에게 배웠다. 그는 가게에서 구입할 수 있는 멋진 낚싯대와 코르크, 유리 낚싯줄 같은 인공적인 낚시 도구를 경멸하고 조롱했다. 그는 처음부터 끝까지 직접 만들고 조립한 도구로 하는 낚시만이 진정한 낚시라는 신념을 한스에게 심어 주었다.

한스는 핑켄바인 형제와는 싸움 끝에 헤어졌다. 하지만 조용한 절름발이 친구 헤르만은 다투지도 않았는데 그의 곁을 떠나갔다. 2월 어느 날, 헤르만은 옷을 벗어 목발과 함께 의자에 올려놓은 채 자신의 허름한 침대에 누워 있었다. 갑자기 열이 오르기 시작하더니 얼마 안 돼 조용히 숨을 거두었다. 〈매의 거리〉는 금세 그를 잊었지만, 한스만은 그와의 추억을 오랫동안 마음에 간직했다.

〈매의 거리〉 주민들 중에는 헤르만 말고도 별난 사람이 많았다. 술버릇 때문에 해고된 우편배달부 뢰텔러를 모르는 사람이 있을까? 그는 거의 2주에 한 번씩 술에 만취해 길거리에 누워 있거나 한밤중에 소동을 벌였다. 하지만 평소에는 어린아이처럼 순박했고, 얼굴에는 늘 다정한 미소가 흘렀다. 한스에게 타원형 담배통 냄새를 맡아 보게 해준 것도 뢰텔러였다. 가끔 한스가 잡아 온 물고기에 버터를 발라 같이 구워 먹기도 했다. 뢰텔러는 유리 눈알이 박힌 말똥가리 박제와 낡은 오르골 시계를 갖고 있었다. 그의 오르골에서는 아주 약하고 섬세하게 옛날 춤곡의 선율이 흘러나왔다. 늘 맨발로 다니면서도 커프스단추는 꼭 하고 다니는 늙은 기계공 포르슈를 모르는 사람도 아마 없을 것이다. 아버지가 엄격한 시골 초등학교 교사였던 덕분에 그는 성경을 절반이나 외우고 있었고, 속담과 도덕적 경구들도 엄청나게 많이 알고 있었다. 하지만 그런 지식도, 허옇게 센 머리도 여자들 꽁무니를 쫓아다니거나 술을 퍼마시는 못된 버릇을 고쳐 주지는 못했다. 그는 술기운이 오르면 기벤라트의 집 모퉁이에 있는 도로 경계석에 앉아 지나가는 사람들을 전부 불러 세워 놓고 한바탕 격언을 쏟아부었다.

「한스 기벤라트 2세, 소중한 내 아들아, 내 말 좀 들어 보렴! 시라[11]가 뭐라고 하더냐? 말을 함부로 하지 않고 실언으로 고통을 당하지 않는 사람은 행복하다고 했지! 또 무성한 나무의 잎새들이 하나가 떨어지고 또 다른 것이 돋아나듯이 인간의 세대도, 한 세대가 지나가고 새 세대가 온다고 하지 않더냐! 자, 이제 집에 가도 좋다. 이 나쁜 악당 같은 녀석아!」

늙은 포르슈는 경건한 경구들 말고도 황당무계하고 무시무시한 유령 이야기도 많이 알고 있었다. 그는 유령이 어디에서 많이 출몰하는지도 알고 있었는데, 말을 하면서 본인도 그 이야기를 믿어야 할지 말아야 할지 망설이곤 했다. 그는 자신이 하는 이야기와 그 이야기를 듣는 청중 모두를 놀

11 Ben Sirach(?~?). 구약 성서 외경 중 하나인 「집회서」의 저자.

리려는 것처럼 잔뜩 허세를 부리며 툭 던지듯 이야기를 시작했다. 자신의 말을 믿든 안 믿든 아무 상관없다는 투였다. 하지만 이야기를 하는 동안 스스로 점점 겁에 질려 몸을 웅크리고 목소리를 낮추다가 마지막에는 섬뜩할 만큼 낮고 음산한 어조로 바뀌곤 했다.

그 초라하고 비좁은 골목길에는 음산하고 이해할 수 없고 도발적인 일들이 어떻게 그렇게 많았을까! 철물공 브렌들레 역시 다니던 가게가 문을 닫고 완전히 폐허로 변하자 〈매의 거리〉로 들어온 사람이었다. 그는 하루에 몇 시간씩 창가에 앉아 우울한 얼굴로 활기 넘치는 골목을 내다보았다. 그러다 이따금 세수도 안 하고 남루한 옷차림으로 돌아다니는 이웃집 아이를 하나 붙잡으면, 옳다구나 하면서 아이의 귀나 머리카락을 잡아당기고 멍이 들 정도로 마구 꼬집으며 괴롭혔다. 하지만 브렌들레는 어느 날 철사로 목을 맨 채 자기 집 계단에 매달려 있었다. 그 모습이 너무 끔찍해 아무도 가까이 다가갈 엄두를 못 내고 있을 때 늙은 기계공 포르슈가 뒤에서 다가가 함석가위로 줄을 잘랐다. 혀를 빼문 시체가 앞쪽으로 툭 떨어져 계단을 떼굴떼굴 굴러 구경꾼들 사이로 들어가자 사람들은 혼비백산하여 흩어졌다.

한스는 넓고 환한 게르버 거리에서 어둡고 눅눅한 〈매의 거리〉로 들어가는 순간 늘 질식할 것 같은 묘한 공기와 함께 즐거우면서도 무시무시한 압박감이 밀려오는 것을 느꼈다. 그리고 곧 모험이 시작될 것 같은 행복한 예감이 호기심과 두려움과 양심의 가책과 뒤섞였다. 〈매의 거리〉는 여전히 동화 같고 기적 같은 일도 일어나고, 전대미문의 끔직한 일도 일어날 수 있는 장소였다. 그곳에서는 마법이나 유령이 진짜처럼 느껴졌고, 교사들한테 압수당한 추잡한 로이틀링겐의 통속 문학이나 전설 같은 이야기를 읽을 때처럼 무서우면서도 짜릿한 전율을 느낄 수 있었다. 태양 비르틀레, 사형 집행인 하네스, 칼잡이 카를레, 역마차의 미헬 같은 이름으로 불리는 암흑가의 영웅들이나 중죄인들, 모험가들이 저지른 파렴치한 악행과 처벌에 관한 이야기가 나오는 책 말이다.

〈매의 거리〉 이외에 정신이 나갈 정도로 무시무시하고 색다른 경험을 할 수 있는 곳이 한 군데 더 있었다. 바로 근처에 있는 낡고 거대한 가죽 공장이었다. 그 건물의 어두컴컴한 창고에는 큼지막한 가죽들이 주렁주렁 걸려 있었고, 지하실에는 숨겨진 구덩이들과 출입이 금지된 통로가 있었다. 저녁이면 리제가 아이들에게 아름다운 동화를 들려준 곳도 바로 거기였다. 그곳은 건너편에 있는 〈매의 거리〉보다 훨씬 더 친근하고 인간적이었지만 수수께끼 같다는 점에서는 다를 바가 없었다. 가죽 숙련공들이 구덩이 속에서, 지하실에서, 무두질 작업장에서, 창고에서 일하는 광경은 참으로 기이하고 독특했다. 입을 딱 벌린 것처럼 생긴 커다란 방들은 조용하고 으스스했지만 그래서 더 마음을 사로잡았다. 가죽 공장 사장은 덩치가 크고 무뚝뚝하기 짝이 없는 사람이라서, 아이들은 혹시라도 식인종 같은 그의 눈에 띌세라 피해 다녔다. 리제는 이 기이한 건물을 요정처럼 자유롭게 들락거렸다. 천성이 착한 리제는 아이들은 물론이고 새와 고양이와 강아지한테도 보호자이자 엄마 같은 존재였다. 게다가 동화와 노래는 또 얼마나 많이 알고 있었는지 모른다.

소년 한스의 생각과 꿈은 이미 오래전 그에게서 멀어진 그 세계에서 다시 움직이고 있었다. 엄청난 환멸과 절망을 겪고서 이미 사라져 버린 행복했던 과거로 도망친 것이다. 그때는 아직 희망이 가득했고, 세상은 마치 섬뜩한 위험과 저주받은 보물과 에메랄드성을 가슴 깊숙이 품고 있는 거대한 마법의 숲처럼 보였다. 한스는 그 숲속으로 다시 발을 내디뎠다. 하지만 놀라운 일이 일어나기도 전에 그만 지쳐 버렸다. 호기심을 갖고서 다시 한번 수수께끼 가득한 어슴푸레한 숲 입구에 섰으나 그는 이미 추방당한 신분이라 들어갈 수가 없었다.

한스는 〈매의 거리〉를 몇 번 찾아갔다. 어두침침한 골목, 지독한 악취, 모퉁이, 빛이 들지 않는 계단은 예전과 다름없었다. 여전히 백발의 노인들이 대문 앞을 지키고 있었고, 세수도 안 한 연한 금발 아이들이 소리를 지르며 뛰어다녔다. 기계공 포르슈는 더 늙어서 이제 한스를 알아보지도 못하고 수줍게 인사하는 한스에게 퉁명스러운 말로 빈정거렸다. 가리발디라고 불리던 그로스요한 할아버지와 로테 프로뮐러는 그사이에 세상을 떠났지만 우편배달부 뢰텔러는 아직 그곳에 살고 있었다. 그는 아이들이 오르골 시계를 망가뜨렸다고 한탄했다. 그러고는 한스한테 코담배 냄새를 맡아 보라고 권한 다음 돈을 구걸하더니 마지막에 핑켄바인 형제의 소식을 전해 주었다. 한 아이는 지금 담배 공장에 다니는데 벌써 어른처럼 술독에 빠져 살고 있었고, 다른 아이는 교회 헌당식에서 칼부림을 벌이고 도망친 후 벌써 1년째 모습을 볼 수 없다고 했다. 온통 슬프고 딱한 소식들뿐이었다.

어느 날 저녁 한스는 가죽 공장으로 건너가 보았다. 그 낡고 거대한 건물에 자신의 유년 시절과 이미 사라져 버린 모든 행복이 숨겨져 있어 되찾으러 왔다는 듯, 그는 자연스럽게 문을 통과하고 습기 찬 뜰을 지나 안으로 들어갔다.

휘어진 계단과 포석(鋪石)이 깔린 문어귀를 지나니 어두침침한 막다른 계단이 나왔다. 한스는 손으로 더듬으며 창고로 올라갔다. 쫙 펼쳐진 가죽들이 걸려 있었다. 가죽 냄새가 코를 찌르자 갑자기 온갖 추억이 뭉게구름처럼 피어올랐다. 창고에서 내려와 뒤뜰로 나오자 무두 작업을 하는 구덩이와 무두질에 쓴 뒤 압착한 참나무 껍질을 말리기 위해 널어놓은 건조대가 보였다. 좁다란 지붕이 덮여 있는 그곳에 예상대로 리제가 있었다. 그녀는 담벼락 앞에 놓인 의자에 앉아 바구니에 담긴 감자의 껍질을 벗기고 있었다. 아이들 몇 명이 그녀의 주위에 둘러앉아 이야기를 듣고 있었다.

한스는 어두컴컴한 문간에 서서 건너편에서 들려오는 이야기에 귀를 기울였다. 땅거미가 서서히 내려앉고 있는 가죽 공장의 뜰은 평화롭기 그지없었다. 들려오는 소리라고는 담장 너머에서 흘러가는 잔잔한 강물 소리, 칼로 감자 껍질을 벗기는 소리, 이야기를 하는 리제의 목소리뿐이었다. 아이들은 미동도 없이 조용히 쪼그리고 앉아 있었다. 리제는 한밤중에 강 건너편에서 자신을 찾는 어떤 아이의 목소리를 들었다는 성 크리스토포로스[12]의 이야기를 하는 중이었다.

한스는 잠시 이야기에 귀를 기울이다가 어두컴컴한 문으로 살그머니 빠져나와 집으로 돌아왔다. 다시 어린아이가 되어 저녁때 리제 곁에 앉아 있을 수 없다는 사실을 깨달았기 때문이다. 그 후로 한스는 다시는 〈매의 거리〉와 가죽 공장을 찾지 않았다.

12 Christophoros(?~250?). 3세기경의 기독교 성인. 나중에 그리스도로 밝혀진 한 소년을 업고 강을 건넜다는 일화 때문에 〈그리스도를 업은 자〉라는 뜻의 이름이 붙었다고 한다.

# 제6장


어느새 가을이 깊어졌다. 검푸른 전나무 숲 여기저기에서
활엽수들이 마치 햇불처럼 빨갛고 노랗게 불타올랐다. 골짜
기에는 벌써 안개가 짙게 끼었고, 기온이 뚝 떨어진 강에서
는 아침마다 물안개가 피어올랐다.

신학교를 그만둔 한스는 여전히 창백한 얼굴로 날마다 바
깥으로 나돌았다. 삶에 대한 의욕도 없고 몸도 피곤해서 몇
명 안 되는 지인들과의 교류조차 피했다. 의사는 물약을 처
방해 주면서 간유와 계란과 냉수욕을 권했다.

물론 그것들은 아무 소용 없었다. 삶이 건강하려면 나름
의 목표와 내용이 있어야 하는데, 한스 기벤라트는 그것을
잃어버렸기 때문이다. 아버지는 한스를 서기로 만들거나 기
술을 배우게 해야겠다고 결심했다. 몸이 허약해 체력을 기르
는 것이 우선이었지만 이제는 진지하게 아들의 앞날을 생각
할 때가 된 것 같았다.

처음의 혼란스러운 상념들이 가라앉고 더 이상 자살 충동
을 느끼지 않자 한스의 상태는 변덕스러운 불안에서 벗어나

잔잔한 우울증으로 넘어갔다. 마치 부드러운 늪에 빠지는 것처럼 그는 아무 저항 없이 서서히 우울증에 빠져들었다.

한스는 가을 들판을 거닐며 계절의 힘에 완전히 압도되었다. 우울증 환자들이 으레 그렇듯, 저물어 가는 가을과 조용히 떨어지는 낙엽, 갈색으로 물든 풀밭, 짙은 새벽안개, 주어진 수명을 다하고 죽어 가는 온갖 식물들을 보면서 무겁고 절망적인 기분에 휩싸였다. 마음이 너무 아파서 시들어 가는 삼라만상과 같이 소멸하고, 같이 잠들고, 같이 죽고 싶었다. 하지만 괴롭게도 그의 젊음은 그것을 거부하고 조용하고 끈질기게 삶에 매달렸다.

노랗게 단풍이 들었던 나뭇잎이 갈색으로 변했다가 낙엽이 되어 떨어지자 마지막에는 앙상한 나뭇가지만 남았다. 숲에서는 우윳빛 안개가 피어올랐다. 마지막 과일을 딴 후 정원에는 모든 생명이 소실돼 버렸다. 시들어 버린 과꽃을 바라보는 사람은 아무도 없었다. 수영하고 낚시하는 사람들이 사라진 강은 마른 낙엽으로 뒤덮였고, 서리 내린 강변에는 끈기 있는 가죽 공장 직원들만 남아 있었다. 그런데 며칠 전부터 강물에 과일 찌꺼기들이 엄청나게 떠내려 왔다. 요즘이 압착장과 물레방앗간에서 한창 과일 주스를 만드는 철이었기 때문이다. 발효하는 과즙 향기가 도시 골목길마다 은은하게 감돌았다.

아래쪽 물레방앗간에서는 구둣방 주인 플라이크 아저씨가 작은 압착기를 빌려 놓고 한스한테 도움을 요청했다.

물레방앗간 앞뜰에는 크고 작은 압착기와 수레, 과일이

담긴 바구니와 자루들, 손잡이가 달린 큰 통, 양동이, 대야와 함지 등이 여기저기 놓여 있었다. 산더미같이 쌓여 있는 갈색의 과일 찌꺼기, 나무 지렛대, 손수레, 운반용 차량들도 보였다. 압착기가 움직이면서 삐거덕, 찍찍, 끼이익, 온갖 신음 소리를 토해 냈다. 압착기에는 대부분 녹색 칠이 되어 있었다. 녹색 압착기는 황갈색 과일 찌꺼기, 다양한 색깔의 사과 바구니, 담녹색 강물, 맨발의 아이들, 투명한 가을 햇살과 어우러져 보는 이들에게 기쁨과 삶의 의욕과 풍요로움을 선사해 주었다. 사과가 으깨지는 소리가 들리면 저절로 입에서 군침이 돌았다. 가까이서 그 소리를 들으면 누구라도 사과를 덥석 집어 한입 베어 물지 않을 수 없었다. 파이프에서 방금 짠 주황색의 달콤한 과즙이 햇살을 받아 반짝거리며 굵게 흘러나왔다. 옆에서 그 광경을 지켜보는 사람들은 저마다 한 잔 달라고 해서 재빨리 맛을 음미해 보았다. 주스를 한 모금 넘기는 순간 온몸을 타고 흐르는 달콤하고 짜릿한 행복에 모두 눈물까지 글썽일 지경이었다. 과즙의 상큼하고 달콤하고 강렬한 향이 사방으로 퍼져 나갔다. 이 향기야말로 올 한 해 동안 거둔 수확물 가운데 단연 백미였다. 겨울이 오기 전 이런 향기를 맛보는 것은 정말이지 기분 좋은 일이었다. 향기와 함께 아름답고 즐겁고 행복했던 온갖 추억들이 연달아 떠오르기 때문이다. 부슬부슬 내리던 5월의 비, 세차게 쏟아지던 여름날 장대비, 가을의 차가운 아침 이슬, 따사로운 봄볕, 한여름의 작열하는 뙤약볕, 붉은 장미꽃과 흰 꽃들, 적갈색으로 무르익어 반질반질하게 윤이 나는 과일들, 그리고 한 해의 사이사이에 벌어진 온갖 아름답고 즐거운 일들 말이다.

과일 주스를 만드는 날은 누구에게나 즐겁고 멋진 날이었다. 굳이 직접 나올 필요 없는데도 모습을 드러낸 부자들이나 뻐기기 좋아하는 사람들은 제일 큰 사과를 집어 무게를 가늠해 보거나 열 개가 넘는 자신들의 과일 자루를 세어 보았다. 또 휴대하고 다니는 은잔으로 과일 주스의 맛을 테스트해 보고는 다들 들으라는 듯 큰 소리로 자신은 과즙에 물을 한 방울도 섞지 않는다며 자랑했다. 겨우 한 자루의 사과만 가져온 가난한 사람들은 유리컵이나 대접으로 맛을 본 뒤 과즙에 물을 탔다. 그렇다고 해서 그들이 주눅이 들거나 덜 기쁜 것은 아니었다. 이런저런 이유로 과일 주스를 직접 만들지 못하는 사람들은 지인과 이웃의 압착기를 차례로 찾아다니면서 과일 주스를 한 컵씩 얻고, 사과도 하나씩 챙겼다. 그러고는 전문가들이 쓰는 용어를 구사해 가며 자신도 이 분야의 문외한은 아니라는 점을 역설했다. 부잣집 아이, 가난한 집 아이 가릴 것 없이 아이들은 모두 작은 잔을 들고 뛰어다녔다. 그들의 손에는 베어 먹은 사과와 빵 조각이 들려 있었다. 과일 주스를 마실 때 빵을 곁들이면 절대로 배탈이 나지 않는다는 근거 없는 속설이 옛날부터 전해져 내려왔기 때문이다.

백여 명의 사람들이 여기저기서 내지르는 고함 소리도 아이들이 만들어 내는 소음 못지않게 시끄러웠다. 사람들의 목소리에서 분주함과 흥분과 기쁨이 잔뜩 배어 나왔다.

「하네스, 이리 오게! 와서 이거 한 잔 마셔 보게나!」

「정말 고맙네. 하지만 주스를 어찌나 많이 마셨는지 벌써 배가 아프군.」

「자네는 사과 백 파운드에 얼마 줬나?」

「4마르크. 비싸긴 해도 품질은 최상급이네. 자, 시음 한번 해보게!」

가끔 자잘한 사고가 일어나기도 했다. 예를 들어 사과 자루가 너무 일찍 터지는 바람에 사과가 몽땅 땅바닥에 굴러 떨어지는 경우 말이다.

「젠장, 내 사과 어떡해! 어이, 다들 이리 와서 좀 도와줘!」

그럼 삽시간에 사람들이 달려와 사과를 주워 주었다. 하지만 그 틈을 이용해 제 주머니를 채우는 개구쟁이들도 몇 명 있었다.

「야, 이놈들아. 슬쩍하는 건 안 돼! 먹는 건 얼마든지 괜찮은데, 훔쳐 가지는 말라고. 기다려, 이 멍청한 녀석아!」

「어이, 이웃 양반. 너무 뻐기지 말고 우리 것도 한번 마셔 보게나!」

「꿀맛이로군! 정말 꿀이야, 꿀. 주스는 얼마나 짰나?」

「나는 두 통밖에 못 만들었네. 그래도 맛이 나쁘지 않아 다행일세.」

「한여름에 주스를 짜지 않아 천만다행이야. 땡볕에 작업했으면 아마 그 자리에서 전부 마셔 버렸을걸.」

성격 까칠한 노인 몇 명이 올해도 어김없이 그 자리에 나왔다. 직접 주스를 짜지 않은 지는 오래됐지만 주스에 관해서는 누구보다 빠삭한 사람들이었다. 그들은 과일을 거저 얻다시피 했던 옛날이야기를 꺼냈다. 그때는 지금보다 값도 훨씬 싸고 품질도 좋고 설탕을 첨가하는 일 따위는 있을 수도 없었다며 한탄을 늘어놓았다. 심지어 나무에 과일 열리는 것도 지금과는 달랐다고 했다.

「그거야말로 진짜 수확이라고 할 수 있지. 우리 집에도 사과나무가 한 그루 있었는데, 거기서만 사과 5백 파운드를 땄으니 말 다했지 뭔가.」

수다스러운 노인들은 지금은 시절이 너무 안 좋다고 투덜거리면서도 도와주겠다고 열심히 돌아다니면서 주스 맛을 보았다. 그중 아직 이가 성한 노인들은 사과를 먹기도 했다. 한 노인은 욕심이 지나쳐 커다란 배를 서너 개 먹더니 결국 배탈이 났다.

「예전에는 열 개쯤 먹어도 끄떡없었는데, 어찌된 일인지 모르겠군.」 그는 말도 안 되는 변명을 늘어놓고는 땅이 꺼져라 한숨을 내쉬면서 배를 열 개쯤 먹어도 끄떡없던 시절을 회상했다.

플라이크 아저씨는 그 복잡하고 어수선한 곳 가운데쯤에 압착기를 세워 놓고 나이가 좀 있는 수습공의 도움을 받아 주스를 짜고 있었다. 바덴산(産) 사과로 만든 그의 주스는 늘 최고의 맛을 자랑했다. 그는 내심 뿌듯해하면서 〈맛을 보려는 사람들〉을 하나도 가로막지 않았다. 아저씨의 아이들은 더 신이 나서 북적이는 사람들 속에서 즐겁게 뛰어다니고 있었다. 하지만 지금 제일 행복한 사람은 말없이 작업에 몰두하고 있는 수습공이었다. 야외에 나와 몸을 마음껏 움직이며 일하는 데다가 주스도 실컷 먹을 수 있으니 어찌 기분이 안 좋겠는가. 그는 저 위쪽 산간 마을 가난한 농가 출신이라 이렇게 맛있는 주스가 얼마나 귀한지 잘 알고 있었다. 순박한 농촌 총각 같던 수습공의 얼굴이 마치 사티로스의 가면을 쓴 것처럼 히죽거렸다. 평소 구두를 만지느라 깨끗할 날 없던 손도 그 어느 일요일보다 깨끗했다.

물레방앗간에 이제 막 도착한 한스 기벤라트는 겁먹은 표정으로 잠시 가만히 서 있었다. 사실 별로 오고 싶지 않은 자리였다. 하지만 첫 번째 압착기를 지나가는데 벌써 누가 그에게 잔을 내밀었다. 나숄트 리제였다. 한스는 주스를 맛보았다. 한 모금 삼키는데 벌써 달콤하고 강력한 과즙 향과 함께 예전 가을날의 즐거웠던 추억들이 한꺼번에 떠올랐다. 다시 한번 사람들과 어울려 즐겨 보고 싶은 욕구가 슬그머니 솟구쳤다. 아는 얼굴들이 그에게 말을 걸고 잔을 내밀었다. 마침내 플라이크 아저씨의 압착기 앞에 이르렀을 때 한스는 이미 주스와 흥겨운 분위기에 취해 완전히 딴사람이 되어 있었다. 한스는 플라이크 아저씨한테 명랑하게 인사한 후 과일 주스에 대해 으레 하는 농담까지 몇 마디 건넸다. 아저씨는 내심 꽤 놀랐지만 모른 척하며 즐겁게 그를 맞아 주었다.

30분쯤 지났을 때 파란 치마를 입은 아가씨가 다가왔다. 그녀는 플라이크 아저씨와 수습공에게 웃으며 인사한 뒤 곧바로 작업을 거들기 시작했다.

플라이크 아저씨가 말했다. 「아, 인사해. 이쪽은 하일브론에서 온 내 조카딸이야. 얘네 고향이 포도가 많이 생산되는 곳이라 이런 일에 아주 익숙해.」

그녀는 열여덟이나 열아홉 살쯤으로 보였다. 몸이 재고 활달한 것을 보니 전형적인 저지대 사람이었다. 키는 별로 안 컸지만 몸매는 성숙했고 균형이 잘 잡혀 있었다. 동그란 얼굴, 따뜻해 뵈는 검은 눈동자, 키스하고 싶어지는 예쁜 입술이 어우러져 명랑하고 영리한 인상을 주었다. 한마디로 건강하고 쾌활한 전형적인 하일브론 아가씨로, 경건한 구둣방 주인의 친척으로는 절대 안 보였다. 철저하게 이 세상에 발을 붙이고 있는 사람이었고, 눈빛으로 보아 매일 저녁 성경과 고스너[13]의 『작은 보물 상자』를 읽을 것 같진 않았다.

한스는 갑자기 표정이 다시 어두워졌다. 에마라는 이 여자가 얼른 이 자리를 떠나 주었으면 했다. 하지만 에마는 계속 자리를 지키면서 웃고 떠들었다. 심지어 사람들이 농담을 하면 재빨리 재치 있게 응수했다. 한스는 부끄러워서 완전히 입을 다물고 말았다. 경어를 써야 하는 젊은 아가씨와 대화를 나누는 것 자체가 그에게는 힘든 일이었다. 에마는 진짜 활달하고 수다스러웠다. 게다가 한스가 옆에 있든 수줍어하든 별로 신경도 안 쓰는 것 같았다. 당혹스럽기도 하고 감정도 조금 상한 한스는 수레바퀴에 살짝 스친 달팽이가 더듬이를 거두고 달팽이집 속으로 기어들어 가듯이 움츠러들고 말았다. 그래서 계속 입을 다문 채 지루해 죽겠다는 표정을

13 Johannes Gossner(1773~1858). 독일의 개신교 신학자이자 목사.

지으려 했으나 실패했다. 지루한 게 아니라 방금 가까운 누군가 죽기라도 한 것처럼 처연한 표정이었다.

하지만 아무도 그런 것에 신경 쓸 겨를이 없었다. 그중에서도 에마가 가장 심했다. 듣기로는 플라이크 아저씨 집에 겨우 2주 전에 왔다는데, 벌써 동네 사람들하고 전부 안면을 튼 것 같았다. 그녀는 윗사람, 아랫사람 가리지 않고 열심히 찾아다니면서 새로 짠 주스를 맛보고 잠시 농담하며 떠들다가 다시 돌아와 열심히 거드는 척했다. 또 아이들을 안아 들고 사과를 건네면서 주변에 웃음과 즐거움을 전파했다. 그녀는 〈사과 먹어 볼래?〉라는 말로 지나가는 아이들을 전부 불러 세웠다. 그리고 빨갛게 익은 사과 하나를 집어 두 손을 등 뒤로 감추고는 〈사과가 오른손에 있을까, 왼손에 있을까?〉 물어보며 맞춰 보라고 했다. 아이들은 한 번도 맞추지 못했다. 에마는 화가 난 아이들이 투덜거리기 시작하면 그제야 사과를 내주었다. 하지만 그녀가 주는 것은 작고 덜 익은 사과였다. 에마는 한스에 대해서도 이미 들은 적이 있는지, 혹시 항상 두통을 달고 산다는 그 사람이냐고 물었다. 하지만 한스가 미처 대답하기도 전에 쪼르르 달려가 이웃 사람들과 다른 이야기를 나누었다.

집에 돌아갈 생각으로 한스가 슬며시 빠져나가려고 할 때 플라이크 아저씨가 한스의 손에 지렛대를 쥐여 주었다.

「한스, 이제 네가 좀 맡아 주겠니? 에마가 도와줄 거야. 나는 작업장에 가봐야 하거든.」

플라이크 아저씨는 떠나고, 수습공은 플라이크 아저씨의

부인과 주스 나르는 일을 떠맡았다. 압착기 옆에 에마와 단 둘이 남겨진 한스는 이를 악 물고 미친 듯이 일에 몰두했다.

한스는 갑자기 지렛대가 너무 무거워진 것 같아 이상해서 고개를 드니 에마가 깔깔거리며 웃음을 터뜨렸다. 장난으로 지렛대에 몸을 기대고 있었던 것이다. 한스는 화가 나서 다시 지렛대를 잡아당겼지만 에마가 또 몸을 기댔다. 한스는 아무 말도 하지 않았다. 하지만 반대편에서 여자가 몸으로 가로막고 있는 지렛대를 밀려고 하니 갑자기 가슴이 갑갑하고 어색했다. 결국 지렛대 돌리는 것을 완전히 중단했다. 달콤한 불안이 밀려왔다. 눈앞에서 대담하게 깔깔거리며 웃는 젊은 아가씨가 문득 다른 사람처럼 보였다. 친밀하면서도 낯선 느낌이었다. 결국 한스도 어색하지만 친밀하게 살짝 웃어 주었다.

그리고 지렛대가 완전히 멈추었다.

에마가 말했다. 「이렇게 죽기 살기로 일할 필요는 없잖아.」 그러고는 자기가 마시다 절반쯤 남긴 주스 컵을 한스에게 건넸다.

한 모금 마셔 보니 주스가 아주 진해서 아까 마신 것보다 훨씬 달콤했다. 주스를 다 마신 그는 뭔가 아쉬운 듯 빈 컵을 들여다보았다. 이상하게 가슴이 두근거리고 숨을 쉬기가 어려웠다.

두 사람은 다시 일하기 시작했다. 한스는 저도 모르게 자꾸 에마에게 가까이 다가섰다. 그녀의 치마가 한스의 몸을 스치고, 그녀의 손이 한스의 손에 닿을락 말락 했다. 사실 한스는 자신이 무슨 짓을 하고 있는지도 몰랐다. 하지만 그녀의 치마와 손이 스칠 때마다 두려움과 환희에 심장이 멎을 것 같았고, 달콤한 기분이 들었다. 온몸에서 힘이 쭉 빠지면서 무릎이 후들거렸다. 현기증이 나서 머리도 어지러웠다.

한스는 제정신이 아니었다. 무슨 말을 하는지도 모르는 채 그녀에게 말을 걸고, 질문에 대답하고, 그녀가 웃으면 따라 웃었다. 그녀가 엉뚱한 장난을 치면 몇 차례 손가락으로 겁을 주기도 했다. 그리고 그녀가 건네준 주스를 두 번이나 쭉 들이마셨다. 순간, 수많은 기억들이 머리를 스치며 지나갔다. 저녁에 남자와 같이 대문 앞에 서 있던 하녀들과 이야기책에서 읽었던 몇몇 문장들이 생각났다. 예전에 헤르만 하일너가 말했던 키스도 생각났다. 또 〈여자애들〉과 〈사랑하는 사람이 생겼을 때의 기분〉에 관해 나누었던 수많은 말과 이야기, 남학생들끼리 은밀히 주고받던 비밀스러운 대화도 생각났다. 무거운 짐을 싣고 산을 오르는 비루먹은 말처럼 한스의 숨소리가 가빠졌다.

갑자기 모든 것이 달라 보였다. 분주하게 움직이는 사람들과 주변 사물들이 하나로 용해되어 알록달록한 오색구름이 되었다. 사람들의 목소리와 욕설과 웃음이 마구 뒤섞여 윙윙거리는 둔탁한 소리가 되어 가라앉았다. 멀리 보이는 강과 오래된 다리는 한 폭의 그림 같았다.

에마의 모습도 달라졌다. 이제 그녀의 얼굴은 안 보이고, 단지 즐거워 보이는 까만 눈과 빨간 입술과 입술 안쪽 뾰족하고 하얀 이만 보였다. 또 몸은 형체가 완전히 녹아 버리고 일부분씩 돌아가며 보였다. 검은 양말을 신고 있는 단화가 보였다가, 목덜미에 흘러내린 흐트러진 곱슬머리가 보였다가, 파란 손수건을 두르고 있는 갈색으로 그을린 둥그런 목덜미가 보였다가, 탄탄한 어깨가 보였다가, 그 아래쪽에서 숨을 쉴 때마다 오르락내리락하는 가슴이 보였다가, 투명하고 불그스름한 귀가 보였다가 하는 식이었다.

시간이 좀 지났을 때, 에마가 손잡이가 달린 큰 통에 주스 컵을 떨어뜨렸다. 그걸 주우려고 몸을 굽히는 에마의 무릎이 통 가장자리에 닿으면서 그의 손목을 눌렀다. 한스도 허리를 굽혔지만 속도가 더뎠기 때문에 하마터면 얼굴이 그녀의 머리카락에 닿을 뻔했다. 머리카락에서 향긋한 냄새가 훅 끼쳤다. 시선을 내리니 구불구불하게 늘어진 곱슬머리 밑에서 아름다운 목덜미가 따듯한 갈색으로 빛나다가 푸른 조끼 속으로 사라졌다. 팽팽하게 잡아당긴 조끼의 고리 사이로 목덜미가 조금 더 보였다.

에마가 다시 몸을 일으키자 그녀의 무릎은 그의 팔을 따라 미끄러졌고, 머리카락은 그의 뺨을 스쳤다. 몸을 굽혔다가 일어난 그녀의 얼굴이 발갛게 달아올라 있었다. 한스는 온몸에 찌르르 전율이 흘렀다. 얼굴이 창백해지고 순간적으로 극심한 피로감이 몰려오는 바람에 압착기 나사를 꽉 붙들어야 했다. 심장이 쿵쿵 뛰었고, 팔에서 힘이 쭉 빠지면서 어깨가 아팠다.

그때부터 한스는 입을 다문 채 그녀의 시선을 피했다. 대신 그녀가 다른 곳을 쳐다보면 얼른 고개를 돌려 뚫어지게 처다보았다. 난생처음 느껴 보는 환희와 양심의 가책이 동시에 밀려왔다. 그의 내면에서 뭔가가 펑 터져 버린 것 같았다. 그의 영혼 앞에 푸른 해안이 있는, 새롭고 낯설고 매혹적인 나라가 펼쳐진 것이다. 한스는 현재 느끼는 이 두려움과 달콤한 고통이 무엇을 의미하는지, 고통과 환희 가운데 어느 쪽이 더 큰지 알지 못했다. 단지 어렴풋이 짐작만 할 뿐이었다.

환희는 그의 젊은 사랑의 힘이 승리를 거두었고, 강렬한 삶이 다가오고 있다는 예감에서 비롯되었다. 고통은 마침내 아침의 평화가 깨어졌다는 뜻이었다. 그의 영혼은 이제 유년기의 땅을 떠나 다시는 그곳으로 돌아갈 수 없게 되었다는 뜻이었다. 작고 가벼운 그의 조각배는 첫 난파의 위기는 가까스로 모면했지만 지금 새로운 폭풍우를 만나 곳곳에 아가리를 벌리고 있는 심연과 위험한 절벽 근처로 밀려왔다. 지금까지는 최고의 안내자가 인도하는 대로 살아온 젊은이라 해도, 이제부터는 안내자 없이 오로지 제힘만으로 이 위기에서 벗어날 방법과 구원을 찾아야 했다.

다행스럽게도 때마침 수습공이 돌아와 압착기 일을 교대해 주었다. 혹시 에마와 몸이 스치거나 그녀가 다정하게 말을 걸어 줄지도 모른다는 기대를 품고 한스는 잠시 더 그 자리에 머물렀다. 하지만 그녀는 다시 다른 사람들의 압착기를 찾아다니며 수다를 떨었다. 민망해진 한스는 작별 인사도 없이 슬그머니 집으로 돌아왔다.

이상하게도 모든 것이 달라 보였다. 온 세상이 아름답고 설레게 느껴졌다. 주스를 짜고 남은 찌꺼기를 먹고 살이 오른 참새들이 짹짹거리며 하늘을 날아다녔다. 하늘이 원래 저렇게 높고 푸르렀던가. 새파란 하늘을 보며 한스는 새삼스레 아름답다고 느꼈다. 강물이 저토록 맑고 깨끗한 청록색으로 반짝거린 적이 있었던가. 강둑에 부딪친 물이 저토록 눈부시게 하얀 거품을 내며 쏴쏴 흐른 적이 있었던가. 멋진 그림처럼 아름답게 채색된 새로운 세상이 맑고 투명한 유리창 뒤에 서 있는 것 같았고, 세상 만물은 한바탕 축제가 열리기를 고대하고 있는 것처럼 들떠 보였다. 가슴속에서 이건 부질없는 꿈일 뿐, 절대 현실일 리가 없다고 속삭였다. 하지만 소심한 의구심과 두려움은 묘하게 무모한 감정과 눈부시게 강렬한 희망과 뒤섞여 달콤한 파도가 되어 물결쳤다. 서로 모순되는 느낌들이 신비한 샘물처럼 마구 솟구쳤다. 뭔가 아주 강력한 감정이 묶고 있던 사슬을 끊고 자유롭게 비상하려는 듯한 느낌이 들었다. 그 느낌은 흐느낌 같기도 하고, 노래 같기도 하고, 비명이나 커다란 웃음소리 같기도 했다. 집에 돌아오고 나서야 한스는 흥분이 조금 가라앉았다. 집은 모든 게 평소와 똑같았다.

아버지가 물었다. 「어디 갔다 왔니?」

「물레방앗간에 있는 플라이크 아저씨한테 다녀왔어요.」

「그 사람은 올해 과일 주스를 얼마나 짰든?」

「두 통쯤 될 거예요.」

한스는 아버지에게 주스를 짤 때 플라이크 아저씨네 아이들을 초대하게 해달라고 부탁했다.

「당연히 그래야지. 우리 집은 다음 주에 짤 예정이니 그때 아이들을 부르도록 해라.」 아버지가 웅얼거리듯 말했다.

저녁 식사 시간까지는 아직 한 시간쯤 여유가 있었다. 한스는 정원으로 나갔다. 전나무 두 그루 말고는 녹색이 거의 남아 있지 않았다. 한스는 개암나무 가지를 하나 꺾어 허공에 휙휙 휘둘러 본 다음 땅바닥에 쌓인 낙엽들을 마구 헤집었다. 산등성이 위로 해가 지고 있었다. 전나무가 무성한 산등성이의 뾰족뾰족하고 시커먼 윤곽이 촉촉하고 맑은 청록색 저녁 하늘을 가르고 있었다. 길게 뻗은 잿빛 구름 하나가 마치 고향으로 돌아가는 돛단배처럼 저녁노을에 황금빛으로 물든 옅은 공기를 가르며 골짜기 위로 유유히 흘러갔다.

온갖 색깔이 어우러져 무르익은 저녁의 아름다움에 취한 한스는 신비로우면서도 낯선 감동을 느끼며 정원을 거닐었다. 가끔 걸음을 멈추고 눈을 감으면 에마의 모습이 떠올랐다. 압착기를 사이에 두고 맞은편에 서 있던 모습, 자신이 마시던 주스 컵을 건네던 모습, 커다란 통 위로 몸을 굽혔다가 발갛게 달아오른 얼굴로 다시 일어서던 모습, 부드러운 머리카락, 꼭 끼는 푸른 원피스에 감싸여 있던 몸매와 목, 어두운 솜털 때문에 갈색으로 그늘진 목덜미. 그 모든 것이 한스를 환희와 전율에 떨게 했다. 하지만 아무리 애를 써도 에마의 얼굴은 기억나지 않았다.

해가 완전히 졌는데도 한스는 추위를 느끼지 못했다. 점점 짙어지는 어둠은 알 수 없는 비밀에 싸인 베일처럼 느껴졌다. 한스는 하일브론에서 온 아가씨를 사랑하게 되었다는 것을 깨달았다. 하지만 이제 막 그의 혈관 속에서 깨어난 남자의 본능을 한스는 막연히 낯설고 예민하고 피곤해서 그런 것이라고 생각했다.

저녁을 먹는 동안 한스는 자신은 완전히 다른 사람이 되었는데 주변은 평소와 똑같다는 사실이 이상하게 느껴졌다. 아버지와 늙은 하녀, 식탁과 주방 도구들, 심지어 방까지도 아주 오래되고 낡은 옛 모습 그대로였다. 마치 긴 여행에서 방금 돌아온 사람처럼 한스는 놀라움과 서먹함과 애정이 뒤섞인 심정으로 모든 것을 쳐다보았다. 자살에 쓸 나뭇가지를 구하려 애쓸 때만 해도 한스는 그 모든 것을 작별을 앞둔 사람의 슬픈 우월감을 갖고 바라보았다. 하지만 이제 그는 다시 고향에 돌아온 기분이었다. 고향을 되찾았다는 생각에 놀랍게도 그의 얼굴에 옅은 미소가 번졌다.

밥을 다 먹은 한스가 자리에서 일어나려 할 때 아버지가 평소처럼 무뚝뚝한 말투로 물었다. 「한스, 너는 기계공이 되고 싶니, 서기가 되고 싶니?」

「뭐라고요?」 한스가 화들짝 놀라 되물었다.

「너한테 선택지가 두 개 있다. 다음 주말에 기계공 슐러 씨의 수습공으로 들어가는 것과 다다음 주에 시청에 서기 수습생으로 들어가는 것. 어느 쪽이 좋을지 한번 잘 생각해 봐라! 이 문제는 내일 다시 이야기하도록 하자!」

한스는 자리에서 일어나 밖으로 나왔다. 아버지의 갑작스러운 질문에 마음이 혼란스러웠다. 몇 달 전부터 낯설게 느껴진, 활동적이고 신선한 일상적 삶이 느닷없이 그의 앞에 다시 나타난 것이다. 그 삶은 유혹하는 얼굴과 위협하는 얼굴을 동시에 갖고서 약속도 하고 강요도 했다. 솔직히 말하면 그는 기계공이 되는 것도 싫었고 서기가 되는 것도 싫었다. 수습공이 되어 하게 될 육체노동이 약간 겁이 났다. 문득 기계공이 된 학교 친구 아우구스트가 떠올랐다. 그에게 한번 물어봐야겠다고 생각했다.

하지만 그 문제에 대한 고민은 점차 희미해지고 흐릿해졌다. 그건 그리 다급하고 중요한 문제가 아니라는 생각이 들자 한스는 다른 것에 마음을 빼앗겼다. 그는 잠시 불안하게 현관에서 서성거리다 갑자기 모자를 집어 들고 집을 나섰다. 그는 천천히 골목길에 들어섰다. 오늘 안으로 에마를 한 번 더 보고 싶었다.

조금씩 땅거미가 내리고 있었다. 가까운 술집에서 고함 소리와 노랫소리가 흘러나왔다. 누군가 쉰 목소리로 노래를 부르고 있었다. 벌써 불을 밝힌 창문들이 많았다. 여기저기서 하나둘씩 불이 켜지자 어두운 거리를 향해 희미하게 불빛이 새어 나왔다. 팔짱을 낀 젊은 아가씨들이 웃고 떠들며 길게 줄을 지어 골목길을 걸어 내려갔다. 흐릿한 불빛 속에서 흔들흔들 걸어가는 모습을 보니 잠든 골목길에 젊음과 환희의 따뜻한 물결이 밀려온 것처럼 보였다. 한스는 한동안 뒤에서 아가씨들을 지켜보았다. 심장이 미친 듯이 쿵쿵 뛰었다. 커튼이 드리워진 어느 창문 뒤에서 바이올린 소리가 흘러나왔고, 우물가에서는 한 여자가 채소를 씻고 있었다. 다리 위에서는 두 쌍의 연인이 산책하고 있었다. 한 남자는 애인의 손을 살짝 붙잡은 채 팔을 흔들고 걸어가면서 시가를 피웠다. 다른 한 쌍의 연인은 몸을 꼭 붙이고 천천히 걸어가고 있었다. 남자는 여자의 허리를 감싸고 있었고, 여자는 어깨와 머리를 남자의 가슴에 기대고 있었다. 예전에는 그런 광경을 수없이 많이 보았지만 한 번도 눈여겨보지 않았다. 하지만 이제 그것은 은밀한 의미를 갖게 되었다. 명확히 알수는 없지만 뭔가 자극적이면서도 달콤하게 느껴졌다. 한스는 도무지 연인들한테서 눈을 뗄 수 없었다. 조만간 이 느낌의 정체가 정확히 뭔지 알 수 있을 것 같았다. 아직은 마음이 답답하고 어수선했지만 커다란 비밀에 조금씩 가까워지고 있는 기분이었다. 그 비밀이 달콤할지 끔찍할지는 알 수 없었다. 하지만 불안한 가운데 어렴풋이 달콤하면서도 끔찍할거라고 짐작했다.

드디어 플라이크 아저씨의 집 앞에 도착했다. 하지만 안으로 들어갈 엄두가 나지 않았다. 도대체 무슨 명분으로 안에 들어간단 말인가? 열한두 살쯤 됐을 때 이 집에 자주 놀러 왔던 기억이 났다. 그때 플라이크 아저씨는 한스에게 성경 이야기를 해주었다. 호기심이 발동한 한스가 지옥과 악마에 대해, 또 영혼에 대해 끊임없이 질문을 퍼부었으나 아저씨는 일일이 친절하게 대답해 주었다. 그때의 기억이 떠오르자 어쩐지 마음이 불편해지고 양심의 가책까지 느껴졌다. 이제 어떡해야 하지? 한스는 자신이 정말로 원하는 게 뭔지도 알 수 없었다. 마치 접근이 금지된 비밀의 문 앞에 서 있는 것 같았다. 집 안으로 들어가지 않고 대문 앞 어둠 속에 몸을 숨기고 있으니 아저씨한테 뭔가 잘못을 저지르는 기분이었다. 혹시 아저씨가 그를 발견하고 밖으로 나오면 꾸짖는 대신 비웃으며 놀릴 것 같았다. 지금 제일 걱정되는 건 바로 그것이었다.

한스는 살그머니 집 뒤쪽으로 돌아갔다. 정원 울타리 너머로 불이 켜진 거실이 보였다. 플라이크 아저씨의 모습은 안 보였다. 아저씨의 아내는 바느질인지 뜨개질인지를 하는 것 같았고, 큰아들은 아직 자지 않고 책상에 앉아 책을 읽고 있었다. 에마는 청소라도 하는지 분주히 왔다 갔다 하고 있어서 얼굴이 언뜻언뜻 스쳐 갔다. 주위가 너무 조용해 멀리 골목 끝에서 누군가 걸어가는 발소리와 정원 너머에서 흘러가는 강물 소리까지 뚜렷이 들렸다. 어둠은 점점 짙어지고 밤공기도 갈수록 차가워졌다.

거실 창문 옆 복도 쪽에 작은 창문이 하나 있었다. 시간이 꽤 흘렀을 때 계속 어두웠던 그 창문에 희끄무레한 형체가 하나 나타나더니 고개를 쑥 내밀고 어둠 속을 내다보았다. 에마였다. 기대와 두려움이 뒤섞여 한스는 심장이 멎어 버릴 것 같았다. 에마는 창가에 서서 한참 동안 가만히 창밖을 내다보았다. 그를 봤는지 못 봤는지 알 수 없었다. 한스는 미동도 없이 그 자리에 서서 그녀를 뚫어져라 쳐다보았다. 막연한 불안감이 몰려왔다. 한편으로는 그녀가 자신을 알아봤기를 바라면서, 다른 한편으로는 정말로 알아봤을까 봐 두려웠다.

창문에서 희끄무레한 그림자가 사라지는가 싶더니 이내

정원으로 통하는 작은 문이 열렸다. 에마가 밖으로 나왔다. 처음에 한스는 너무 놀라 도망치려 했다. 하지만 우물쭈물 하는 사이에 기회를 놓치고 그냥 담장에 기대서서 그녀를 쳐 다보았다. 에마는 어두운 정원을 가로질러 천천히 그를 향해 다가왔다. 그녀가 한 걸음씩 다가올 때마다 도망치고 싶은 충동을 느꼈지만 더 강한 어떤 힘이 한스를 붙잡았다.

에마가 그의 앞으로 바짝 다가섰다. 낮은 울타리를 사이 에 두고 발걸음도 채 떨어지지 않은 곳이었다. 그녀가 이상 하다는 듯이 그를 유심히 쳐다보았다. 한참 동안 침묵이 흘 렀다. 마침내 그녀가 먼저 입을 열었다.

「너, 여기 왜 왔어?」

「그냥.」 한스가 말했다. 그녀가 친숙하게 〈너〉라고 부르 자 마치 손으로 부드럽게 피부를 쓰다듬는 느낌이 들었다.

에마가 울타리 너머로 손을 내밀었다. 한스는 부끄러워하 면서도 다정하게 그녀의 손을 붙잡아 살짝 힘을 주었다. 에 마가 손을 빼지 않자 한스는 용기를 내서 그녀의 따뜻한 손 을 조심스레 살살 쓰다듬었다. 그런데도 그냥 내버려 두자 한스는 그녀의 손을 제 뺨에 가져다 댔다. 쾌감이 물결처럼 온몸을 훑고 내려갔고, 야릇한 온기와 행복한 피로감이 밀 려왔다. 주변의 공기까지 어쩐지 따스하고 촉촉해진 것처럼 느껴졌다. 한스의 눈에는 골목길도 정원도 보이지 않았다. 보이는 것이라고는 단지 눈앞에 있는 하얀 얼굴과 엉클어진 검은 머리카락뿐이었다.

「나랑 키스하고 싶어?」

그녀가 아주 작은 소리로 나직하게 물었다. 밤하늘 너머, 아득하게 먼 곳에서 울리는 소리 같았다.

에마의 밝은 얼굴이 가까이 다가왔다. 그녀의 몸무게 때문에 널빤지로 된 울타리가 바깥쪽으로 약간 휘었다. 좋은 향기가 폴폴 풍기는 풀어진 머리카락이 한스의 이마를 스쳤다. 희고 넓은 눈꺼풀과 새까만 속눈썹에 덮인 그녀의 눈이 코앞에 있었다. 에마는 눈을 감고 있었다. 한스의 수줍은 입술이 그녀의 입술에 닿았을 때 그는 온몸에 강렬한 전율이 흘렀다. 한스가 몸을 부르르 떨며 뒤로 물러서려는 순간, 에마가 그의 머리를 두 손으로 감쌌다. 그러고는 자신의 얼굴로 그의 얼굴을 꼭 누르면서 입술을 놓아주지 않았다. 에마의 입술은 뜨거웠다. 그녀는 그의 생명을 전부 앗아 갈 기세로 탐욕스럽게 한스의 입술을 빨아 댔다. 온몸에서 기운이 몽땅 빠져나가는 기분이었다. 에마의 입술이 떨어지기도 전에 전율과 쾌감은 죽을 것 같은 피로와 고통으로 변했다. 에마가 그를 놓아주는 순간 다리가 어찌나 후들거리던지 한스는 부지불식간에 부들부들 떨리는 손가락으로 울타리를 콱 움켜잡았다.

「너, 내일 저녁에도 또 와.」 그 말을 남기고 에마는 재빨리 안으로 들어갔다. 그녀가 떠난 지 겨우 5분쯤 지났는데도 무척 오랜 시간이 흐른 것 같았다. 멍한 눈으로 에마가 사라지는 모습을 지켜본 한스는 아직도 울타리를 붙잡고 있었다. 한 걸음도 뗄 수 없을 만큼 피곤했다. 꿈을 꾸는 기분이었다. 머릿속에서 피가 세차게 고동치며 흐르는 소리가 들렸다. 제

멋대로 요동치는 파도처럼 심장에서 쏟아져 나온 피가 고통스럽게 다시 심장으로 돌아가면서 숨이 잘 쉬어지지 않았다.

그때 플라이크 아저씨가 문을 열고 방으로 들어서는 게 보였다. 여태 작업장에 있다가 지금 들어온 모양이었다. 문득 아저씨가 자신을 알아볼지도 모른다는 두려움에 한스는 얼른 자리를 떴다. 그는 마지못해 느릿느릿 걸었다. 술에 취한 사람처럼 걸음걸이가 위태위태했고, 발을 내디딜 때마다 무릎이 후들거렸다. 졸고 있는 박공지붕과 흐릿한 불빛의 창문들이 있는 어두컴컴한 골목길이 마치 연극 무대의 배경처럼 그의 곁을 스쳐 지나갔다. 다리와 강, 농가와 정원도 흘러갔다. 게르버 거리의 분수가 이상할 정도로 크게 철썩거리며 물을 뿜어내고 있었다. 한스는 꿈에 취한 사람처럼 현관문을 열고 칠흑같이 깜깜한 복도를 지나 계단을 올라갔다. 그리고 다시 방문을 열었다 닫은 다음 책상에 앉았다. 시간이 한참 흐른 다음에야 한스는 집에 돌아와 자신의 방에 있다는 사실을 깨달았다. 그러고 나서도 꽤 시간이 흐른 뒤에야 비로소 옷을 벗어야 한다는 데 생각이 미쳤다. 그는 멍한 상태로 옷을 벗었고, 또 그 상태 그대로 창가에 앉아 있었다. 갑자기 가을밤의 차가운 공기에 오싹함을 느껴 이불 속으로 파고들었다.

그는 곧바로 잠들 줄 알았다. 하지만 침대에 누워 몸이 약간 따뜻해지자 심장이 다시 쿵쿵 뛰었고 피가 불규칙적으로 세차게 끓어올랐다. 눈을 감으니 에마의 입술이 아직도 자신의 입술을 누르고 있는 것 같았다. 정신이 혼미해지고 뜨거운 고통이 화염처럼 그를 감쌌다.

결국 밤늦게야 잠이 든 한스는 밤새도록 악몽에 시달렸다. 무서울 정도로 깜깜한 어둠 속에서 손을 더듬어 에마의 팔을 붙잡는 순간 그녀가 그를 꽉 껴안았다. 그러자 두 사람은 서서히 따뜻하고 깊은 물속으로 가라앉았다. 다음 순간 구둣방 주인이 불쑥 나타나 왜 자신을 찾아오지 않았느냐고 물었다. 한스는 웃음을 터뜨렸다. 플라이크 아저씨가 아니라 마울브론의 기도실 창가에 나란히 앉아 농담하던 친구 헤르만 하일너의 얼굴이었기 때문이다. 하지만 하일너의 얼굴도 이내 사라졌다. 이제 한스는 압착기 옆에 서 있었다. 에마가 지렛대에 몸을 기대고 있었고, 그는 죽을힘을 다해 지렛대를 돌리려 했다. 에마가 몸을 굽혀 그의 입술을 찾았다. 칠흑 같은 어둠과 고요가 주위를 삼켜 버렸다. 그는 다시 따듯하고 어두운 심연으로 가라앉았다. 머리가 어질어질할 정도로 현기증이 났다. 어디선가 신학교 교장이 훈계하는 소리가 들렸다. 한스와 관련된 훈계인지 아닌지는 알 수 없었다.

다음 날 아침 그는 늦잠을 잤다. 날이 무척 화창했다. 한스는 잠을 깨기 위해 오랫동안 정원을 거닐었지만 자욱한 안개가 낀 것처럼 머리가 맑아지지 않았다. 정원에서 가장 늦게까지 피어 있는 보라색 과꽃이 아직도 8월인 줄 아는지 햇빛 속에서 활짝 웃고 있었다. 메마른 잔가지와 큰 나뭇가지, 잎이 다 떨어진 넝쿨 위로 온화한 햇살이 쏟아져 내리는 모습이 마치 이른 봄날 같았다. 하지만 한스는 그 광경을 그저 무심히 바라볼 뿐 아무것도 느끼지 못했다. 그와는 아무 상관없는 일 같았다. 문득 기억 하나가 뚜렷하게 떠올랐다. 이 정원에서 토끼가 뛰어다니고, 물레방아를 비롯해 그가 직접 만든 각종 장치들이 돌아가던 기억이었다. 3년 전 9월의 어느 날로, 스당 전승 기념일[14] 하루 전날이었다. 아우구스트는 담쟁이 넝쿨을 갖고 그의 집에 놀러 왔다. 그들은 깃대를 반질반질하게 닦은 다음 황금빛 장대 끝에 담쟁이 넝쿨을 단단히 잡아매고 설레는 마음으로 전승 기념일에 대해 이야기했다. 그게 다였다. 특별한 일은 전혀 없었다. 그런데도 그들은 축제에 대한 기대로 마음이 잔뜩 부풀었다. 깃발은 햇볕을 받아 반짝거렸고 하녀 아나는 자두 케이크를 구웠다. 밤중에 높은 바위에서 스당의 불을 점화할 예정이었다.

한스는 왜 하필 오늘, 그날 저녁때의 일이 생각났는지 알 수 없었다. 왜 그때의 기억이 이렇게 아름답고 강렬하게 다가오는지, 왜 그 기억이 자신을 이토록 비참하고 슬프게 만드는지 알 수 없었다. 유년 시절과 소년 시절이 그에게 정말로 작별을 고하기 위해, 또 한때 존재했으나 이제 다시는 돌아오지 못할 커다란 행복이 아픔을 남겨 놓기 위해 추억의 옷을 입고 마지막으로 웃으면서 그의 앞에 나타났다는 것을 그는 알지 못했다. 다만, 그 기억은 어제저녁 자신과 에마 사이에 일어난 일과는 그다지 어울리지 않는다는 것을 어렴풋이 느꼈다. 그의 내면에 행복했던 어린 시절과는 어울리지

14 프랑스 스당에서 1870년에 프로이센군이 프랑스군에 대승을 거둔 것을 기념하는 날.

않는 무언가가 생겨난 것 같았다. 황금빛 깃대가 다시 반짝거리고, 친구 아우구스트의 웃음소리가 들리고, 갓 구운 케이크 냄새가 나는 듯했다. 하지만 그토록 즐겁고 행복했던 일들이 이제는 까마득히 멀어지고 한없이 낯설어졌다. 한스는 절망에 휩싸여 크고 거칠거칠한 가문비나무에 기대 흐느껴 울었다. 그러자 비록 한순간이나마 위로받고 구원받은 느낌이 들었다.

정오 무렵에 한스는 아우구스트를 찾아갔다. 1급 수습공이 된 친구는 체구도 키도 부쩍 커져 있었다. 한스는 친구에게 자신의 문제를 털어놓았다.

아우구스트는 산전수전을 다 겪은 듯한 표정으로 말했다. 「꽤 힘든 일이야, 한스. 절대 만만히 봐서는 안 되는 일이라고. 게다가 너는 몸이 좀 허약하잖아. 수습공 첫해에는 쇠를 단련하기 위해 계속 그놈의 망치만 두들겨야 돼. 그런데 너도 알다시피 망치가 수프 떠먹는 숟가락은 아니잖아. 망치질 외에도 쇳덩어리도 나르고 저녁에는 청소도 해야 돼. 하다못해 줄질을 하는 데에도 힘이 필요해. 처음에 철공소가 어떻게 돌아가는지 좀 익히기 전까지는 수습공한테 낡은 줄밖에 주지 않아. 그런 줄은 원숭이 엉덩이처럼 매끈해서 줄질도 잘 할 수 없단 말이야.」

한스는 바로 기가 죽었다.

「그 정도로 일이 힘들어? 그럼 차라리 그냥 포기할까?」 한스가 소심하게 물었다.

「아니, 내 말은 그런 뜻이 아니야. 제발 김빠지는 소리 좀 하지 마. 우리 일터가 한가하게 춤이나 추며 노는 곳은 아니라는 걸 명심하란 뜻이야. 뭐 그래도 그것만 빼면 기계공은 아주 멋진 직업이야. 머리도 좋아야 하고. 안 그러면 무식하게 힘만 센 대장장이밖에 안 돼. 자, 이것 좀 봐봐!」

아우구스트가 번쩍거리는 쇠로 만든 작고 정교한 기계 부품을 몇 개 가져다 보여 주었다. 「맞아. 이건 0.5밀리미터의 오차도 허용되지 않아. 나사까지 전부 수작업으로 만든 거야. 내 말은, 그러니까 작업할 때 정신을 바짝 차려야 한다는 거야! 이 부품들은 좀 더 다듬어서 불에 단단하게 달궈야 완성되는 거야.」

「정말 대단하다. 하지만 내가 알고 싶은 것은…….」

아우구스트가 웃음을 터뜨렸다.

「벌써 겁먹은 거야? 맞아, 수습공은 정말 구박을 많이 받아. 그건 어쩔 수 없어. 그래도 내가 도와줄 테니까 걱정하지 마. 그러니까 다음 주 금요일부터 일을 시작한다는 거지? 잘됐다. 마침 그날이 내가 2년간의 수습을 끝내는 날이야. 토요일에 첫 번째 주급을 받으면 일요일에 축하 파티를 할 예정이야. 맥주랑 케이크도 있고, 사람들도 전부 부를 거야. 물론 너도 와야겠지. 그 자리에 오면 우리 일이 어떤 식으로 돌아가는지 좀 알 수 있을 거야. 그러니까 그날 꼭 와서 보도록 해! 우린 원래 좋은 친구였잖아.」

식사를 하면서 한스는 아버지에게 기계공이 되고 싶다고 말했다. 일은 일주일 후부터 시작해도 괜찮으냐고 물었다.

「괜찮다마다.」 아버지가 말했다. 그날 오후 아버지는 한스를 데리고 슐러의 작업장에 가서 수습공 신청을 했다.

날이 어둑어둑해지자 한스는 수습공 일은 까맣게 잊고 저녁에 자신을 기다리고 있을 에마 생각뿐이었다. 벌써부터 숨이 막히고 가슴이 답답했다. 시간이 때로는 너무 느리게 흐르고, 때로는 너무 빨리 흐르는 것 같아 종잡을 수 없었다. 마음이 조급해진 한스는 급류를 타고 내려가는 뱃사공처럼 준비를 서둘렀다. 저녁 식사에는 관심조차 없어 그는 우유만 한 잔 마시고 서둘러 집을 나섰다.

모든 게 어제와 똑같았다. 꾸벅꾸벅 졸고 있는 어두운 골목길, 불빛이 어슴푸레하게 새어 나오는 창문들, 희미한 가로등 불빛, 느긋하게 산책을 즐기는 연인들.

플라이크 아저씨네 집 정원 울타리에 이르자 불안감이 고조되었다. 어디서 부스럭거리는 소리만 들려도 한스는 소스라치게 놀라 걸음을 멈추고 도둑고양이처럼 어둠 속에서 귀를 기울였다. 도착하고 채 1분도 안 지났을 때 에마가 나타났다. 그녀는 두 손으로 한스의 머리를 쓰다듬으며 정원 문을 열었다. 한스는 조심스럽게 안으로 들어갔다. 에마는 덤불 사이로 난 길을 지나 뒷문을 통해 어두컴컴한 통로로 그를 이끌었다.

두 사람은 지하실로 통하는 계단 맨 위에 나란히 걸터앉았다. 주위가 어찌나 깜깜한지 한참 뒤에야 서로의 얼굴을 겨우 알아볼 수 있었다. 에마는 기분이 좋은지 쉴 새 없이 재잘거렸다. 그녀는 키스 경험도 많고 연애가 뭔지도 좀 아는 눈치였는데, 수줍음 많고 다정한 소년이 마음에 든 모양이었다. 에마는 갸름한 한스의 얼굴을 두 손으로 감싸고 이마와 눈과 뺨에 차례로 키스했다. 다음은 입술이었다. 그녀가 다시 빨아들일 것처럼 열렬하게 키스하자 한스는 현기증이 났다. 그래서 몸을 축 늘어뜨리고 맥없이 그녀에게 몸을 기댔다. 에마가 나직하게 웃으며 그의 귀를 잡아당겼다.

그녀의 재잘거림은 끝이 없었다. 한스는 계속 귀를 기울였지만 무슨 이야기를 듣고 있는지 알지 못했다. 에마는 그의 팔과 머리카락, 목과 손을 부드럽게 쓰다듬었다. 그런 다음 자신의 뺨을 그의 뺨에 대고, 머리를 그의 어깨에 기댔다. 한스는 아무 말 없이 에마가 하는 대로 내버려 두었다. 달콤한 전율과 깊고 행복한 두려움이 몰려왔다. 그는 고열에 시달리는 열병 환자처럼 잠깐씩 몸을 떨며 흠칫흠칫 놀랐다.

「무슨 애인이 이래! 너는 정말 아는 게 하나도 없구나.」 에마가 웃음을 터뜨렸다.

그녀가 한스의 손을 붙잡아 자신의 목덜미와 머리칼을 쓸어내렸다. 그런 다음 다시 그의 손을 자신의 가슴에 올려놓고 꾹 눌렀다. 손바닥에서 느껴지는 부드러운 곡선에 달콤하면서 낯선 감정이 물결처럼 밀려왔다. 한스는 눈을 감았다. 끝 모를 깊은 심연으로 빠져드는 느낌이었다.

「그만! 그만해!」 에마가 다시 키스하려 하자 한스는 그녀를 밀어냈다. 그녀가 깔깔거리며 웃었다.

그러더니 그의 몸을 바짝 끌어당겨 제 옆구리에 꽉 붙인 다음 한 팔로 감쌌다. 에마의 몸이 닿자 한스는 정신이 몽롱해져서 아무 말도 할 수 없었다.

「나 좋아하는 거 맞아?」 그녀가 물었다.

한스는 그렇다고 대답하려 했지만 입이 떨어지지 않아 겨우 고개만 끄덕일 수 있었다. 그는 한참 동안 계속 고개만 주억거렸다.

에마는 다시 그의 손을 잡고 장난치듯 자신의 조끼 밑으로 밀어 넣었다. 타인의 맥박과 뜨거운 숨결이 바로 옆에서 느껴지자 한스는 심장이 멎는 기분이었다. 숨쉬기가 너무 힘들어서 이러다 딱 죽을 것 같았다. 한스는 그녀의 손을 빼며 신음하듯 말했다. 「이제 집에 가야 해.」

자리에서 일어서는데 다리가 후들거리는 바람에 한스는 하마터면 지하실 계단에서 굴러떨어질 뻔했다.

「왜 그래?」 에마가 깜짝 놀라 물었다.

「모르겠어. 그냥 너무 피곤한 것 같아.」

한스는 에마가 몸을 바짝 붙인 채 그를 부축해 정원 울타리까지 데려다준 것도 깨닫지 못했고, 작별 인사를 한 뒤 뒤에서 문을 닫는 소리도 듣지 못했다. 골목길을 지나 집으로 돌아왔지만 어떻게 왔는지 알 수 없었다. 거대한 폭풍에 휩쓸린 것 같기도 했고, 결렬하게 요동치는 세찬 파도에 떠밀려 온 것 같기도 했다.

거리 양쪽에 있는 집들이 희끄무레하게 보였다. 저 멀리 높다란 산등성이와 전나무 우듬지, 어둠에 잠긴 밤, 쉬고 있는 커다란 별들도 보였다. 바람이 부는 게 느껴졌다. 강물이 다리 기둥을 스치며 흘러가는 소리도 들렸다. 정원과 희끄무레한 집들, 어둠에 잠긴 밤, 등불과 별들이 강물에 반사되고 있었다.

한스는 다리에 이르렀을 때 주저앉고 말았다. 너무 지쳐서 도저히 집까지 갈 수 없을 것 같았다. 다리 난간에 걸터앉아 강물 소리에 귀를 기울였다. 다리 기둥을 스친 강물이 쏴쏴 하며 둑에 부딪쳤다가 오르간 소리를 내며 물레방아를 돌렸다. 손이 찼다. 가슴과 목구멍에서 막혔던 피가 갑자기 파도치듯 한꺼번에 심장으로 몰려 머리가 어질어질했다.

집에 돌아와 제 방을 찾아 들어간 한스는 침대에 눕자마자 바로 잠이 들었다. 꿈을 꿨는데, 커다란 공간을 가로지르며 심연에서 심연으로 계속 추락했다. 극심한 고통에 시달리다 한밤중에 잠이 깼다. 그러고는 꿈인지 생시인지°모를 몽롱한 상태로 아침까지 그대로 침대에 누워 있었다. 애타는 그리움으로 가슴이 벅차올랐고 제어할 수 없는 힘이 불끈불끈 솟아올랐다. 급기야 새벽녘에 모든 고통과 압박감이 긴 울음으로 터져 나왔다. 한참을 흐느껴 울다가 한스는 눈물 젖은 베개 위에서 다시 잠이 들었다.

# 제7장




　기벤라트 씨는 거드름을 피우며 요란스레 압착기로 과즙을 짜고 있었고, 한스는 옆에서 아버지를 거들었다. 구둣방 주인의 아들 둘이 따라와 분주히 과일 나르는 일을 도왔다. 아이들 손에 주스를 맛보기 위한 작은 컵과 유별나게 큰 검은 빵이 들려 있었다. 하지만 에마는 보이지 않았다.

　아버지가 통 만드는 사람과 이야기를 나누기 위해 30분쯤 자리를 비우자 한스는 용기를 내서 아이들에게 에마에 대해 물어보았다.

「에마는 어디 있어? 오고 싶지 않다고 했어?」

　아이들은 먼저 입에 든 음식을 다 삼키느라 대답하기까지 시간이 좀 걸렸다.

「누나는 떠났어.」 아이들이 고개를 끄덕이며 말했다.

「떠났다고? 대체 어디로?」

「집으로 돌아갔어.」

「돌아갔다고? 기차 타고?」

　아이들은 열심히 고개를 주억거렸다.

「대체 언제?」

「오늘 아침에.」

아이들은 다시 사과를 집으려고 손을 뻗었다. 한스는 압착기를 돌리며 과일 주스 통을 응시했다. 서서히 무슨 상황인지 이해가 됐다.

아버지가 다시 돌아왔다. 모두 웃으면서 열심히 일했고, 아이들은 고맙다고 인사하고 떠났다. 저녁이 되자 모두 집으로 돌아갔다.

저녁을 먹은 다음 한스는 제 방에 혼자 앉아 있었다. 10시가 되고 11시가 되었지만 불을 켜지 않았다. 그런 다음 오랫동안 깊은 잠을 잤다.

다음 날 평소보다 늦게 일어났는데, 어쩐지 불행하다는 생각이 들었다. 뭔가를 잃어버린 느낌이었다. 다시 에마가 떠올랐다. 어떻게 인사도 없이, 작별의 말도 없이 떠날 수가 있단 말인가. 그가 마지막으로 찾아갔을 때 그녀는 이곳을 언제 떠날지 알고 있었을 게 아닌가. 그녀의 웃음소리와 키스, 능숙하게 그에게 몸을 맡기던 기억이 떠올랐다. 에마는 그를 전혀 진지하게 생각하지 않았던 게 분명했다.

분노가 치밀었다. 이제 막 눈떴는데 채워지지 않은 사랑의 힘에 분노까지 더해져 우울한 아픔이 되었다. 그런 기분으로는 도저히 집에 있을 수 없어 정원으로, 거리로, 숲으로 헤매고 다녔다.

한스는 너무 일찍 사랑의 비밀을 맛보았다. 달콤함은 잠깐이고 쓴맛만 남았다. 그는 몇 날 며칠을 부질없는 탄식과 애타는 회상, 암울한 생각에 빠져 있었다. 밤에는 심장이 두근거리고 가슴이 갑갑해 잠을 이루지 못했다. 어쩌다 잠이 들어도 끔찍한 악몽에 빠져들었다. 꿈속에서는 이상하게도 늘 피가 끓어올라 터무니없이 크고 무시무시한 괴물로 변했다. 누군가의 목을 졸라 죽이는 팔이 되었다가, 뜨거운 눈을 가진 상상 속 동물이 되었다가, 아찔하게 깊은 심연이 되었다가, 불꽃이 활활 타오르는 커다란 눈이 되었다. 그러다 문득 잠이 깨면 혼자였다. 외롭고 쓸쓸한 가을밤, 한스는 에마에 대한 그리움으로 아파하고 신음하며 눈물 젖은 베개에 얼굴을 파묻었다.

철공소에 가기로 한 금요일이 다가오자 아버지는 아마포로 만든 청색 작업복과 양모가 섞인 청색 모자를 사주었다. 한번 입어 보았는데, 작업복을 입은 모습이 꽤나 우스꽝스러웠다. 학교 앞을 지나갈 때는 기분이 비참했다. 교장과 수학 교사의 집, 플라이크 아저씨의 작업장, 목사 사택 앞을 지나갈 때도 마찬가지였다. 그가 죽도록 고생하며 쏟아부은 땀과 노력, 미래를 위해 포기했던 작은 기쁨들, 자부심과 공명심, 희망에 부풀었던 꿈들이 모두 허사가 된 것이다. 다른 아이들보다 늦게, 모든 사람들의 비웃음을 사면서 기껏 철공소에 막내 수습공으로 들어가려고 그 모든 것을 감내했단 말인가!

이 사실을 알면 하일너는 뭐라고 할까?

그래도 시간이 흐르자 한스는 조금씩 청색 작업복을 받아들이게 되었다. 그 옷을 처음 입게 될 금요일이 살짝 기다려

지기도 했다. 적어도 그날은 뭔가 새로운 경험을 할 수 있을 테니까!

하지만 그런 생각은 시커먼 먹구름 속에서 잠깐씩 번쩍거리는 번개에 불과했다. 한스는 떠난 소녀를 잊지 못했다. 그의 피는 며칠 동안 그녀와 나눈 짜릿한 자극을 잊지도, 극복하지도 못했다. 극복은커녕 더 많은 자극을 달라고, 이미 눈뜬 그리움을 해소시켜 달라고 다그치고 아우성쳤다. 그렇게 시간은 숨 막히고 고통스럽게 천천히 흘러갔다.

그해 가을은 그 어느 때보다 아름다웠다. 부드러운 햇살이 가득했고, 새벽은 은빛으로 반짝거렸다. 낮은 온갖 색깔로 환하게 웃음 지었고, 저녁은 맑고 깨끗했다. 멀리 보이는 산들은 푸른 벨벳처럼 그윽한 정취를 자아냈고, 밤나무는 황금빛으로 빛났으며, 담장과 울타리에는 새빨간 머루 잎사귀들이 늘어져 있었다.

한스는 끊임없이 자신으로부터 도망치려 했다. 낮에는 사람들의 눈길을 피해 시내와 들판을 헤매 다녔다. 혹시라도 그의 표정을 보고 실연의 아픔을 눈치채일까 두려웠기 때문이다. 하지만 저녁이 되면 골목길에 나가 하녀들의 모습을 바라보기도 하고, 양심의 가책을 느끼면서 몰래 연인들의 뒤를 따라가기도 했다. 그가 바라는 마법 같은 삶이 에마와 함께 가까이 다가왔다가 심술궂게 다시 사라져 버렸다. 그녀 곁에서 느낀 고통과 압박감은 생각나지도 않았다. 만약 지금 다시 에마를 만난다면 수줍어하지 않고 그녀의 모든 비밀을 알아낼 텐데. 그리고 코앞에서 닫혀 버린 문을 열고 마법에 걸린 사랑의 정원으로 힘차게 걸어 들어갈 텐데. 그의 상상력은 자극적이고 위험한 관능의 덤불숲에 빠져 절망적으로 허우적거렸다. 지독한 자학에 빠진 한스는 이 비좁은 마법의 원 바깥에 아름답고 넓은 공간이 밝고 환하게 펼쳐져 있다는 사실을 전혀 알려고 하지 않았다.

드디어 두려움과 설렘을 동시에 느끼면서 기다리던 금요일이 되었다. 한스는 아침 일찍 새로 산 청색 작업복에 청색 모자를 쓰고 집을 나섰다. 약간 불안한 마음으로 슐러의 집을 향해 게르버 거리를 따라 내려갔다. 아는 사람 몇 명이 호기심 어린 눈으로 그를 쳐다보았다. 심지어 한 사람은 이렇게 묻기까지 했다. 「이게 어떻게 된 일이야? 너, 설마 기계공이 된 거야?」

철공소에서는 벌써 작업이 한창이었다. 주인은 마침 쇠를 단련하는 중이었다. 그가 시뻘겋게 달구어진 쇳덩어리를 모루에 올려놓으면 숙련공이 무거운 망치로 내리쳤다. 주인은 망치나 집게를 자유자재로 다루면서 형태를 더 섬세하게 가다듬었다. 무거운 망치질 틈틈이 손에 딱 맞는 적당한 크기의 망치로 모루를 두드리며 박자를 맞췄다. 활짝 열린 문을 통해 경쾌한 망치 소리가 아침 공기 속으로 울려 퍼졌다.

기름과 쇳밥이 들러붙어 시커멓게 변한 기다란 작업대 앞에는 나이 든 숙련공과 아우구스트가 나란히 서 있었다. 두 사람은 각자 자신의 바이스에 매달려 분주하게 작업 중이었다. 천장에서는 선반(旋盤)과 숫돌, 풀무와 천공기를 움직이는 벨트가 윙윙거리며 빠른 속도로 돌아가고 있었다. 수력(水力)을 이용해 작업했기 때문이다. 한스가 철공소 안으로 들어서자 아우구스트는 고개를 끄덕여 인사했다. 그리고 눈짓으로 주인이 짬이 날 때까지 문가에서 기다리라는 신호를 보냈다.

한스는 겁먹은 눈길로 작업장 안을 둘러보았다. 대장간 화로와 멈춰 있는 선반들, 윙윙거리며 돌고 있는 가죽 벨트, 움직이는 도르래 등이 보였다. 마침내 주인이 쇠를 단련하는 작업을 끝내고 한스한테로 건너와 손을 내밀었다. 크고 단단하고 따뜻한 손이었다.

「네 모자는 저기다 걸도록 해.」 그가 벽에 박힌, 아무것도 걸려 있지 않은 못을 가리키며 말했다.

「자, 따라와. 여기가 네 자리고, 이게 네 바이스다.」

주인은 한스를 맨 뒤에 있는 바이스 앞으로 데려갔다. 먼저 바이스 사용법을 설명해 준 뒤 작업 공구와 작업대를 정리하는 방법도 알려 줬다.

「네 아버지 말이 네가 힘센 장사는 아니라고 하더니, 척 봐도 그건 알겠구나. 그러니 일단 힘을 좀 기를 때까지 당분간 쇠망치질은 안 해도 된다.」

주인은 작업대 밑으로 손을 뻗어 주철로 만든 작은 톱니바퀴를 하나 꺼냈다.

「자, 이걸로 시작해 보자꾸나. 이 톱니바퀴는 이제 막 주조한 거라서 보다시피 표면이 거칠고 울퉁불퉁해. 이걸 매끈해질 때까지 갈아 줘야 한다. 안 그러면 나중에 정밀한 공구들이 다 망가져 버리거든.」

그는 톱니바퀴를 바이스에 고정시킨 뒤 낡은 줄을 가져와 줄질하는 시범을 보여 주었다.

「이제 네가 해보도록 해라. 다른 줄을 쓰면 안 된다는 거 명심하고! 점심때까지는 이 일만으로도 충분할 거야. 끝나면 나한테 보여 주고. 작업할 때는 내가 지시한 것 말고는 절대 다른 데 신경 쓰면 안 된다. 수습공은 생각할 필요가 없어.」

한스는 줄로 톱니바퀴를 다듬기 시작했다.

그때 주인이 버럭 소리를 질렀다. 「멈춰! 그게 아니야. 왼손을 이렇게 줄 위에 올려놓아야 돼. 혹시 너 왼손잡이야?」

「아니요.」

「그럼 됐다. 그렇게 하면 될 거야.」

주인은 다시 자기 바이스로 돌아갔다. 문가에 있는 첫 번째 바이스였다. 한스는 정신을 집중해 본격적으로 줄질을 시작했다.

처음 몇 번 문질렀을 때에는 울퉁불퉁한 표면이 너무 부드럽고 쉽게 갈리는 바람에 오히려 놀랄 정도였다. 하지만 그건 맨 바깥쪽 표면이 푸슬푸슬 떨어져 나간 것일 뿐, 정작 매끄럽게 갈아야 할 안쪽 쇠는 몹시 단단했다. 한스는 마음을 다잡고 줄질을 계속했다. 어릴 적 장난삼아 뭔가를 만들어 본 이후로 직접 제 손으로 유용한 물건을 만드는 즐거움을 맛보는 것은 정말 오랜만이었다.

주인이 한스 쪽을 쳐다보며 크게 소리쳤다. 「속도를 좀 늦추도록 해! 줄질을 할 때는 박자를 맞춰야 한다. 하나, 둘, 하나, 둘, 이렇게. 위쪽을 꼭 누르고. 안 그러면 줄이 망가져.」

제일 나이 많은 숙련공은 선반에서 일하고 있었다. 호기심에 저도 모르게 눈길이 자꾸 그쪽을 향했다. 숙련공은 강철 굴대를 원반에 끼우고 벨트를 걸었다. 굴대가 윙윙거리는 소리와 함께 빠르게 돌기 시작하자 불꽃이 튀었다. 사이사이 숙련공은 머리카락처럼 가늘고 반짝거리는 쇳밥을 선반에서 털어 냈다.

작업장에는 각종 공구와 쇳덩어리, 강철, 놋쇠, 미완성 제품, 반짝반짝하는 작은 톱니바퀴, 끌, 드릴, 온갖 모양의 선반용 끌과 송곳 등이 여기저기 널려 있었다. 화로 옆쪽으로는 망치와 코킹 해머, 모루판, 집게, 납땜인두가 걸려 있었고, 벽에는 줄과 밀링 머신이 주르륵 걸려 있었다. 벽에 달린 선반 위에는 기름걸레와 작은 빗자루, 금강사(金剛砂) 줄, 쇠톱, 기름통, 각종 산(酸)이 들어 있는 병, 못 상자와 나사 상자 등이 놓여 있었다. 그리고 작업을 하는 과정에 수시로 숫돌을 사용했다.

한스는 손이 벌써 새카매진 것을 보고 만족했다. 자신의 깨끗한 새 청색 작업복도 얼른 낡아 보였으면 좋겠다는 생각이 들었다. 시커멓게 때가 묻고 군데군데 기운 동료들의 낡은 작업복에 비하면 그의 작업복은 한심할 정도로 우스워 보였다.

오전 시간이 지나자 손님이 하나둘씩 찾아오기 시작했다. 이웃에 있는 편물 공장 직공 몇 명이 작은 기계 부품을 매끈하게 갈거나 수리하기 위해 찾아왔다. 수리를 맡긴 탈수기를 찾으러 온 어떤 농부는 작업이 아직 덜 끝났다는 말에 심한 욕설을 퍼부었다. 세련돼 보이는 어느 공장의 사장도 찾아왔다. 주인은 그를 옆방으로 데리고 들어가 협상했다.

그러는 동안에도 작업은 계속됐다. 사람들과 톱니바퀴들과 벨트들이 마치 한 몸처럼 움직였다. 한스는 난생처음 노동의 찬가를 듣고 이해하게 되었다. 어쨌든 최소한 초보자의 마음을 사로잡았다. 도취된 것처럼 기분이 좋았다. 자신의 작은 존재와 삶이 어떤 커다란 리듬에 합류해 어우러진 것 같은 느낌이었다.

정각 9시에 15분간의 휴식이 주어졌다. 각자 빵 한 조각과 과일 주스 한 잔을 받았다. 아우구스트는 그제야 신참 수습공을 아는 체했다. 한스에게 잘해 보라며 격려의 말을 건넨 뒤 다시 이번 일요일의 계획에 대해 늘어놓기 시작했다. 그는 첫 번째 주급을 받으면 동료들과 한바탕 신나게 놀 작정이었다. 한스는 지금 자신이 다듬고 있는 톱니바퀴가 어디에 쓰이는 부품인지 물었다. 탑시계에 들어가는 부품이라고 했다. 아우구스트는 그 톱니바퀴가 나중에 어떻게 돌아가고 작동하는지 보여 주려 했으나 최고참 숙련공이 다시 줄질을 시작하자 모두 재빨리 제자리로 돌아갔다.

11시가 가까워지자 한스는 슬슬 지치기 시작했다. 무릎과 오른팔이 약간 아팠다. 무게중심을 옮겨 가며 발을 번갈아 디뎌도 보고 슬며시 기지개도 켜봤지만 아무 소용 없었다. 잠시 줄을 내려놓고 몸을 바이스에 기댔다. 그에게 신경 쓰는 사람은 아무도 없었다. 그렇게 기대선 채로 머리 위에서 윙윙거리며 돌아가는 벨트 소리를 듣고 있으니 정신이 몽롱해졌다. 1분 정도 눈을 감고 있었을 때 주인이 그의 뒤에 와서 섰다.

「아니, 왜 그래? 벌써 지친 거야?」

「네. 조금.」 한스가 솔직하게 인정했다.

숙련공들이 웃음을 터뜨렸다.

주인이 차분하게 말했다. 「그럴 수도 있어. 자, 이제 납땜하는 걸 보여 줄 테니 따라와라!」

납땜이 이루어지는 과정은 매우 신기했다. 먼저 인두를 뜨겁게 달구고, 땜질할 부분에 납땜 용액을 발랐다. 그런 다음 그 위에 뜨거운 인두에서 나오는 하얀 금속을 방울방울 떨어뜨리니 부드럽게 치지직 하는 소리가 났다. 주인이 말했다.

「헝겊으로 표면을 깨끗하게 닦아 내야 해. 납땜 용액은 금속을 부식시키기 때문에 표면에 남겨 두면 안 되거든.」

한스는 다시 자기 바이스로 돌아가 줄로 작은 톱니바퀴를 쓸었다. 팔이 아팠다. 줄을 누르고 있느라 빨갛게 된 왼손도 욱신거리기 시작했다.

정오에 최고참 숙련공이 줄을 내려놓고 손을 씻으러 갔다. 한스는 그동안 작업한 것을 주인에게 가져가 보여 주었다. 주인은 대충 훑어보았다.

「좋아. 그 정도면 됐다. 네 자리 밑에 있는 상자에 똑같은 톱니바퀴가 하나 더 있을 거야. 오후에는 그걸로 해보도록 해라.」

한스도 손을 씻고 작업장을 나왔다. 점심시간으로 한 시간이 주어졌다.

집으로 가고 있는데, 상점 점원이 된 라틴어 학교 동창생 두 명이 그를 따라가며 놀렸다.

「주(州) 시험을 통과한 기계공이잖아!」한 아이가 크게 소리쳤다.

한스는 걸음을 재촉했다. 철공소 일이 정말 만족스러운지 아닌지 알 수 없었다. 작업장은 마음에 들었다. 하지만 너무 피곤했다. 견딜 수 없을 만큼 피곤했다.

집 현관에 들어서자 이제 편히 앉아서 밥을 먹을 수 있겠다는 생각에 기분이 좋았다. 그때 문득 에마가 떠올랐다. 오전 내내 그녀를 까맣게 잊고 있었다. 한스는 조용히 제 방으로 올라가 침대에 풀썩 드러누웠다. 고통스러운 신음이 터져 나왔다. 한바탕 울고 싶었지만 눈물이 나오지 않았다. 애타는 그리움과 절망이 밀려왔다. 머리가 지끈거리고 아팠다. 흐느낌을 참고 있으니 목구멍이 따끔거렸다.

점심 식사 자리는 그야말로 고역이었다. 아버지의 말에 일일이 대답하고 설명해야 했다. 또 온갖 시시한 농담에도 반응해야 했다. 아버지는 기분이 몹시 좋은 듯했다. 식사가 끝나자마자 한스는 정원으로 달려 나갔다. 거기서 15분쯤 햇볕을 쬐며 시간을 보냈다. 몽롱한 꿈을 꾸고 있는 기분이었다. 하지만 어느새 다시 철공소로 돌아갈 시간이었다.

오전에 벌써 벌겋게 부었던 손이 심하게 욱신거리기 시작했다. 저녁이 되자 벌건 부분이 완전히 부풀어 올라 뭔가에 스치기만 해도 쓰리고 아팠다. 그런데도 작업이 끝난 뒤 아우구스트의 지시를 받으며 작업장을 깨끗이 치워야 했다.

토요일에는 상황이 더 악화됐다. 양손 모두 욱신거렸고, 부풀어 오른 살에 물집이 잡혔다. 주인은 기분 나쁜 일이라도 있는지 걸핏하면 입에서 욕이 튀어나왔다. 아우구스트가 물집은 며칠 지나면 괜찮아질 거라고, 그러고 나면 굳은살이 생겨 더 이상 아픔을 느끼지 않게 될 거라고 위로했다. 하지만 그런 말은 아무 도움도 안 됐다. 한스는 기분이 너무 비참해 온종일 시계만 흘끔거리며 줄로 톱니바퀴를 다듬었다.

일과가 끝나고 작업장을 청소할 때 아우구스트가 귓속말로 내일 동료 몇 명과 빌라흐에 가서 신나게 놀고 올 예정이라고 했다. 한스 너도 절대 빠지면 안 된다면서 2시까지 오라고 했다. 말로는 그러겠다고 했지만 사실 한스는 일요일에는 온종일 집에서 뒹굴며 쉬고 싶은 마음뿐이었다. 몸과 마음이 다 지치고 피곤했기 때문이다. 집에 돌아오니 늙은 하녀 아나가 손에 난 상처에 바르라며 연고를 주었다. 초저녁인 8시에 잠자리에 들었는데도 한스는 결국 늦잠을 자고 말았다. 그래서 아버지와 교회에 가기 위해 서둘러야 했다.

점심을 먹으면서 한스는 아버지한테 오늘 아우구스트와 교외에 놀러 가기로 했다고 말했다. 아버지는 별다른 말 없이 허락해 주며 용돈으로 50페니히나 주었다. 다만 저녁을 먹기 전에는 꼭 돌아와야 한다고 했다. 아름다운 햇살이 쏟아지는 거리를 느긋하게 걸으면서 한스는 몇 달 만에 처음으로 일요일의 기쁨을 맛보았다. 평일에 손이 시커멓게 되고 온몸이 부서져라 일을 하고 난 뒤에 보는 일요일의 거리는 훨씬 더 근사했다. 태양은 더 밝게 빛나고, 주위의 모든 것은 더 화려하고 아름답게 보였다. 한스는 이제야 정육점 주인과 무두장이와 빵집 주인과 대장장이가 마치 왕이라도 되는 듯 밝고 환한 표정으로 집 앞 양지바른 벤치에 앉아 있는 이유를 알 것 같았다. 한스는 이제 그들을 비참한 속물이라고 경멸하지 않았다. 노동자들과 숙련공들과 수습공들이 줄지어 산책을 하거나 술집으로 들어가고 있었다. 모자를 비스듬히 쓰고 셔츠에는 하얀 옷깃을 달고 깨끗하게 손질한 외출복을 입고 있었다. 늘 그런 것은 아니지만 직공들은 대부분 끼리끼리 어울렸다. 목수는 목수끼리, 미장이는 미장이끼리 어울리고 단합해 나름대로 자신들 직업의 명예를 지켜 나갔다. 그중에서도 주물공(鑄物工), 특히 기계공들의 조합이 가장 고상한 편이었다. 모든 조합에는 나름의 편안한 요소들이 있었다. 물론 고지식하고 우스꽝스러운 요소가 없지는 않았다. 하지만 그 뒤에는 수공업의 아름다움에 대한 자부심이 숨어 있었기에, 오늘날에도 여전히 기쁘고 유용하게 받아들여지고 있었다. 가장 초라한 양복점 수습생조차 수공업에 대한 자긍심을 은근히 자랑할 정도이니 무슨 말이 더 필요하겠는가.

슐러의 집 앞에 젊은 기계공들이 차분하고 도도한 표정으로 서 있었다. 그들은 간간이 지나가는 사람들에게 고개를 끄덕여 인사도 하면서 자기들까지 이야기를 나누었다. 서로를 신뢰하는 동료 의식으로 똘똘 뭉쳐 있는 집단이라, 즐기

러 나온 일요일 모임에서조차 모르는 사람은 끼워 주지 않
았다.

한스도 그것을 느끼고, 자신이 그 무리에 속하게 된 것을
기뻐했다. 하지만 내심 오늘 어떤 계획이 마련되어 있을지
몰라 약간 겁이 나기도 했다. 기계공들은 즐길 때만큼은 끝
장을 보는 것으로 알려져 있었기 때문이다. 그는 춤을 출 줄
모르는데 혹시 춤추러 가면 어떡하나 걱정이 됐다. 하지만
최대한 뒤로 빼지 않고 남자답게 행동하기로 마음먹었다.
필요하다면 술에 취하는 것도 감수할 생각이었다. 한스는
아직 취할 때까지 술을 마셔 본 적은 없었다. 담배는 가까스
로 시가 한 대를 끝까지 피우는 정도였다. 그 정도면 아마 창
피는 면할 수 있을 것이다.

아우구스트는 한스를 아주 반갑게 맞았다. 나이 든 숙련
공은 오지 않았지만 대신 다른 철공소에서 일하는 동료가
한 명 와서 일행은 전부 넷이라고 말했다. 이 정도 인원이면
동네 전체를 충분히 뒤집어 놓을 수 있다고 큰소리치면서 오
늘 술값은 전부 자기가 낼 테니 맥주를 마음껏 마시라고 했
다. 그는 한스에게 시가를 권했다. 네 사람은 느긋한 걸음으
로 으스대며 시내를 통과했다. 하지만 보리수 광장에 이르
자 걸음을 재촉했다. 빌라흐에 제시간에 도착하려면 서둘러
야 했다.

강물이 푸른색과 황금색과 흰색으로 반짝거렸다. 잎이 거
의 떨어진 길가의 단풍나무와 아카시아나무 사이로 따스한
10월의 햇살이 쏟아져 내렸다. 높은 하늘은 구름 한 점 없이

맑았다. 고요하고 맑고 쾌적한 가을날이었다. 온화한 공기 속에서 지난여름의 아름다웠던 일들이 즐거운 추억이 되어 환하게 미소 짓고 있었다. 이런 날, 아이들은 계절을 잊고 꽃을 찾아다녔다. 이런 날, 노인들은 창가나 집 앞 벤치에 앉아 하늘을 올려다보며 생각에 잠겼다. 올해만이 아니라 지금까지 살아오면서 겪었던 온갖 행복했던 추억들이 맑고 파란 하늘에 둥둥 떠다니고 있었기 때문이다. 하지만 이런 날, 젊은이들은 그저 기분이 좋아 아름다운 날을 찬양했다. 그리고 각자의 능력과 성향에 따라 술을 마시며 고기를 먹거나 노래를 부르며 춤을 추었다. 거나한 술 파티를 열거나 대판 싸움을 벌이기도 했다. 도처에서 신선한 과일 케이크를 굽고, 지하실에서는 신선한 사과 주스나 포도주가 발효되고, 술집 앞이나 보리수 광장에서 바이올린이나 하모니카가 올해의 마지막 아름다운 날들을 찬미하면서 젊은이들에게 춤추고 노래하고 사랑하라고 부추겼기 때문이다.

젊은이들은 걸음을 재촉했다. 한스는 어색함을 티 내지 않으려 애쓰며 시가를 피웠는데, 제법 맛이 좋아서 스스로도 놀랐다. 한 숙련공이 지금까지 곳곳을 편력하면서 겪은 경험담을 늘어놓았다. 허세 가득한 이야기였지만 못마땅하게 생각하는 사람은 아무도 없었다. 사실 이 바닥에서는 아무리 겸손한 사람이라도 제 밥벌이를 할 정도가 되고, 또 진위를 확인해 줄 목격자가 없다는 것이 확실하면, 으레 그동안 편력하면서 겪은 자신의 경험담을 전설이나 되는 듯 근사하고 멋진 말로 포장해 말하는 것이 일종의 전통이었기 때문이다. 직공의 삶이라는 멋진 시는 서민들에게 일종의 공유재산이나 마찬가지였다. 그 하나하나의 이야기들이 모여서 전해져 온 옛 모험담을 새로운 아라베스크 무늬로 다시 직조하였기 때문이다. 그리고 아무리 뜨내기 직공의 이야기라도 일단 시작했다 하면 그 유명한 오일렌슈피겔[15]이나 슈트라우빙 사람[16]의 이야기는 저리 가라 할 정도였다.

「내가 프랑크푸르트에 머물던 시절에 있었던 일인데 말이야. 젠장, 거긴 정말 대단했어! 이건 아직 아무한테도 해본 적 없는 이야기야. 어떤 돈 많은 상인이 우리 주인의 딸한테 반해서 결혼하자고 쫓아다녔어. 원숭이처럼 생긴 놈이 말이야. 하지만 사실 그때 그 여자는 나를 좋아하고 있어서 그 남자한테는 눈길 한 번 안 주고 뺑 차버렸지. 우린 넉 달 동안 만났어. 만일 내가 그 늙은 영감하고 싸우지만 않았으면 지금쯤은 그곳에 눌러앉아 주인의 데릴사위가 되었을 텐데.」

숙련공은 야비하기 짝이 없는 주인이 저를 얼마나 괴롭혔는지 계속 떠들어 댔다. 딸까지 팔아먹으려던 그 형편없는 인간이 한번은 그를 때리려고 손을 뻗었는데, 그가 아무 말 없이 대장간 망치를 휘두르며 노려봤더니 머리가 깨질까 겁

15 독일 민담에서 14세기경 실재했다고 전해지는 농부의 아들. 사람들을 웃기거나 곤경에 빠뜨리는 일에 능해서, 장난과 농담을 통해 주로 농촌 사람들을 무시하던 도시인과 귀족, 성직자 등을 골탕 먹였다고 한다. 15세기 이후 그를 주인공으로 한 작자 미상의 이야기책들이 출간되었다.
16 바이에른 뮌헨의 영주였던 알브레히트 3세를 가리킨다. 젊은 시절 잠시 슈트라우빙에 머물 때 평민인 아그네스 베르나우어와 사랑에 빠져 결혼했다. 하지만 아버지 에른스트 공이 신분 차이가 나는 결혼을 인정하지 않고 아그네스를 도나우강에 익사시키자 아버지에 맞서 싸웠다.

이 났는지 슬그머니 도망쳤다고 했다. 그래 놓고 나중에 서면으로 그를 해고했다는 것이다. 숙련공은 오펜부르크에서 벌인 큰 패싸움 이야기도 해주었다. 그를 포함해 주물공 세명이 공장 노동자 일곱 명과 맞장을 떴는데, 전부 흠씬 두들겨 패서 반쯤 죽여 놓았다고 했다. 오펜부르크에 가서 쇼르슈를 찾아 물어보면 알 거라고 했다. 당시 그 자리에서 같이 싸운 친구인데, 아직 그 동네에 살고 있다고 했다.

말투는 차갑고 거칠었지만 숙련공은 흡족한 표정으로 열을 내며 이야기했다. 내심 나중에 어딘가에서 이 이야기를 써먹어야겠다고 생각하면서 모두 기분 좋게 귀를 기울였다. 철공소 수습공이라면 무릇 한번쯤은 주인 딸과 연애도 하고, 나쁜 주인한테는 망치를 들고 대들어 보기도 하고, 일곱 명의 공장 노동자들을 흠씬 두들겨 팰 때도 있기 때문이다. 이야기의 무대는 바뀌었다. 바덴이 될 때도 있고, 헤센이나 스위스가 될 때도 있었다. 또 망치 대신 줄이나 시뻘겋게 달군 쇳덩어리를 들 수도 있고, 공장 노동자 대신 빵집이나 양복집 점원과 붙을 수도 있었다. 하지만 기본 뼈대는 늘 똑같았다. 그런데도 사람들은 언제나 진부한 그 이야기를 즐겨 들었다. 오래된 훌륭한 이야기일 뿐만 아니라 수많은 수공업자들의 명예를 드높여 주었기 때문이다. 그렇다고 해서 편력하는 숙련공들 가운데 실제로 많은 일을 경험했거나 새로운 이야기를 꾸며 내는 데 천재적인 재능을 가진 인물이 전혀 없었던 것은 아니다. 기본적으로 이 두 부류는 성격이 같다고 할 수 있으며 오늘날 편력하는 숙련공들 가운데 실제로 그런 인물은 존재한다.

이야기를 제일 재미있게 듣는 사람은 아우구스트였다. 그는 계속 크게 웃으며 맞장구를 쳤다. 그리고 벌써 반쯤 숙련공이 된 것처럼 잔뜩 허세를 부리며 황금빛으로 반짝거리는 허공을 향해 담배 연기를 훅 내뿜었다. 숙련공의 이야기는 계속 이어졌다. 비록 자신이 지금 너희 수습공들과 어울리고는 있지만 이것은 어디까지나 자신이 겸손한 사람이기 때문이라는 것을 주지시키고 싶었기 때문이다. 실제로 숙련공은 수습공들과 어울리지 않았다. 더욱이 수습공이 사는 술을 얻어 마시는 것은 창피한 일이었다.

국도를 따라 강 하류 쪽으로 한참을 걸었을 때 갈림길이 나왔다. 커브를 그리며 완만하게 산으로 이어지는 차도를 따라갈 것인지, 가파르지만 거리가 절반밖에 안 되는 지름길인 오솔길을 따라갈 것인지 선택해야 했다. 그들은 거리도 멀고 먼지도 폴폴 날리는 차도를 따라가기로 했다. 오솔길은 평일에 산책하는 신사들이나 걷는 길이었다. 서민들은 아직 시적인 정취가 남아 있는 국도를 사랑한다. 일요일이라면 더더욱 그렇다. 가파른 오솔길을 걸어 올라가는 건 농부나 도시에서 온 자연 애호가가 할 일이다. 그것은 노동이고 운동이기에 결코 서민에게 즐거움을 주지 못한다. 반면 국도에서는 편안하게 걸으면서 수다를 떨 수 있고, 장화와 일요일 외출복이 상할까 봐 걱정할 필요도 없다. 마차와 말도 구경할 수 있고, 느긋하게 걸어가는 다른 사람들을 만나거나 따라잡을 수도 있다. 또 한껏 멋을 부린 아가씨들과 노래를 흥얼거리는 젊은 남자들도 만날 수도 있다. 누군가 뒤에서 큰 소리로 농담을 건네면 웃으면서 농담을 되받아치거나 걸음을 멈추고 같이 이야기를 나눌 수도 있다. 결혼 안 한 총각이라면 아가씨들 뒤를 쫓아가면서 웃음으로 수작을 걸 수도 있다. 친했던 동료와 사소한 일로 말다툼을 했다면 저녁때 행동으로 제 마음을 보이고 화해할 수도 있다.

그래서 그들은 국도를 택했다. 국도는 시간 여유가 많고 땀 흘리는 것을 싫어하는 사람처럼 크게 커브를 그리며 평탄하고 완만하게 산 위로 뻗어 있었다. 숙련공은 웃옷을 벗어 지팡이에 묶어 어깨에 둘러맸다. 그리고 이야기하는 대신 휘파람을 불기 시작했다. 당당하고 활기찬 휘파람 소리는 한 시간 뒤 빌라흐에 도착할 때까지 내내 이어졌다. 한스는 몇 마디 빈정거리는 소리를 들었지만 크게 거슬리진 않았다. 게다가 그때마다 당사자인 한스보다 아우구스트가 더 적극적으로 나서서 막아 주었다. 마침내 그들은 빌라흐에 도착했다.

가을빛이 무르익은 과일나무들 사이로 마을이 보였다. 빨간 기와지붕과 은회색 초가지붕들이 늘어서 있었고 뒤쪽으로는 나무가 우거진 시커먼 숲이 보였다.

어느 술집으로 들어갈지를 놓고 일행들 간에 의견이 갈렸다. 〈닻〉은 맥주 맛이 제일 좋고, 〈백조〉에는 맛있는 케이크가 있고, 〈모퉁이 집〉에는 예쁜 딸이 있다고 했다. 결국 아우구스트가 눈을 껌뻑이며 설득에 나서 〈닻〉에 가기로 결정했다. 술 몇 잔 마시는 동안 〈모퉁이 집〉이 어디로 사라지지는

않을 테니 나중에 그리로 옮길 수 있다는 말에 다들 좋다고
했다. 그들은 마을로 들어선 뒤 제라늄 화분이 놓인 야트막
한 농가의 창문과 축사를 지나 〈닻〉을 향해 걸어갔다. 두 그
루의 어린 밤나무 너머에서 〈닻〉의 금빛 간판이 햇빛에 반짝
거렸다. 어서 오라고 유혹하는 듯했다. 숙련공은 술집 안에
서 마시고 싶어 했지만 안타깝게도 안에는 빈자리가 하나도
없어 정원에 자리를 잡았다.

〈닻〉은 손님들 사이에 고상한 술집으로 유명했다. 농부들
이 주로 드나드는 옛날식 술집이 아니라 정육면체 모양의 현
대식 벽돌 건물이었다. 창문이 많고 벤치 대신 1인용 의자가
놓여 있었으며, 각양각색의 양철 광고판이 엄청나게 많이 걸
려 있었다. 여종업원들은 도시 풍 옷차림을 하고 있었다. 주
인도 셔츠 바람이 아니라 늘 최신 유행의 완벽한 갈색 정장
을 차려입고 있었다. 그는 원래 술집을 하다 망했었는데, 커
다란 양조장을 운영하는 채권자에게 이 집을 빌려 장사를
시작한 이후 오히려 예전보다 형편이 더 좋아졌다고 했다.
정원에는 아카시아나무가 한 그루 서 있었고, 정원을 둘러싸
고 있는 커다란 철조망 울타리에는 머루 넝쿨이 절반 정도
뒤덮여 있었다.

「모두의 건강을 위하여, 건배!」 숙련공이 크게 외친 뒤 세
사람과 전부 잔을 부딪쳤다. 그런 다음 실력을 과시하듯 단
숨에 잔을 비웠다.

「이봐요, 예쁜 아가씨. 여기 잔이 비었네. 빨리 한 잔 더 갖
다줘요!」 숙련공이 테이블 너머로 팔을 쭉 뻗어 술잔을 내밀

며 큰 소리로 여종업원을 불렀다.

맥주 맛은 기가 막히게 좋았다. 시원한 데다가 많이 쓰지도 않았다. 한스는 즐거운 마음으로 잔을 비웠다. 아우구스트는 맥주 전문가라도 되는 양 한 모금 삼킨 뒤 혀로 입맛을 다셨다. 그리고 시가를 피우면서 끊임없이 연기를 내뿜었다. 그 모습을 보며 한스는 내심 감탄했다.

이렇게 인생을 즐길 줄 아는 사람들과 어울려 술집에 앉아 일요일을 보내는 것도 그리 나쁘지 않았다. 자기 역시 그래도 되고 그럴 자격도 있는 사람인 것처럼 느껴졌기 때문이다. 같이 웃고 이따금 용기를 내서 농담을 던지는 것도 기분 좋았다. 잔을 비운 뒤 테이블에 탁 소리 나게 힘껏 내려놓으면서 거리낌 없이 〈아가씨, 여기 한 잔 더!〉라고 소리치는 것도 정말 멋지고 남자답게 느껴졌다. 다른 테이블에 앉은 지인과 건배를 하고, 왼손에 다 피운 시가 꽁초를 든 채 다른 사람들처럼 모자를 목 뒤로 젖히는 것도 즐거웠다.

슬슬 술기운이 오르자 다른 철공소에서 온 숙련공도 흥이 나서 이야기하기 시작했다. 그가 아는 울름의 어떤 주물공은 주량이 맥주 스무 잔이나 된다고 했다. 그는 맛 좋은 울름 맥주를 스무 잔이나 마신 뒤 입을 쓱 닦더니 〈자, 이제 좋은 포도주를 한 병 가져와요!〉라고 했다는 것이다. 칸슈타트에 사는 어느 화부(火夫)의 이야기도 꺼냈다. 그는 연달아 소시지 열두 개를 먹을 수 있는 사람인데, 그걸로 내기에서 이긴 적도 있었다. 그런 사람이 두 번째 내기에서는 졌다. 어느 작은 술집에서 메뉴판에 있는 음식을 몽땅 먹을 수 있다고 큰소리쳤는데, 마지막에 네 종류의 치즈가 더 나온 것이다. 화부는 세 번째 치즈를 먹다가 접시를 옆으로 휙 밀치면서 이렇게 소리쳤다. 「이걸 한 입 더 먹느니 차라리 죽는 게 낫겠어.」

그 이야기도 박수를 많이 받았다. 더불어 세상 도처에 끝없이 먹고 마시는 사람들이 있다는 사실이 증명되었다. 그런 영웅들과 그들이 이룬 업적에 관한 이야기를 누구나 하나쯤은 알고 있었기 때문이다. 영웅은 어떤 이야기에서는 〈슈투트가르트의 남자〉가 되고, 또 어떤 이야기에서는 〈루트비히스부르크의 용기병(龍騎兵)〉이 되었다. 영웅은 어떤 이야기에서는 감자 열일곱 개를 먹었고, 다른 이야기에서는 샐러드와 함께 팬케이크를 열한 개나 먹었다. 그들은 그런 이야기를 사실인 양 진지하게 했다. 그리고 이 세상에는 온갖 훌륭한 재능을 가진 특이한 사람들이 많고, 그중에는 진짜 기인들도 있다는 사실을 유쾌하게 받아들였다. 이런 유쾌함과 진지함이야말로 술집을 즐겨 찾는 사람들한테서 공통적으로 엿볼 수 있는 훌륭한 기질이 아닐 수 없다. 젊은이들은 음주와 정치 활동, 흡연, 결혼, 죽음을 배우는 것처럼 어른들의 그런 모습도 모방하는 법이다.

맥주를 석 잔째 마실 때 누군가 이 집에 케이크는 없느냐고 소리쳤다. 여종업원이 와서 케이크는 없다고 하자 모두 불같이 화를 냈다. 아우구스트가 자리에서 벌떡 일어나더니 케이크가 없으니 다른 집으로 가야겠다고 했다. 다른 철공소의 숙련공도 형편없는 술집이라며 욕을 했다. 하지만 프랑크푸르트 출신 숙련공 혼자 그냥 있자고 했다. 어느새 여종업원과 친해져 벌써 그 여자의 몸을 몇 번 진하게 주무를 기회를 가졌기 때문이다. 한스는 그냥 쳐다보기만 했는데도 술기운 때문인지 야릇한 흥분을 느꼈다. 그래서 여기서 나가게 된 게 차라리 다행이다 싶었다.

일행은 술값을 치르고 밖으로 나왔다. 맥주 석 잔에 한스는 취기가 오르는 것을 느꼈다. 한편으로는 몹시 피곤한데 다른 한편으로는 뭔가 해보고 싶은 충동이 일면서 기분이 좋아졌다. 마치 눈앞에 얇은 베일이 드리워진 것처럼 모든 것이 아득하게 멀고 비현실적으로 보였다. 꿈을 꾸고 있는 것 같았다. 자꾸 웃음이 나왔다. 조금 용기를 내서 모자를 삐딱하게 썼더니 진짜 건달이라도 된 느낌이었다. 프랑크푸르트 출신 숙련공이 다시 힘차게 휘파람을 불었다. 한스는 최대한 휘파람 소리에 박자를 맞춰 걸으려고 애썼다.

〈모퉁이 집〉은 아주 조용했다. 손님이라고는 둘러앉아 올해 생산된 포도주를 마시는 농부 서너 명이 다였다. 생맥주는 없고 병맥주뿐이었다. 그들 앞에 곧바로 맥주병이 하나씩 놓였다. 다른 철공소의 숙련공이 자기가 내겠다며 호기롭게 커다란 사과 케이크를 하나 시켰다. 한스는 갑자기 허기가 몰려와 연달아 케이크를 몇 조각 집어 먹었다. 허름한 술집의 갈색 벽에 붙어 있는 넓고 딱딱한 벤치에 앉아 있으니 정신이 몽롱하고 마음이 편했다. 어둑어둑한 실내 한쪽에 손님 테이블에 내어 갈 음식을 올려놓는 고풍스러운 탁자와 커다란 난로가 어렴풋이 보였다. 나무 창살이 달린 커다란 새장

233

속에서 박새 두 마리가 날개를 파닥거리고 있었다. 빨간 열매가 잔뜩 달린 마가목 나뭇가지 하나가 창살에 끼워져 있었는데, 보아 하니 새 먹이인 듯했다.

술집 주인이 잠시 테이블에 와서 손님들에게 반갑게 인사하고 갔고, 잠시 후 끊어졌던 대화가 다시 활발하게 이어졌다. 한스는 독한 병맥주를 몇 모금 마신 뒤, 자기가 과연 이한 병을 다 마실 수 있을까 궁금해졌다.

프랑크푸르트 출신 숙련공이 다시 이야기보따리를 풀어놓았다. 라인 지방의 포도주 축제, 수습공 생활을 하며 편력하던 이야기, 싸구려 여인숙 체험담 등을 들으면서 모두 즐거워했다. 한스도 이야기를 듣는 동안 계속 낄낄거리며 웃었다.

그러다 문득 뭔가 이상하다는 생각이 들었다. 실내와 테이블, 맥주병, 유리잔, 그리고 동료들이 순간적으로 윤곽이 흐려지면서 하나로 어우러져 부드러운 갈색 구름으로 뭉뚱그려졌다가, 다음 순간 정신을 차리면 다시 제 모습을 찾았다. 한스는 이따금 말소리와 웃음소리가 커지면 크게 따라웃기도 하고 이야기도 했지만 자기가 무슨 말을 했는지는 금세 잊어버렸다. 누군가 건배를 제안하면 같이 잔을 부딪쳤다. 한 시간 뒤, 놀랍게도 그의 술병이 비어 있었다.

「술 좀 마실 줄 아네! 한 병 더 할래?」 아우구스투스가 물었다.

한스는 웃으면서 고개를 끄덕였다. 평소 이렇게 술을 많이 마시는 것은 위험한 짓이라고 생각했다. 프랑크푸르트 출신 숙련공이 노래를 부르기 시작하자 모두 따라 불렀다. 한스도 목청껏 노래를 불렀다.

그러는 사이에 술집 안에는 손님들이 꽉 찼다. 분주한 여종업원들을 돕기 위해 주인의 딸이 나왔다. 키가 크고 늘씬한 데다가 표정이 밝고 활달한 아가씨였다. 눈은 차분한 갈색이었다.

그녀가 새 술병을 한스 앞에 내려놓았을 때 옆에 앉아 있던 숙련공이 한껏 점잖게 화려한 찬사의 말을 늘어놓았다. 하지만 그녀는 싹 무시했다. 오히려 숙련공에게 전혀 관심이 없다는 것을 보여 주려고 그랬는지, 아니면 아직 소년의 곱상함이 남아 있는 얼굴이 마음에 들었는지 한스 쪽으로 몸을 돌려 그의 머리카락을 재빨리 쓰다듬고는 서빙용 음식을 올려놓은 탁자로 돌아갔다.

벌써 맥주를 세 병째 마시는 숙련공은 그녀를 쫓아가 어떻게든 말을 붙여 보려고 애썼으나 실패했다. 키 큰 아가씨는 무심한 표정으로 그의 얼굴을 쓱 쳐다본 뒤 아무 대답도 하지 않고 바로 뒤로 돌아섰다. 다시 테이블로 돌아온 숙련공은 빈 술병으로 테이블을 두드리다 갑자기 흥분해 목소리를 높였다. 「자, 애들아, 신나게 한번 놀아 보자. 건배!」

그러더니 여자에 관한 음탕한 이야기를 하기 시작했다.

목소리들이 마구 뒤섞여 한스의 귀에는 하나도 제대로 들리지 않았다. 두 번째 병을 거의 비웠을 때 한스는 말은커녕 웃는 것조차 힘들었다. 새장으로 가서 박새한테 장난을 좀 쳐볼까 싶어 자리에서 일어났다. 하지만 두 걸음도 못 가서 머리가 어질어질해 하마터면 고꾸라질 뻔했다. 결국 한스는 조심스레 제자리로 돌아왔다.

그때부터 한껏 들떴던 기분이 조금씩 가라앉기 시작했다. 술에 많이 취했다는 것을 깨달았다. 이제 술 마시는 것이 그다지 즐겁지 않았다. 온갖 언짢은 일들이 그를 기다리고 있었기 때문이다. 집에는 어떻게 돌아갈 것이며, 아버지한테는 또 뭐라고 변명할 것인가. 내일 새벽 철공소에 출근할 일까지 생각하니 머리가 지끈지끈 아프기 시작했다.

다른 사람들도 거나하게 취했다. 아우구스트는 아직 정신이 또렷할 때 술값을 계산했는데, 1탈러를 냈는데도 거스름돈이 거의 없었다. 그들은 웃고 떠들면서 거리로 나왔다. 밝은 석양빛에 눈이 부셨다. 한스는 제대로 몸을 가누지도 못할 정도라 아우구스트한테 기대 비틀거리며 걸었다.

다른 철공소 숙련공은 감상에 젖어 눈물까지 글썽거리며 〈내일이면 나는 이곳을 떠나야 한다네〉라는 노래를 불렀다.

원래 계획은 곧장 집으로 돌아가는 것이었다. 하지만 〈백조〉 앞을 지나갈 때 숙련공이 그곳에 들어가자고 고집을 부렸다. 술집 문 앞에서 한스는 동료들의 손을 뿌리쳤다.

「나는 집에 가야 돼요.」

「혼자서는 제대로 걷지도 못하는 주제에.」 숙련공이 비웃었다.

「걸을 수 있어요. 나는…… 집에…… 가야…… 돼요.」

「어이, 꼬맹이, 그럼 딱 화주(火酒) 한 잔만 더 마시고 가! 그럼 다리에 힘도 생기고 배 속도 편해질 거야. 정말이야. 두고 보면 알 거야.」

어느새 한스의 손에는 작은 잔이 쥐여져 있었다. 술잔이
흔들려 거의 다 흘리고 남은 술을 꿀꺽 삼켰다. 목구멍에 불
이 붙은 기분이었다. 속이 메스꺼워 토할 것 같았다. 한스는
혼자 비틀거리며 옥외 계단을 내려왔다. 그리고 어떻게 왔는
지도 모르게 마을 밖으로 나왔다. 집과 울타리와 정원이 비
스듬히 기울어진 상태로 어지럽게 빙빙 돌면서 그를 스쳐 지
나갔다.

그는 사과나무 아래 축축한 풀밭에 드러누웠다. 마음속에
서 온갖 불쾌한 감정들과 근심 걱정, 정리되지 못한 생각들
이 소용돌이치는 바람에 잠도 오지 않았다. 왠지 더럽혀지고
모욕당한 기분이었다. 집에는 어떻게 돌아가지? 아버지한테
는 뭐라고 말하지? 내일 나는 어떻게 될까? 비참하고 절망
스럽고 수치스러웠다. 이대로 영원히 잠들어 쉬고 싶은 마음
뿐이었다. 머리가 깨질 듯이 아프고 눈도 따끔거렸다. 기운
이 없어서 도저히 몸을 일으켜 걸을 수가 없었다.

문득 뒤늦게 밀려오는 물결처럼, 아까 느꼈던 유쾌함의 여
운이 되살아났다. 한스는 얼굴을 찌푸리며 노래를 흥얼거
렸다.


오, 사랑하는 아우구스틴,
아우구스틴, 아우구스틴,
오, 사랑하는 아우구스틴,
모든 것이 사라져 버렸네.

노래를 끝냈을 때 가슴 깊은 곳에서 찌르르한 아픔이 고개를 들었다. 어렴풋한 상념들과 기억들, 수치심과 자책감이 파도처럼 밀려왔다. 한스는 크게 신음을 토하며 풀밭에 엎드려 흐느꼈다.

한 시간 뒤, 이미 날이 어두워지고 나서야 그는 몸을 일으켰다. 그리고 비틀거리며 터덜터덜 산을 내려갔다.

저녁 식사 시간이 되었는데도 아들이 돌아오지 않자 기벤라트 씨는 몹시 화가 났다. 9시가 되자 그는 오랫동안 쓰지 않았던 단단한 등나무 회초리를 꺼냈다. 이 녀석이 이제 아버지의 매가 무섭지 않을 만큼 컸다고 생각하는 건가. 어디 집에 들어오기만 해봐라. 혼쭐을 내줄 테니까!

10시가 되자 그는 대문을 잠갔다. 우리 아드님께서 밤늦게까지 놀 작정이시라면 집 말고 어디 묵을 곳도 마련해 놓으셨겠지.

하지만 그는 잠을 이룰 수 없었다. 갈수록 화가 치밀었지만 아들이 현관문 손잡이를 돌려 보고 조심스레 초인종 끈을 잡아당기기를 이제나저제나 기다렸다. 그는 그 장면을 머릿속으로 그리며 단단히 벼르고 있었다. 할 일 없이 밖으로 싸돌아다니는 놈은 따끔한 맛을 봐야 해! 아직 어린놈이 술을 진탕 마신 모양이로군. 하지만 곧 정신이 번쩍 들게 될 거야. 뻔뻔한 놈, 음흉한 놈, 빌어먹을 놈 같으니라고! 어디 들어오기만 해봐라, 뼈가 으스러지게 두들겨 패줄 테니까.

하지만 아버지의 분노는 쏟아지는 잠에 지고 말았다.

같은 시각, 아버지가 그토록 벼르고 있던 아들 한스는 이미 싸늘한 시체가 되어 어두운 강물을 따라 천천히 계곡 아래로 떠내려가고 있었다. 구토도 수치심도 슬픔도 이미 그를 떠났다. 차고 푸르스름한 가을밤이 희끄무레하게 떠내려가는 그의 여윈 몸을 내려다보고 있었다. 시커먼 강물이 그의 손과 머리카락, 창백한 입술을 장난치듯 어루만졌다. 날이 밝기도 전에 사냥을 하러 나온 겁 많은 수달이 교활한 눈빛을 번득이며 소리 없이 그의 곁을 스쳐 지나갔을 뿐, 아무도 그를 보지 못했다. 한스가 강물에 빠지게 된 경위를 아는 사람은 아무도 없었다. 길을 잃고 헤매다가 급경사의 비탈길에서 미끄러졌을 수도 있고, 물을 마시려다가 발을 삐끗하는 바람에 균형을 잃었을 수도 있다. 어쩌면 아름다운 강물에 홀려 몸을 굽혔다가 평화와 안식이 가득한 밤과 어스름한 달빛이 자신을 내려다보자 피로와 불안감에 떠밀려 죽음의 그림자 속으로 조용히 빠졌을 수도 있다.

한스는 다음 날 한낮이 되어서야 사람들한테 발견되어 집으로 돌아왔다. 소스라치게 놀란 아버지는 회초리를 치우고 쌓였던 분노도 내려놓았다. 그는 눈물도 보이지 않았고 별다른 감정도 드러내지 않았다. 하지만 그날 밤, 그는 다시 잠을 이루지 못하고 이따금 문틈으로 조용히 누워 있는 아들을 바라보았다. 한스는 여전히 반듯한 이마와 영리해 보이는 창백한 얼굴로 깨끗한 침대에 누워 있었다. 나는 다른 사람들과는 달라요, 나는 뭔가 특별한 운명을 타고났어요, 하고 말하는 듯했다. 이마와 손에 푸르스름하고 붉게 긁힌 자국이 흐릿하게 남아 있었다. 아름다운 얼굴은 곱게 잠들어 있었다. 하얀 눈꺼풀이 두 눈을 덮고 있었고, 살짝 벌어진 입은 흐뭇하고 즐거워 보였다. 그는 한창 아름답게 꽃필 시기에 느닷없이 툭 꺾이는 바람에 즐거운 인생길에서 이탈한 꽃봉오리처럼 보였다. 한스의 아버지는 피로와 외로운 슬픔에 젖은 나머지 이런 행복한 착각에 빠졌다.

장례식에는 수많은 사람들이 참석했다. 동료들도 있었지만 호기심에 몰려온 구경꾼들도 많았다. 한스 기벤라트는 다시 유명 인사가 되어 사람들의 주목을 받았다. 교사들과 교장과 목사가 한스가 떠나는 길에 동참했다. 하나같이 프록코트에 실크해트를 쓴 정중한 옷차림으로 장례 행렬을 따라갔다. 그리고 무덤가에 잠시 멈춰 서서 속삭이며 이야기를 나눴다. 라틴어 교사가 특히 우울해 보였다. 교장이 나직한 목소리로 그에게 말했다. 「맞아요, 선생님. 이 아이는 정말 훌륭한 인물이 될 수 있는 인재였어요. 가장 우수한 아이들한테 종종 이런 불행한 사건이 일어나는 건 정말 슬픈 일이에요. 그렇지 않나요?」

플라이크 씨는 아버지와 계속 오열하는 늙은 하녀 아나와 함께 무덤 앞에 남았다.

「정말 안타까운 일입니다, 기벤라트 씨. 저도 한스를 무척 좋아했어요.」 플라이크 씨가 연민에 찬 시선으로 말했다.

기벤라트 씨가 한숨을 내쉬었다. 「도무지 이해할 수가 없어요. 그렇게 재능이 뛰어난 아이였는데. 학교며 시험이며 모든 일이 순조롭게 풀려 가고 있었어요……. 그런데 이렇게 갑자기 불행이 연달아 닥칠 줄 누가 알았겠어요!」

구둣방 주인은 교회 묘지를 빠져나가고 있는 프록코트 입은 신사들을 가리켰다.

「저 사람들이에요. 한스를 이렇게 만드는 데 일조한 사람들이 바로 저 사람들이라고요.」 그가 나직하게 말했다.

「뭐라고요? 세상에, 도대체 왜 그렇게 생각하는 거죠?」 기벤라트 씨가 펄쩍 뛰며 말도 안 된다는 표정으로 구둣방 주인을 쳐다보았다.

「흥분하지 마세요, 기벤라트 씨! 그냥 학교 선생님들이 그렇다는 말이니까.」

「어째서요? 대체 선생님들이 왜?」

「아, 더 이상 말하고 싶지 않습니다. 아버님과 저, 우리도 그 아이한테 못해 준 게 많을 거예요. 그렇게 생각하지 않으세요?」

마을 위로 청명한 푸른 하늘이 펼쳐져 있었고, 골짜기에는 강물이 반짝이며 흐르고 있었다. 전나무가 우거진 푸른 산들이 그리움을 안고 멀리까지 아스라이 뻗어 있었다. 플라이크 씨는 서글픈 미소를 지으며 기벤라트 씨의 팔을 붙잡았다. 시간의 정적과 고통스러운 수많은 생각에 사로잡혀 있던 한스의 아버지는 그제야 상념을 떨치고 당혹스러운 표정으로 익숙한 삶의 터전을 향해 천천히 발걸음을 내디뎠다.

# 청소년기의 보편적 자화상

1906년에 출간된 『수레바퀴 아래서』는 그 자체로 헤세의 자서전 가운데 일부라 해도 무방할 정도로 그의 청소년 시절의 체험을 고스란히 담고 있다. 헤세의 약력 중 『수레바퀴 아래서』와 관련된 부분을 간단히 요약하면 다음과 같다. 독일 남부 뷔르템베르크주의 소도시 칼프의 유서 깊은 신학자 가문에서 태어난 헤세는 목사의 길을 걷기 위해 열세 살 되던 해에 라틴어 학교에 입학하였으며, 이듬해 어렵기로 유명한 주(州) 시험을 우수한 성적으로 통과하여 마울브론 신학교에 들어갔다. 하지만 자신의 미래로 시인을 꿈꾸게 되면서, 즉 〈시인 이외에는 아무것도 되고 싶지 않았기〉 때문에 규율과 인습에 얽매인 신학교 생활을 이겨 내지 못하고 도망쳐 나왔다. 이후 자살 기도, 정신 요양원 입원 등의 우여곡절을 거쳐 김나지움에 입학하였으나 적응하지 못하고 결국 1893년 학업을 중단하였다. 그리고 2년간 시계 부품 공장의 수습생 생활을 거쳐 튀빙겐에서 서점 점원으로 일하게 된 20대부터 글을 쓰기 시작했다.

『수레바퀴 아래서』는 1898년 첫 시집 『낭만의 노래』를 발표하고 『페터 카멘친트』의 성공 이후 본격적인 작가 생활로 접어든 헤세가 발표한 두 번째 장편소설이다. 헤세 자신의 청소년기 경험을 바탕으로 한 자전적인 성장 소설이지만 그 바탕에는 19세기 말 엄격한 규율과 통제를 수단으로 이루어지던 독일 교육에 대한 비판 의식이 확고히 자리하고 있다. 19세기 말에서 20세기 초에 걸쳐 독일에서는 청소년의 자살이 심각한 사회 문제로 대두되었고, 그 해결책으로 학생들의 개성과 다양성을 무시한 획일적 교육 체계와 제도를 바꿔야 한다는 목소리가 높아졌다. 이에 호응하여 문학 분야에서도 그것을 소재로 한 작품들이 많이 탄생했는데, 『수레바퀴 아래서』는 로베르트 무질의 『사관생도 퇴를리스의 혼란』(1906)과 함께 대표적인 작품이라 할 수 있다. 군사 학교와 신학교를 배경으로 한 이 작품들은 엄격한 교육 과정과 규율만 강조하는 학교생활, 편협한 사고에 갇혀 학생들의 자율성과 선택권을 인정하지 않는 교사들, 제대로 된 의사소통 없이 오로지 자신들의 기대에 부응해 주기만을 강요하는 권위적인 부모나 기성세대가 이제 막 세상의 비밀을 깨우치고 자신의 정체성을 확립해 나가야 할 청소년에게 얼마나 치명적인 해악을 초래할 수 있는지를 잘 보여 준다.

『수레바퀴 아래서』의 주인공 한스 기벤라트는 헤세 자신의 분신이라고도 말할 수 있는데, 그의 삶은 때 이른 죽음을 향해 치닫고 있다. 수려한 용모에 탁월한 재능까지 겸비한, 그래서 찬란한 미래가 보장되었던 한스의 삶이 왜 무너질 수

244

밖에 없었는지, 먼저 그의 삶의 여정을 따라가 보자. 한스는 아버지를 비롯해 학교 교사들과 마을 사람들의 기대를 한 몸에 받으면서 성장한다. 원래 한스는 자연을 사랑하고 즐길 줄 아는 감수성이 풍부한 아이이다. 비록 어머니를 일찍 여의었지만 취미로 집 정원에서 토끼도 기르고 시간이 날 때면 낚시와 수영을 즐기며 행복한 어린 시절을 보낸다. 하지만 행복한 시절은 오래 가지 못한다. 재능이 탁월한 아이한테는 이미 정해진 길이 있었기 때문이다. 주 시험을 통과해 신학교에 들어가 수학한 뒤 튀빙겐 신학 대학에 진학해 교사나 목사가 되는 길 말이다. 그러기 위해서는 많은 것을 포기해야 한다. 공부에 방해가 된다며 친구들과의 우정도 평범한 일상생활의 즐거움도 멀리한 채 오로지 공부에만 매진해야 하는 것이다. 한스는 그 모든 것을 자신의 운명으로 순순히 받아들인다. 주변 사람들의 기대에 부응하는 데서 오는 만족감과 한스 자신의 야망과 성취욕, 공명심 등이 어우러진 결과이다. 간간이 그런 삶이 무슨 의미가 있을까 불안과 두려움을 느끼지만 크게 개의치 않는다. 한스는 자신이 진정으로 원하는 것이 무엇인지 고민하지 않는다. 아니, 아예 그것을 고민해 볼 기회조차 갖지 못한다. 그의 인생 목표는 본인이 선택하기도 전에 이미 결정돼 있다. 심지어 그가 갖고 있는 야망조차 주입식으로 주어진 것일 뿐, 스스로 깨우친 것이 아니다. 그렇지만 한스는 아무런 문제의식을 느끼지 못한다. 결국 그는 2등이라는 우수한 성적으로 입학시험을 통과하여 신학교 기숙사에 들어가게 된다.

하지만 신학교 생활은 한스가 기대했던 것과 달리 그리 순탄하지 않다. 처음에 한스는 치열한 입시 경쟁을 뚫고 들어온 동급생들과의 경쟁에서 앞서 나가야 한다는 강박감 속에서 오로지 공부에만 몰두한다. 공부에 대한 스트레스는 한스에게 만성적인 두통과 피로감을 안겨 주고, 원활하지 못한 교우 관계는 그를 외롭게 만든다. 그때 그에게 다가온 헤르만 하일너라는 친구는 한스의 정신세계를 밑바닥부터 완전히 뒤흔들어 버린다. 시를 사랑하는 자유로운 영혼이자 몽상가인 하일너는 여러 가지 면에서 한스와는 대척점에 서 있는 인물이다. 한스가 체제 순응적인 모범생이라면 하일너는 교사들의 권위와 기존 질서에 적극적으로 저항하며 혁명을 꿈꾸는 낭만적 인물이다. 한스는 하일너를 통해 세상을 다른 눈으로 보는 법을 배우고 자신의 정체성을 고민하기 시작한다. 하일너가 좋아하는 셰익스피어와 실러에게서 현실의 세계와는 다른 세계, 그가 꿈꾸어 온 높고 깊은 세계를 본다. 그리고 그런 세계를 경험하면서 인간의 자유 의지를 박탈하고 주입식 교육과 가혹한 규율만이 지배하는 학교생활이 얼마나 무의미한지를 자각하며 공부에 흥미를 잃어버린다. 공부에 흥미를 잃자 갈수록 성적은 떨어지고 스트레스로 인해 한스의 몸과 영혼은 서서히 무너져 간다. 이제 한스와 하일너 두 사람의 우정은 학교의 골칫거리가 된다. 모범생 한스는 이미 오래전에 사라졌다. 두 사람은 친구들한테 따돌림을 당하고 교사들한테서도 무시를 당하지만, 그럴수록 둘의 유대감은 더욱 깊어진다. 하지만 획일적인 학교

시스템을 견디지 못한 하일너가 결국 학교에서 탈출을 시도하다 퇴학 처분을 받자 아슬아슬하게 버티던 한스의 학교생활 역시 파국 국면에 접어든다. 하일너의 퇴학 이후 학교에서 완전히 고립되고 성적마저 바닥으로 떨어진 한스가 신경쇠약 증상을 보이자 학교는 요양을 핑계로 한스를 집으로 돌려보낸다. 실질적인 퇴학 처분인 셈이다.

결국 한스는 다시 고향으로 돌아가지만 낙오하고 돌아온 한스를 반기는 사람은 아무도 없다. 아버지는 위로는커녕 아들에 대한 실망과 분노를 노골적으로 표출하고, 마을 사람들은 낙오자를 철저히 외면함으로써 한스를 더욱 주눅 들게 만든다. 최후의 도피처로 한때 자살도 생각해 보지만, 고향의 자연에서 약간의 위로를 받고 갑작스럽게 찾아온 사랑도 경험하면서 한스는 현실과 타협해 어떻게든 삶에 대한 의욕을 다시 일깨우려 애쓴다. 하지만 자연은 이미 예전의 자연이 아니고 사랑은 실망만 남기고 금세 그의 곁을 떠나 버린다. 결국 한스의 시도는 힘겨운 노동의 일과 속에서, 그리고 실연의 아픔 속에서 좌절하고 만다. 그렇게 무의미한 나날들이 계속되던 어느 날 한스는 친구들과 어울려 술을 마신 후 강물에 빠져 죽는 것으로 이야기는 끝난다. 자살인지 사고사인지 분간할 수 없는 죽음으로 생을 마감한 것이다. 어떻게든 자신의 힘으로 구원을 찾아 나서 보지만 출구를 찾지 못한 한스에게 사실 죽음은 어느 정도 필연적인 것으로 보인다.

자연을 사랑하고 총명한 소년인 한스가 인생의 꽃을 피우기도 전, 이렇게 일찍 죽음으로 치닫게 된 이유는 뭘까? 그에 대한 답으로 다음 몇 가지를 거론할 수 있다. 첫 번째는 그를 둘러싸고 있는 주변 사람들의 몰이해와 억압적인 사회 분위기이다. 이 작품에 등장하는 한스의 주변 사람들은 악인은 아니지만 대체로 고루하고 편협하며 속물적이다. 대표적인 인물이 바로 아버지이다. 그는 아들이 진정으로 원하는 것이 무엇인지, 아들이 왜 힘들어하는지 알지 못한다. 아니, 알려고도 하지 않는다. 그가 원하는 것은 오로지 자신의 체면과 가문의 명예를 드높여 줄 아들의 성공뿐이다. 한마디로 공감 능력이 없는 것이다. 신학교의 교장이나 교사들 역시 마찬가지이다. 그들은 한스가 자신들이 만들어 놓은 모범생의 틀에 맞게 행동할 때에만 그를 인정한다. 하지만 한스가 주입된 정체성을 버리고 새로운 자아를 찾으려 하자 그들은 제대로 된 의사소통 한 번 없이 그를 무시하고 권위로 내리누른다. 마을 사람들은 또 어떠한가. 한스를 열심히 응원했던 사람들이 그가 신학교에서 낙오자가 되어 돌아오자 위로는커녕 외면하고 비웃는다. 그럴 때 낙오자에게 누군가 한 사람이라도 손을 내밀어 주었더라면 한스가 새롭게 삶의 의지를 가꾸어 나갔을 가능성도 없다고 할 수 없다. 하지만 한스의 주변에는 그런 인물이 없었고, 그것은 그를 한없는 고독에 빠뜨렸다.

두 번째 이유로는 한스 본인의 성격과 기질을 거론할 수 있다. 한스는 외부에서 주어진 삶의 목표를 그대로 받아들인다. 한마디로 한스는 너무 나약하고 순응적인 존재이다.

앞에서 간략히 살펴보았다시피 한스의 삶은 스스로의 선택과 자신의 힘에 의해 앞으로 나아간 것이 아니라 타인들이 이끄는 대로 끌려다닌 삶이었다. 즉 타인이 돌리는 수레바퀴에서 떨어지지 않기 위해 애쓰다가 결국은 그 수레바퀴 아래에 깔려 버린 것이다. 그런 의미에서 수도원 교장의 다음 말은 자못 의미심장하다. 〈……그런데 제발 지치지는 말게. 안 그러면 수레바퀴 아래 깔리게 될 테니까.〉 스스로 방향을 설정하고 속도를 조절하지 못하면 결국 수레바퀴에 깔릴 수밖에 없다. 수레바퀴에서 떨어지지 않으려면 자신이 직접 수레바퀴를 이끌고 나가야 한다. 하루하루의 삶을 스스로 주인이 되어 살아가야 한다는 뜻이다. 개인은 그 누구도 대신해 줄 수 없고, 그 무엇도 대체해 줄 수 없는 한 번뿐인 삶을 살아가기 때문에, 스스로 제 삶의 주인이 될 때 비로소 그의 삶이 온전해질 수 있다. 인간은 외부에 의해 만들어지는 존재가 아니라 스스로 창조하며 만들어 가는 존재이기 때문이다.

결과적으로 한스는 삶에 변변한 저항 한 번 못 해보고 현실의 벽에 가로막혀 무너져 내렸다. 그것은 본인이 선택하고 스스로의 힘으로 지켜 낸 삶이 아니었기 때문이다. 물론 헤세가 생각하는 바람직한 삶이 반드시 현실에서의 적극적인 행동이나 저항을 포함해야 하는 것은 아니다. 자신의 정체성을 확인하고, 그 정체성을 지켜 가면서 내적으로 충실한 삶을 살아가는 것만으로도 충분히 바람직한 삶이라 할 수 있다. 삶의 의미는 남에게 과시하는 데 있는 것이 아니라 스스로 행복해지는 데 있기 때문이다.

한스가 헤세의 분신이라 하여, 헤세가 반드시 한스가 선택한 삶에 동의한 것으로 이해할 필요는 없다. 오히려 순수한 영혼의 비극적 종말에 대한 진한 아쉬움이 더 크게 느껴진다. 왜냐하면 헤세의 내면에는 한스뿐만 아니라 하일너도 함께 들어 있기 때문이다. 우울증에 시달리고 반항적이며 창의적인 추진력을 가진 하일너 역시 헤세의 또 다른 분신이다. 한스 기벤라트와 헤르만 하일너는 헤세라는 한 인격체 속에 숨 쉬는 두 존재이다. 숨 막히는 신학교에서 탈출한 하일너는 비록 세속적 성공을 거두지는 못하지만 자신의 길을 찾아낸다. 그리고 하일너와 마찬가지로 헤세 역시 문학에서 구원을 발견한다. 자전적 내용을 많이 다루는 헤세에게 문학은 일종의 자기 치유의 과정이다. 따라서 한스의 죽음은 헤세가 과거의 상처를 극복하고 새로운 단계로 나아가기 위해 반드시 거쳐야 할 과정이었을 것이다. 한스 기벤라트라는 자신의 분신이 겪은 방황과 우울을 찬찬히 기록하면서 과거의 상처와 아픔에서 벗어난 것이다. 어쩌면 이 소설을 쓰고 헤세는 마음이 조금 가벼워졌을지도 모르겠다.

한스의 죽음은 깊은 안타까움과 애달픔을 자아낸다. 하지만 그의 죽음은 우리에게 자신의 삶을 한 번 되돌아볼 수 있는 기회를 제공한다. 과연 어떤 삶이 헤세가 원하는 바람직한 삶의 방식일까? 아마도 그것은 자연과 함께하는 삶일 것이다. 작품 속에서도 그려져 있듯이 헤세는 우리에게 계절과 함께 찾아오는 모든 아름다운 것들을 즐기라고 말한다. 지금 여기 현존하는 모든 사소한 것들이 주는 기쁨을 누리라고. 그럼 행복할 것이라고.

그런데 아이러니하게도 1906년 독일에서 출간된 이 소설
이 21세기를 살아가는 현재 우리나라에서 여전히 사랑받고
있는 이유는, 소설 속 주인공 한스가 겪는 일이 우리 청소년
들이 직면하고 있는 현실과 너무나 닮아 있기 때문일 것이
다. 한스는 좋아하는 취미 생활도 포기하고 건강도 해쳐 가
면서 오로지 성적 위주의 치열한 입시 경쟁에만 몰두하는 우
리나라 청소년들의 자화상인 것이다. 안타까운 일이 아닐
수 없다. 이 시점에서 다시 한번 헤세가 독자에게 전하고 싶
었던 메시지가 무얼까 생각해 본다. 과거의 추억도, 미래에
대한 기대와 희망도 중요하지만 제일 중요한 것은 지금 이
순간 내가 누릴 수 있는 행복과 기쁨을 놓치지 말라는 것이
아닐까. 그리고 자신의 삶은 스스로 책임져야 한다는 것이
아닐까. 그러기 위해서는 자신의 내면을 들여다보며 하루하
루를 충실히 살아야 할 것이다.

끝으로, 이 책의 번역 원본으로는 독일 주어캄프 출판사에
서 출간한 헤세 전집 중 한 권인 Hermann Hesse, *Sämtliche
Werke 2: Peter Camenzind, Unterm Rad, Gertrud*(Berlin:
Suhrkamp, 2001)를 사용했음을 밝힌다. 현재로서는 가장 권
위 있는 판본 중의 하나다.

강명순

# 헤르만 헤세 연보

**1877년** 출생 7월 2일 독일 뷔르템베르크 왕국의 칼프에서 선교사인 아버지 요하네스 헤세Johannes Hesse와 어머니 마리 군데르트Marie Gundert 사이에서 출생. 아버지 요하네스 헤세가 에스토니아 출신이었던 까닭에 출생 시 러시아 국적 취득.

**1881년** 4세 온 가족이 스위스 바젤로 이주.

**1882년** 5세 스위스 국적 취득.

**1886년** 9세 온 가족이 다시 고향 칼프로 귀향하고, 헤세는 칼프 라틴어 학교의 2학년에 편입.

**1887년** 10세 동화 『두 형제*Die beiden Brüder*』 창작. 이 동화는 훗날 1951년 취리히에서 출간됨.

**1890년** 13세 괴핑겐의 라틴어 학교로 전학. 스위스 국적을 포기하고 뷔르템베르크 국적 취득.

**1891년** 14세 마울브론 신학교에 입학.

**1892년** 15세 3월 〈오로지 시인이 되고 싶었던〉 까닭에 마울브론 신학교에서 도주했다가 하루 만에 붙잡힘. 6월 자살 기도에 이어, 8월까지 슈투트가르트 근교의 슈테텐에서 정신과 치료를 받음. 12월부터 칸슈타트 김나지움에 다님.

**1893년** 16세  칸슈타트 김나지움을 1년 만에 중퇴. 네카어 강변 에슬 링겐의 한 서점에서 수습 사원으로 일을 시작하지만 사흘 만에 그만둠.

**1894년** 17세  칼프의 시계 공장 페로트에서 14개월 동안 수습공으로 일함. 시계 공장의 단조로운 일을 하는 동안, 다시 문학에 심취하고 싶 다는 소망이 움틈.

**1895년** 18세  튀빙겐의 헤켄하우어 서점에서 다시 수습 사원 일을 시 작하여 1899년까지 계속함.

**1898년** 21세  첫 시집 『낭만의 노래 *Romantische Lieder*』 출간.

**1899년** 22세  산문집 『자정이 지난 뒤의 한 시간 *Eine Stunde hinter Mitternacht*』 출간. 9월부터 바젤의 라이히 서점에서 일하기 시작해 1901년 1월까지 근무.

**1900년** 23세  시와 산문 모음 『헤르만 라우셔의 유고와 시 *Hinterlassene Schriften und Gedichte von Hermann Lauscher*』 출간(처음에는 가명 으로 출간하지만, 1902년 헤르만 헤세가 작가로 밝혀짐). 스위스의 일 간지 『알게마이네 슈바이처 차이퉁 *Allgemeine Schweizer Zeitung*』에 글을 기고하기 시작.

**1901년** 24세  3~5월에 첫 번째 이탈리아 여행. 8월에 바젤의 고서점 바텐빌에 취업.

**1902년** 25세  『시집 *Gedichte*』 출간. 이 시집을 어머니에게 헌정했으나, 출간 직전에 어머니 사망.

**1903년** 26세  아홉 살 연상의 사진사 마리아 베르누이 Maria Bernoulli 와 함께 두 번째 이탈리아 여행.

**1904년** 27세  소설 『페터 카멘친트 *Peter Camenzind*』를 출간해 크게 성공을 거둠. 전기 『보카치오 *Boccaccio*』와 『아시시의 프란체스코 *Franz von Assisi*』 출간. 마리아 베르누이와 결혼해 보덴 호숫가의 한적한 마 을 가이엔호펜으로 이사. 전업 작가로서의 삶을 시작.

**1905년** 28세   첫 아들 브루노Bruno 출생. 오스트리아의 바우어른펠트 문학상 수상.

**1906년** 29세   소설 『수레바퀴 아래서*Unterm Rad*』 출간.

**1907년** 30세   단편집 『이편에서*Diesseits*』 출간. 알베르트 랑겐Albert Langen, 루트비히 토마Ludwig Thoma 등과 함께 좌파 자유주의 경향의 잡지 『3월*März*』 창간, 1912년까지 공동 발행인으로 활동.

**1908년** 31세   단편집 『이웃들*Nachbarn*』 출간.

**1909년** 32세   둘째 아들 하이너Heiner 출생.

**1910년** 33세   소설 『게르트루트*Gertrud*』 출간.

**1911년** 34세   시집 『방랑의 길*Unterwegs*』 출간. 셋째 아들 마르틴Martin 출생. 9~12월에 친구인 화가 한스 슈투르체네거Hans Sturzenegger와 함께 인도 여행. 이 여행은 헤세의 문학 세계에 많은 영향을 미침.

**1912년** 35세   단편집 『에움길*Umwege*』 출간. 작고한 친구 알베르트 벨티Albert Welti가 살았던 스위스 베른의 집으로 가족과 함께 이사.

**1913년** 36세   『인도에서. 인도 여행기*Aus Indien. Aufzeichnungen von einer indischen Reise*』 출간.

**1914년** 37세   소설 『로스할데*Roßhalde*』 출간. 제1차 세계 대전이 발발하자 자원입대하지만 고도 근시 때문에 복무 부적격 판정을 받음. 베른의 전쟁 포로 후원 센터에 근무하며, 외국 수용소에 수감된 독일 포로들을 위한 잡지와 책자를 1919년까지 간행. 이와 동시에 독일 국수주의자들의 논쟁에 휘말리지 말라는 경고의 글을 신문에 발표해, 격렬한 비판과 증오의 표적이 되고 매국노라는 비난을 받음.

**1915년** 38세   소설 『크눌프. 크눌프 인생의 세 이야기*Knulp. Drei Geschichten aus dem Leben Knulps*』, 단편집 『길에서*Am Weg*』, 시집 『고독한 자의 음악*Musik des Einsamen*』 출간.

**1916년** 39세  단편집 『청춘은 아름다워라*Schön ist die Jugend*』 출간. 아버지의 사망, 셋째 아들 마르틴의 뇌막염 발병, 부인 마리아 베르누이의 조현병 발병 등 극심한 정신적 위기에 직면해 헤세 역시 신경 쇠약에 시달리게 됨. 스위스 루체른 근교에서 카를 구스타브 융의 제자이자 친구였던 요제프 베른하르트 랑Josef Bernhard Lang에게 정신 분석 치료를 받음.

**1917년** 40세  소설 『데미안*Demian*』 3주 만에 탈고.

**1919년** 42세  정치 평론 『차라투스트라의 귀환. 어느 독일인이 독일 젊은이들에게 보내는 한마디*Zarathustras Wiederkehr. Ein Wort an die deutsche Jugend von einem Deutschen*』를 익명으로 출간(이듬해에 베를린에서 실명으로 출간). 에밀 싱클레어라는 가명으로 『데미안』 출간. 신인으로 오해되어 이 작품으로 폰타네 신인 문학상 수상. 『동화집 *Märchen*』 출간. 리하르트 볼테레크Richard Woltereck와 함께 문학잡지 『비보스 보코*Vivos voco*』 창간. 부인 마리아 베르누이와 별거. 혼자서 스위스 테신으로 이사. 처음으로 그림을 그리기 시작.

**1920년** 43세  시화집 『화가의 시*Gedichte des Malers*』, 표현주의 단편집 『클링조어의 마지막 여름*Klingsors letzter Sommer*』, 도스토옙스키에 대한 에세이 『혼돈을 들여다보기*Blick ins Chaos*』, 수필집 『방랑*Wanderung*』 출간. 다다이즘의 창시자인 후고 발Hugo Ball과 교유. 『데미안』이 자신의 작품임을 인정하고 폰타네 신인 문학상 반납.

**1921년** 44세  『시 선집*Ausgewählte Gedichte*』 출간. 카를 구스타프 융에게 정신 분석 치료를 받음.

**1922년** 45세  소설 『싯다르타*Siddhartha*』 출간.

**1923년** 46세  산문집 『싱클레어의 수첩*Sinclairs Notizbuch*』 출간. 마리아 베르누이와 이혼.

**1924년** 47세  스위스 국적 재취득. 스위스 작가 리자 벵거Lisa Wenger의 딸인 스무 살 연하의 루트 벵거Ruth Wenger와 재혼.

**1925년** 48세  자전적 소설『요양객*Kurgast*』출간.

**1926년** 49세  『그림책*Bilderbuch*』출간. 프로이센 예술원 회원으로 선출됨.

**1927년** 50세  자전적 소설『뉘른베르크 여행*Die Nürnberger Reise*』, 소설『황야의 이리*Der Steppenwolf*』출간. 루트 벵거와 이혼.

**1928년** 51세  『관찰*Betrachtungen*』,『위기. 일기 한 편*Krisis-Ein Stück Tagebuch*』출간. 빈 실러 재단의 메이스트리크상 수상.

**1929년** 52세  시집『밤의 위로*Trost der Nacht*』, 세계 여러 민족들의 문학에 대해 설명하는 개론서『세계문학 도서관*Eine Bibliothek der Weltliteratur*』출간.

**1930년** 53세  소설『나르치스와 골트문트*Narziß und Goldmund*』출간. 프로이센 예술원 탈퇴.

**1931년** 54세  미술가 니논 돌빈Ninon Dolbin과 세 번째 결혼. 스위스 몬타놀라의 새집으로 이사. 단편집『내면으로의 길*Weg nach innen*』출간.

**1932년** 55세  소설『동방 순례*Die Morgenlandfahrt*』출간. 소설『유리알 유희*Das Glasperlenspiel*』집필 시작.

**1933년** 56세  단편집『작은 세계*Kleine Welt*』출간.

**1934년** 57세  시 선집『생명의 나무*Vom Baum des Lebens*』출간. 스위스 작가 연합 회원이 됨.

**1935년** 58세  단편집『환상적인 이야기들*Fabulierbuch*』출간. 동생 한스Hans 자살.

**1936년** 59세  『정원에서의 시간*Stunden im Garten*』출간. 스위스의 고트프리트 켈러 문학상 수상.

**1937년** 60세  『회고록*Gedenkblätter*』,『신 시집*Neue Gedichte*』,『다리

를 저는 소년 *Der lahme Knabe*』 출간.

**1939년** 62세 제2차 세계 대전 발발. 나치스에 반대하는 활동을 했다는 이유로 『수레바퀴 아래서』, 『황야의 이리』, 『나르치스와 골트문트』 등 헤세의 작품들이 독일에서 불온 서적으로 간주되어 더 이상 인쇄되지 못함. 취리히에서 전집 출간.

**1942년** 65세 최초의 시 전집 『시집 *Gedichte*』 출간.

**1943년** 66세 취리히에서 소설 『유리알 유희』 출간. 이후 건강상의 이유로 창작 활동이 많이 위축됨.

**1945년** 68세 미완성 소설 『베르톨트 *Berthold*』, 단편과 동화 모음 『꿈의 여행 *Traumfährte*』 취리히에서 출간.

**1946년** 69세 제2차 세계 대전이 끝난 후 헤세의 작품이 다시 독일에서 출간되기 시작하고 헤세도 다시 창작 활동에 나섬. 1914년 이후 전쟁과 정치에 대한 고찰을 담은 평론집 『전쟁과 평화 *Krieg und Frieden*』 출간. 프랑크푸르트시의 괴테상 및 노벨 문학상 수상.

**1947년** 70세 베른 대학 철학부에서 명예박사 학위를 받음. 고향 칼프의 명예 시민이 됨.

**1950년** 73세 빌헬름 라베 문학상 수상.

**1951년** 74세 『후기 산문 *Späte Prosa*』, 『서간집 *Briefe*』 출간.

**1954년** 77세 동화 『픽토르의 변신 *Piktors Verwandlungen*』, 『헤르만 헤세와 로맹 롤랑이 주고받은 편지들 *Briefwechsel: Hermann Hesse-Romain Rolland*』 출간. 학문과 예술에 기여한 공로로 독일의 푸르 르 메리트 훈장 받음.

**1955년** 78세 『주문. 후기 산문 속편 *Beschwörungen. Späte Prosa-Neue Folge*』 출간. 독일 서적 협회의 평화상 수상.

**1956년** 79세 헤르만 헤세 문학상 제정.

**1957년** 80세　80세 생일을 기념하여 『헤세 전집 *Gesammelte Schriften*』
출간.

**1962년** 85세　8월 9일 뇌출혈로 몬타놀라에서 별세. 아본디오 성당 묘
지에 안치됨.

**열린책들 세계문학 239** **수레바퀴 아래서**

**옮긴이 강명순** 1960년 인천에서 태어나 고려대학교 독어독문학과를 졸업하였으며, 동 대학원에서 박사 학위를 받았다. 현재 전문 번역가로 활동하고 있다. 옮긴 책으로는 파트리크 쥐스킨트의 『향수』, 샤를로테 링크의 『폭스 밸리』, 『죄의 메아리』, 『속임수』, 헤르만 코흐의 『디너』, 헬무트 슈미트의 『헬무트 슈미트, 구십 평생 내가 배운 것들』, 파울 요제프 괴벨스의 『미하엘』 등이 있다.

**지은이 헤르만 헤세 옮긴이 강명순 발행인 홍예빈·홍유진**
**발행처 주식회사 열린책들 주소 경기도 파주시 문발로 253 파주출판도시**
**전화 031-955-4000 팩스 031-955-4004 홈페이지 www.openbooks.co.kr**
Copyright (C) 주식회사 열린책들, 2019, *Printed in Korea.*
**ISBN 978-89-329-1239-4 04850 ISBN 978-89-329-1499-2** (세트)
**발행일 2019년 5월 25일 세계문학판 1쇄 2024년 2월 20일 세계문학판 5쇄**

이 도서의 국립중앙도서관 출판예정도서목록(CIP)은 서지정보유통지원시스템 홈페이지(http://seoji.nl.go.kr)와 국가자료공동목록시스템(http://www.nl.go.kr/kolisnet)에서 이용하실 수 있습니다.(CIP제어번호 : CIP2019017997)

# 열린책들 세계문학
## Open Books World Literature